❖ 후한 말 삼국지 배경 시기의 13개 주 지도

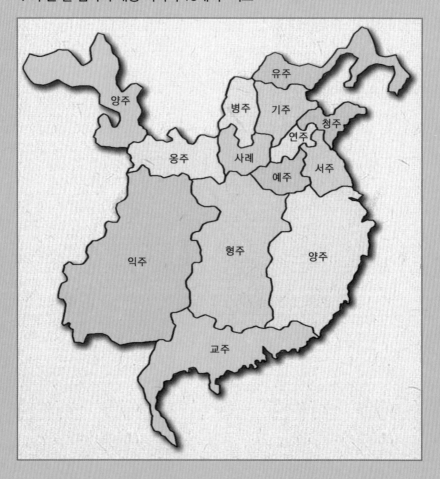

❖ 후한 말 군웅할거시대의 세력도(2세기 말)

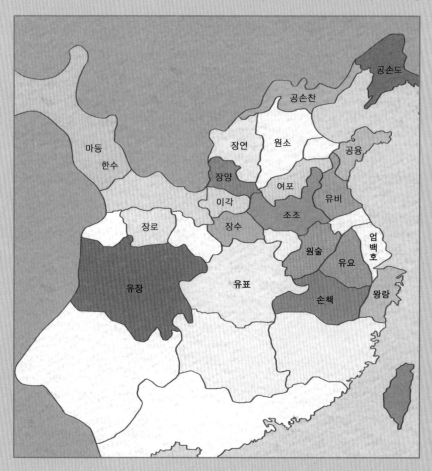

공손도

공손찬

마등
한수

장연   원소   공융

장양   여포

이각   유비

장로   장수   조조

유장   원술   유요   엄백호

유표   손책   왕랑

동탁의 죽음 이후 각지에 난립하던 군웅들의 세력도이다. 손책은 아버지 손견이 죽은 후에 원술 밑으로 들어갔다가 독립하여 자신의 세력을 얻고, 파죽지세로 주변의 성을 정복해나간다. 동탁이 죽은 후에 조조는 청주의 황건적 토벌을 위해 출진하여 보다 많은 병력을 얻게 되고, 조조는 아버지를 맞아들이려 한다. 그러나 도중에 도겸의 부하인 장개에게 살해당하고 이에 화가 난 조조는 서주의 도겸을 토벌하기 위해 군사를 일으킨다. 그때 조조는 백성들까지 모두 살해하며, 도겸은 유비에게 서주를 양도하게 된다. 그 틈을 타 여포가 조조의 세력권 안에서 반란을 일으키나 진압당하고 유비에게 가서 소패를 얻는다. 또한 황제는 이각, 곽사 들에게서 달아나 조조가 천자를 받들게 된다.

三國志

ര
삼국지 5
공명·복룡을 깨우는 풍운

| 초판 1쇄 발행 | 2013년 1월 10일 |
| 15쇄 발행 | 2018년 8월 25일 |

지은이	나관중
평 역	요시카와 에이지吉川英治
옮긴이	강성욱
펴낸이	한승수
펴낸곳	문예춘추사

편 집	정내현
마케팅	신기탁
디자인	이은주

| 등록번호 | 제300-1994-16 |
| 등록일자 | 1994년 1월 24일 |

주 소	서울특별시 마포구 동교로27길 53 지남빌딩 309호
전 화	02 338 0084
팩 스	02 338 0087
E-mail	moonchusa@naver.com

| ISBN | 978-89-7604-108-1 04820 |
| | 978-89-7604-107-4 (전10권) |

공명 · 복룡을 깨우는 풍운

三國志

5

나관중 지음
요시카와 에이지 吉川英治 평역

문예춘추사

| 일러두기 |

1. 이 책은 일본 고단샤講談社에서 발간한 요시카와 에이지 평역의 『삼국지』(요시카와 에이지 역사 시대 문고 33~40, 1989년 초판)를 저본底本으로 삼았다.

2. 원서는 총 8권으로 구성되어 있으나 커다란 제목에 따라 각 권으로 분리하여 총 10권으로 재편 집했다.

3. 가능한 한 원본에 가깝게 번역했으나 지나치게 일본적인 표현은 중국 고전소설임을 고려하여 우리 실정에 맞게 고쳤고, 원서 내용을 해치지 않는 범위 안에서 대화와 본문이 연결되는 부분을 일부 수정하여 우리 독자들이 읽기 편하게 했다.

4. 각 권 및 각 장의 제목은 가능한 한 원서의 제목을 살려 풀어 썼으며, 원서의 각 장을 재편집하 여 내용의 흐름을 쉽게 이해할 수 있도록 했다.

5. 한자 표기는 정오正誤에 상관없이 원서를 따랐으나 동일 인물이나 지명의 상반된 표기가 있는 경우에는 올바른 한자를 찾아 표기했다.

6. 이 책의 삽화 및 지도는 내용에 맞게 새로 제작한 것이다.

47
관우, 천 리를 달리다

드디어 유비의 식구들을 데리고 길을 떠난 관우. 결국 그의 마음을 돌리지 못한
조조도 그를 떠나보내기로 하나, 각 관의 대장들이 관우의 앞길을 가로막는데……

매 시각마다 순찰을 도는 순라군巡邏軍들이리라. 아직 하얀 달이 남
아 있는 새벽녘, 그들은 평소와 다름없이 부성府城 관아의 골목들을 돌
아보고, 개울을 따라 내원 앞까지 다다랐다. 그때 순라병 중 한 사람이
큰 소리로 말했다.

"아주 이른 시각인데, 오늘은 벌써부터 내원의 문이 열려 있어."

그 말에 다른 병사도 말했다.

"어? 오늘 아침에는 빗자루질도 구석구석 깨끗하게 해놓았는데."

"뭔가 좀 이상해."

"뭐가?"

"안쪽의 중문까지 열려 있어. 보초를 서는 사람도 보이지 않고. 어디서도 인기척이 느껴지지 않아."

또 다른 병사가 성큼성큼 안쪽으로 들어가더니 손을 흔들며 외쳤다.

"이거 이상한데! 완전히 빈집이야!"

병사들은 부산스럽게 집의 안쪽 깊숙한 곳까지 들어갔다. 그러자 열 명의 미인들이 벙어리처럼 서 있었다.

"어떻게 된 거야? 이곳에 있던 두 부인과 하인들은 어디 간 거지?"

병사들이 묻자 미희 중 한 사람이 말없이 북쪽 하늘을 가리켰다. 그 열 명의 미인들은 언젠가 조조가 관우에게 선물로 보낸 여인들이었다. 하지만 관우는 그녀들을 바로 유비의 부인들의 몸종으로 삼았다. 그 이후부터 그녀들은 내원에 머물며 일을 했다. 관우는 떠나면서 조조에게 받은 진귀한 재보에 손 하나 대지 않았던 것이다. 그 여인들 역시 다른 재보와 마찬가지로 그대로 두고 떠났던 것이다.

그날 아침, 조조는 어떤 느낌을 받았는지, 평소보다 일찍 일어나 여러 사람들을 각에 모아놓고 회의를 하고 있었다. 그때 병사 하나가 달려와서 고했다.

"관우 장군이 수정후의 인수를 비롯해 금은보화와 비단 전부를 창고 안에 봉해두고, 열 명의 미인을 남겨둔 채 자신의 하인 20여 명과 두 부인만 데리고 북문으로 빠져나갔다고 합니다."

그 말을 듣고 자리에 있던 사람 모두가 흥분하기 시작했다. 원비장군猿臂將軍 채양蔡陽이 말했다.

"제가 관우의 뒤를 쫓겠습니다. 관우라고 해봐야 대수로울 것 없습니다. 병사 3천 명만 주시면 바로 잡아오도록 하겠습니다."

측신이 건넨 관우의 편지를 말없이 읽고 있던 조조가 말했다.

"아닐세, 잠시 기다리게. 내게는 무정했으나 관우는 역시 참된 대장부일세. 올 때도 명백하더니 떠날 때도 명백하군. 참으로 천하의 의사다운 진퇴다. 장군들은 그를 좋은 본보기로 삼도록 하시오."

채양은 얼굴을 붉히며 뒤로 물러나고 말았다. 그러자 정욱이 앞으로 나서며 말했다.

"관우에게는 세 가지 죄가 있습니다. 승상의 관대함은 오히려 저희 장수들에게 불만을 품게 할 것입니다."

"정욱, 관우의 죄란 무엇을 말하는가?"

"첫째로 망은의 죄, 둘째로 말없이 떠난 죄, 셋째로 하북의 첩자와 은밀히 밀서를 주고받은 죄입니다."

"아닐세. 나는 처음부터 관우와 세 가지 약속을 했다네. 그렇게 약속을 했으면서 애써 이행하려 들지 않았던 것은 이 조조이지 관우가 아닐세."

"하나 지금 그가 하북으로 달려가는 것을 그냥 내버려둔다면 훗날의 커다란 우환이 될 것입니다. 그러니 호랑이를 들판에 풀어주는 것과 다를 바 없지 않습니까?"

"그렇다고는 하나 그를 쫓아가 죽인다면 천하 사람들이 조조는 신의가 없다며 비웃을 것이오. 어쩔 수가 없구나, 어쩔 수가 없어. 사람들에게는 각자의 주인이 있는 법이네. 일이 이렇게 되었으니 그의 뜻대로 옛 주인을 찾아가도록 내버려두는 수밖에……. 뒤를 쫓지 마시오. 뒤를 쫓아 목숨을 앗아서는 안 되오."

조조의 마지막 말은 스스로를 훈계하는 말처럼 들렸다. 그러는 동안에도 그의 눈동자는 북쪽 하늘을 가만히 바라보고 있었다.

마침내 관우는 떠나고 말았다. 조조를 버리고 유비에게로 돌아가고만 것이었다. 대장부의 사랑은 괴로운 법이다. 관우를 향한 조조의 사랑은 이루지 못한 대장부와 대장부 간의 사랑이었다.

"아아…… 이제는 두 번 다시 그처럼 참된 의사와 이야기를 나누지 못할지도 모르겠구나."

증오. 지금 조조의 가슴속에는 증오의 마음이 조금도 없었다. 올 때도 명백했고 갈 때도 명백했던 관우의 깨끗한 행동에 그런 소인배 같은 분노는 품으려야 품을 수가 없었던 것이다.

"……."

조조의 쓸쓸한 눈은 북쪽 하늘을 바라본 채 어찌할 바를 모르고 있었다. 그는 뺨에 눈물 한 줄기를 그렸다. 신하들 모두 그의 얼굴을 쳐다볼 수가 없었다. 하지만 정욱, 채양 등은 남몰래 주먹을 불끈 쥐고 발을 구르며, 조조의 관대한 처분에 답답해했다.

'지금 관우를 다른 곳으로 놓아주면 훗날 반드시 크게 후회하게 될 것이다. 지금 그를 없애야 한다. 이때를 놓치면…….'

잠시 뒤 조조가 자리에서 일어났다. 그리고 주위의 각 대장들에게 말했다.

"관우가 허도에서 벗어나기는 했으나 의에 어긋난 행동은 조금도 하지 않았소. 그는 인사를 하려고 일곱 번이나 승상부를 찾았소. 그런데 내가 피객패를 걸어 문을 잠갔기에 어쩔 수 없이 글을 남기고 떠난 것이오. 커다란 무례를 범한 것은 오히려 이 조조요. 그가 평생 마음속으로 조조는 속이 좁은 자라고 비웃을까 두렵소. 아직 멀리 가지는 못했을 것이오. 훗날까지 좋은 기억을 남길 수 있도록 내가 뒤따라가서 그와 신의로 작별을 하고 와야겠소. 장료, 함께 가세!"

갑자기 조조는 각에서 내려와 말 위에 올랐다. 그러고는 승상부의 문밖으로 달리기 시작했다. 조조로부터 급히 명령을 받은 장료는 길을 가며 쓸 금은과 도포 한 벌을 황망히 마련한 후 뒤를 따랐다.

"모르겠소. 참으로 저분의 속내를 모르겠소."

정욱과 채양이 망연한 얼굴로 중얼거렸다. 각 위에 남겨진 신하들 모두 어리둥절한 표정이었다.

＊＊＊

가을이 깊은 계절이었다. 산 곳곳이 붉게 물들었으며 교외의 강과 길에는 낙엽이 흩날리고 있었다. 적토마는 기름져 있었다.

"흠…… 누가 나를 부르는 게지?"

관우가 말을 세웠다.

"이보게……."

가을바람 속에서 목소리가 들려왔다.

"드디어 추격군이 왔구나."

관우는 미리 예상하고 있었던 일이라는 듯 당황하지 않았다. 그리고 곧 두 부인의 수레 곁으로 다가갔다.

"얘들아, 너희는 수레를 끌고 먼저 가도록 해라. 나는 이곳에 남아 길을 좀 정리한 뒤 천천히 따라가도록 하겠다."

그는 두 부인을 놀라게 하지 않기 위해 하인들에게 일부러 부드러운 말로 명령했다. 그러고는 다시 말 머리를 돌렸다. 멀리서 그를 부르며 달려온 사람은 장료였다. 장료는 되돌아오는 관우를 보며 말을 더욱 힘차게 몰아왔다.

"운장, 잠시만 기다리시오."

관우가 옆구리의 언월도를 고쳐 잡으며 말했다.

"나를 자子로 부를 사람은 귀공밖에 없다고 생각했는데, 역시 귀공이셨구려. 내 여기서 이처럼 얌전히 기다리고 있었으나, 아무리 귀공이 왔다 해도 이 관우는 아직 귀공의 손에 사로잡힐 수가 없소. 귀공도 참으로 괴로운 명을 받고 오셨구려."

장료가 변명하듯 말했다.

"아니오, 의심을 푸시오. 몸에 갑옷을 걸치지 않았고 손에 무기를 들고 있지도 않소. 내가 여기에 온 것은 결코 귀공을 사로잡기 위해서가 아니오. 지금 승상께서 친히 이곳으로 오시고 있기에 그 소식을 전하러 먼저 달려온 것이오. 조 승상께서 오실 때까지 여기서 잠시만 기다려주시오."

"뭐, 조 승상께서 직접 이리로 오고 계신단 말이오?"

"그렇소. 곧 모습이 보일 것이오."

"참으로 놀랍구나."

관우는 무슨 생각에서인지 말 머리를 돌려 패릉교 가운데쯤에 버티고 섰다. 장료는 그 모습을 보고 관우가 자신의 말을 믿지 않는다는 사실을 깨달았다. 관우가 좁은 다리 한가운데 버티고 선 것은 혼자 수많은 적을 막기 위한 준비였다. 길 위에서는 사면으로 포위를 당할 위험이 있기 때문이었다.

'아니, 곧 알게 되겠지.'

장료는 군이 그의 오해를 풀어주려 하지 않았다.

잠시 뒤, 조조가 겨우 6, 7기밖에 되지 않는 심복들만을 데리고 말을 달려왔다. 그들은 허저, 서황, 우금, 이전 등과 같이 쟁쟁한 장성들이었으나, 그 누구도 갑옷을 입고 있지 않았다. 허리에 찬 검 외에 다른 무기도 가지고 있지 않았으며, 참으로 평화로운 복장을 하고 있었다.

'과연 나를 잡으러 오는 것이 아니었단 말인가? 장료의 말이 사실이었단 말인가?'

패릉교 위에 서서 그 모습을 본 관우의 얼굴빛이 조금 부드러워졌다.

'그렇다면 조조가 여기까지 무엇하러 온단 말인가?'

그는 여전히 알 수 없다는 듯한 표정을 짓고 있었다. 드디어 다리 앞까지 말을 달려온 조조가 조용한 목소리로 말했다.

"오오, 관 장군. 어찌 이리도 길을 서두른단 말이오? 참으로 서운하오."

그 말을 들은 관우는 말 위에 앉은 채 정중하게 인사를 했다.

"예전에 저는 승상과 세 가지 약조를 했습니다. 얼마 전 제 주공이신

유 황숙이 하북에 계시다는 소식을 들었습니다. 모쪼록 제가 가는 길을 허락해주시기 바랍니다."

"그대와 함께할 수 있었던 시간이 너무 짧아 한탄스러울 뿐이오. 나도 천하의 승상이오. 지난날의 약속을 깰 마음은 조금도 없소. 하나, 관 장군이 머물렀던 시간이 너무 짧았다는 생각이 드오."

"승상의 넓고 큰 은혜, 어찌 잊을 수 있겠습니까. 하지만 주공의 행방을 알게 된 지금, 승상의 온정에 기대어 덧없이 안한安閑한 날을 보내는 것도 마음 편한 일은 아니기에……. 마침내 떠날 결심을 하고 일곱 번이나 승상부를 찾아갔으나 문이 닫혀 있어 헛되이 발걸음을 되돌릴 수밖에 없었습니다. 인사도 드리지 않고 서둘러 길을 나선 점, 부디 너그럽게 용서해주시기 바랍니다."

"아니오, 관 장군이 올 줄 알고 패를 걸어둔 것이 잘못이었소. 아니, 내가 속이 좁아 그런 행동을 한 것이라고 분명히 자백하겠소. 내가 직접 여기까지 온 것은 그런 행동을 스스로 부끄럽게 여겼기 때문이오."

"아아, 승상의 크고 넓은 도량은 그 무엇에도 견줄 수 없을 것입니다. 그 누구보다 제가 가장 잘 알고 있습니다."

"참으로 흡족하오. 장군이 그 사실을 알아준다니 더 이상 바랄 것이 없소. 헤어지고 난 뒤에도 아쉬움은 남지 않을 것이오. 장료, 그것을 가져오게."

조조가 가지고 온 금은을 관우에게 건네주게 했다. 관우는 쉽게 받으려 하지 않았다.

"허도에 머무는 동안 승상으로부터 과분한 대접을 받았습니다. 또한 저는 가난한 여행에 익숙해져 있으니 앞길도 걱정하실 필요 없습니다. 부디 군의 장병들에게 나눠주시기 바랍니다."

하지만 조조도 쉽게 물러서지 않았다.

"그대가 받지 않으면 그대를 위한 내 정성도 전부 덧없이 느껴질 것이오. 얼마 되지 않는 노자를 받는다고 이제 와서 그대의 충절이 더 럽혀지지는 않을 것이오. 그대는 어떠한 곤궁함에도 견딜 수 있을지 모르나, 그대가 모시고 있는 두 부인께 의식衣食의 곤궁함을 느끼게 하는 것은 옳은 일이 아닐 것이오. 그건 나도 받아들일 수 없는 일이오. 그대가 흔쾌한 마음으로 받을 수 없다면 두 부인께 노자로 드리도록 하겠소."

관우가 눈을 깜빡였다. 두 부인의 처지를 생각하니 측은한 마음이 끓어오르는 듯했다.

"그것을 두 부인께 드리는 것이라면 감사히 받아 전해드리도록 하겠습니다. 오랫동안 큰 보살핌을 받아놓고 조그만 공로만 남긴 채 작별을 하게 되었습니다. 훗날 다시 뵐 날이 찾아오면 그때 남은 은혜를 갚도록 하겠습니다."

그의 말에 조조가 만족스러운 표정을 지었다.

"그대와 같은 충의지사가 허도에 몇 개월 머물러준 것만으로도 허도의 기강이 바로잡힌 듯하오. 또한 이 조조도 그대로부터 얼마나 많은 것들을 배웠는지 모르오. 단지, 그대와 나의 인연이 깊지 못해 이렇게 헤어지게 되었구려. 그것은 틀림없이 서글픈 일이나 생각에 따라서는 그처럼 뜻대로 되지 않는 게 인생의 재미가 아니겠소."

조조는 장료에게 노자를 건네주라 하고, 다른 장수에게 비단 도포 한 벌을 가져오게 한 다음 관우를 보며 말했다.

"가을도 깊었으니 앞으로 산길과 강을 건널 때 추위가 극심할 것이오. 이것은 이 조조가 일부러 준비해온, 그대의 영혼을 감싸는 데 쓸 보잘것없는 도포요. 부디 여행길에서 비와 이슬을 피하는 데 쓰도록 하시오. 이 물건들을 받았다고 그대의 절조를 의심할 사람은 아무도 없을 것이오."

비단 도포를 들고 있던 장수가 말에서 내려 패릉교로 성큼성큼 걸어갔다. 그러고는 관우의 말 앞에 무릎을 꿇고 공손하게 도포를 바쳤다. 관우는 그곳에서 조조를 향해 목례를 했다. 하지만 그의 눈빛에는 혹시 어떤 모략이 있지나 않을까 경계하는 빛이 가득했다.

"황송합니다. 저를 위해 준비해주신 선물 감사히 받도록 하겠습니다."

관우는 옆구리에 끼고 있던 청룡언월도를 앞으로 뻗어 날 끝에 비단 도포를 걸더니 어깨에 훌쩍 걸쳤다.

"안녕히 계십시오."

그는 인사를 한 후 적토마를 타고 북쪽으로 바람처럼 사라져버렸다.

"아아, 참으로 장한 모습이로구나."

조조가 넋 나간 얼굴로 관우의 뒷모습을 바라보았다. 그러자 곁에 있던 이전, 우금, 허저 등이 화를 참지 못하고 한마디씩 했다.

"참으로 오만하기 짝이 없구나."

"승상께서 내리신 도포를 칼끝으로 받다니!"

"승상께서 은혜를 베푸시니 방자하기 이를 데가 없군."

"지금이다! 아직 그의 모습이 보이니 당장 뒤쫓아가서……."

그들은 당장이라도 말을 달려 뛰쳐나갈 듯한 기세였다. 조조가 그런 신하들을 달래며 말했다.

"관우의 입장에서 생각해보면 어쩔 수 없는 일이었을 게요. 아무리 무장을 하지 않았다고 해도 내 주변에는 쟁쟁한 장수가 20명이나 있는데, 그는 오로지 혼자가 아니었소? 저 정도 경계하는 것은 용서를 해주어야 할 것이오."

조조는 곧 말 머리를 돌려 허도로 향했다. 그는 길을 가는 도중에도 좌우의 무리들에게 훈계를 했다.

"적이든 아군이든, 무인의 훌륭한 마음을 보면 나는 참으로 기쁘오. 그러한 때면 천지와 인간, 이 세상 모두가 아름다운 것으로 가득 차 있는 듯한 느낌이 드오. 그러한 하나의 인격이 다른 사람을 훈화薰化하는 것은 천 년, 2천 년 뒤에까지 이를 것이오. 그대들도 이 세상에서 훌륭한 인물을 만나게 된 것을 덕으로 여기고, 그의 마음을 본받아 후대에 이르기까지 그대들의 이름을 남기도록 하시오."

조조는 무장의 본분을 잘 알고 있었을 뿐만 아니라, 자신의 성격 중 좋은 점과 나쁜 점도 잘 알고 있었다. 그리고 좋은 장군이 되기 위해 애써 노력했다.

* * *

관우는 서둘러 두 부인을 실은 수레를 따라갔다. 하지만 어디서 길이 어긋난 것인지 20여 리를 달려도 수레의 그림자조차 보이지 않았다.

"대체 어찌 된 일이지?"

그가 한 연못 근처에 말을 세워놓고 사방의 산을 둘러보고 있자니 계곡 건너편 산에서 그를 부르는 소리가 들려왔다.

"관 장군, 거기서 잠시만 기다려주십시오."

멀리서 백여 명 정도의 보졸을 데리고 달려오는 대장 하나가 눈에 띄었다. 그는 이제 겨우 스무 살이나 되었을까 말까 한 어린 나이로 머리에는 황건을 두르고 몸에는 파란 비단 전포를 입고 있었다. 이윽고 그가 산을 똑바로 내려와 계곡을 건너 관우 앞으로 다가왔다. 관우가 청룡도를 비껴 잡으며 엄한 소리로 일갈했다.

"누구냐? 얼른 이름을 대지 않으면 단칼에 네놈의 목을 치고 말리라."

그러자 그가 말 위에서 훌쩍 뛰어내리더니 대답했다.

"저는 양양 사람으로 자는 원검元儉, 이름은 요화廖化라고 합니다. 장군을 해할 마음은 결코 없으니 안심하시기 바랍니다."

"그렇다면 어째서 병졸들을 데리고 와 내 앞길을 가로막은 것이냐?"

"우선 제 말부터 들어주시기 바랍니다. 사실 저는 천하의 어지러움에 일찍부터 고향을 떠나 강호를 돌아다니며 5백 명 정도의 거친 무리와 함께 산적질을 하는 자입니다. 그런데 동료 중에 두원杜遠이라는 자가 있습니다. 큰길로 약탈을 나갔던 그가 두 부인을 실은 수레를 발견하고 좋은 먹잇감이라 생각하여 조금 전 그들을 산채로 끌고 왔습니다."

"뭣이! 그렇다면 두 부인을 실은 수레가 너희의 산채로 끌려갔단 말이냐?"

관우가 성급하게 그곳으로 달려가려고 하자 요화가 그를 막으며 이어 말했다.

"하지만 그분들께는 아무런 해도 입히지 않을 것입니다. 그러니 제 말을 조금만 더 들어주시기 바랍니다. 수레 안의 두 분을 본 후 무슨 사연이 있을 것이라 생각하고 수레를 따르던 자 하나를 가만히 불러 사정을 물어보았습니다. 그랬더니 한나라 유 황숙의 부인이라 했고, 그 말에 깜짝 놀라지 않을 수 없었습니다. 저는 바로 동료인 두원을 찾아가 어찌 그런 분들을 끌고 왔냐며 당장 큰길로 모셔다 드리자고 간절히 말했습니다. 하지만 두원은 끝까지 제 말을 듣지 않았습니다. 그뿐 아니라 그는 이상한 야심까지 품고 있는 듯했습니다. 그래서 어쩔 수 없이 검을 휘둘러 두원을 죽이고, 그 머리를 장군께 바치기 위해 이렇게 달려온 것입니다."

그는 사람의 목 하나를 바치고는 절을 올렸다. 관우는 여전히 의심스러운 듯 쉽게 믿으려 하지 않았다.

"산적의 두목인 네가 어찌 동료의 목을 베고, 아무런 인연도 없는 내게 이와 같은 호의를 베푸는 것인지 참으로 알 수가 없구나."

요화가 산적이라는 말을 부끄러워하며 말했다.

"그러실 만도 합니다. 두 부인의 하인에게서 장군의 충절을 얘기 듣고 크게 감탄했기 때문입니다. 녹림의 무리라고는 하나 마음까지 짐승이 된 것은 아닙니다."

그러고는 다시 말에 올라 자신이 내려온 산속으로 달려 들어갔다. 잠시 뒤 요화가 다시 모습을 드러냈다. 이번에는 백여 명의 부하들과 함께 두 부인의 수레를 끌고 조심스럽게 산길을 내려온 것이었다. 관우는 그제야 비로소 요화를 믿게 되었다. 그는 먼저 수레 옆으로 다가가 감 부인에게 깊이 사죄했다.

"이와 같은 수난을 겪게 한 것은 전부 신의 죄입니다. 용서해주십시오."

감 부인이 수레 안에서 말했다.

"만일 요화가 없었다면 무슨 변을 당했을지 모릅니다."

수레를 지켰던 신하들도 요화의 선심을 칭찬했다.

"동료인 두원이 두 부인을 나눠 아내로 삼자고 했으나 요화는 단호히 거절하고 두원의 목을 쳤습니다. 그처럼 정의감이 강한 자가 어째서 산적질을 하고 있는 것인지 모르겠습니다."

관우가 요화 앞으로 가서 감사의 뜻을 전했다.

"감사하오. 귀공 덕분에 두 부인이 무사할 수 있었소."

"당연한 일을 했을 뿐인데 그렇게 칭찬해주시니 몸 둘 바를 모르겠습니다. 한 가지 청을 말씀드리자면, 저도 언제까지고 녹림의 무리라 불리고 싶지 않으니 이번에 수레를 함께 밀고 가게 해주셨으면 합니다. 다행히 여기에 백 명의 보졸들도 있으니 경호에 도움이 되리라 생각됩니다."

요화가 겸손하게 청은 했다. 하지만 관우는 그의 호의만 받고 청을 받아들이지 않았다. 산적을 무리에 가담시켰다는 말이 퍼지면 유비의 이름이 더럽혀질지도 모른다는 결벽증 때문이었다. 이에 요화는 관우에게 노자에 쓰라며 금과 비단을 바쳤는데, 관우는 그것마저 사양했다. 하지만 요화의 마음에 깊이 감동을 받은 관우는 헤어지기에 앞서 그 녹림의 의인에게 한 가지 약속을 했다.

"오늘의 이 인정仁情은 결코 잊지 않을 것일세. 이 관우가 됐든 주공이 됐든 자리를 잡았다는 말이 들리면 꼭 찾아오기 바라네."

두 부인을 실은 수레가 다시 움직이기 시작했다. 길은 멀고 가을 해는 짧았다.

3일째 되는 날 저녁, 수레를 몰고 가던 일행이 한 숲 속으로 접어들었다. 팔랑팔랑 낙엽이 떨어지는 숲길 너머로 한 줄기 밥 짓는 연기가 피어오르고 있었다. 그곳은 어떤 은사隱士의 거처인 듯했다. 관우는 그곳에서 하룻밤 묵어가기를 청하기로 했다. 관우가 그 집으로 다가가자 한 노옹老翁이 초당의 문 앞으로 나와 물었다.

"당신은 어디의 누구시오?"

"유현덕의 아우 관우라고 합니다."

"응? 관우 장군이라고? 그렇다면 안량과 문추의 목을 벤 분이 아니십니까?"

"그렇습니다."

노인이 한없이 놀란 표정을 지으며 다시 물었다.

"저 수레는?"

관우가 사실대로 얘기하자 노인이 더욱 놀란 표정을 지으며 정중하게 문 안으로 수레를 맞아들였다. 이윽고 두 부인은 수레에서 내렸고,

노인은 딸과 손녀를 불러 두 부인의 시중을 들게 했다.

"참으로 귀한 분들이시다."

노인은 깨끗한 옷으로 갈아입은 후 두 부인이 있는 방으로 건너가 다시 인사를 올렸다. 관우가 두 부인 곁에 시립해 있었다. 그러자 노인이 이상히 여기며 물었다.

"장군과 유비 나리는 의형제이시니, 두 부인은 장군의 형수님이 아니십니까? 먼 길을 오느라 피곤하실 텐데 어찌 쉬지도 않고 그처럼 예의를 갖추고 계신 것입니까?"

관우가 미소를 지으며 대답했다.

"유비, 장비, 저 세 사람은 형제의 약속을 맺었지만 의와 예에 있어서는 군신과 다를 바 없다고 굳게 맹세했습니다. 따라서 두 형수님과 함께 먼 길을 가며 고생을 하고 있지만 단 한 번도 군신의 예를 어긴 적이 없습니다. 어르신의 눈에는 그것이 이상하게 보이십니까?"

"아니, 천만의 말씀이십니다. 제가 생각이 짧았습니다. 요즘 같은 세상에 참으로 찾아보기 힘든 충절입니다."

노인은 관우의 마음에 크게 감탄했다. 그리고 관우를 자신의 초당으로 불러 함께 이야기를 나누었다. 노인의 이름은 호화胡華이며, 환제桓帝 시절에 의랑까지 지냈으나 지금은 은거를 하는 중이었다.

이튿날 아침, 두 부인을 실은 수레가 집을 나서려 하자 노인이 자신의 아들에게 주는 소개장을 써서 관우의 손에 쥐여주며 말했다.

"비록 재주는 없으나 호반胡班이라는 제 아들놈이 지금 형양태수 왕식의 종사관으로 있습니다. 곧 그 길을 지나실 테니 꼭 좀 찾아가보시기 바랍니다."

***

호화의 집을 나온 뒤로 두 부인을 실은 수레는 가을바람을 가르며 하루하루 길을 재촉했다. 그러던 중 낙양으로 들어가기 전 한 관문 앞에 이르렀다. 그곳은 조조의 부하인 공수孔秀가 5백여 명의 부하들과 함께 지키고 있었다.

"이곳은 세 개 주 가운데서도 으뜸가는 요해지다. 무사히 지나면 좋으련만."

관우가 수레를 멈추게 한 뒤 홀로 말을 몰고 가 관문에 대고 외쳤다.

"우리는 하북으로 가는 나그네들이오. 관문을 지나게 해주시오."

그러자 공수가 검을 차고 나와 대답했다.

"장군은 관우 운장이 아니시오?"

"그렇소. 내가 바로 관우요."

"두 부인을 수레에 싣고 어디로 가려는 게요?"

"하북에 계신 주공을 찾아가는 길이요."

"그렇다면 조 승상의 통행증을 가지고 계시오?"

"급히 서둘러 오느라 통행증은 받아오지 못했소."

"평범한 나그네라면 관문의 부절符節이 있어야 하고, 공무를 띤 자는 통행증이 있어야만 관문을 지날 수 있다는 사실을 장군께서도 잘 알고 계시지 않소?"

"돌아갈 날이 오면 언제든지 돌아가도 좋다고 승상과 이미 약속한 몸이오. 어찌 법에 얽매일 필요가 있겠소?"

"안 되겠소. 하북의 원소는 조 승상의 가장 커다란 적이오. 적지로 가려는 자를 사사로이 지나게 할 수는 없소. 한동안 문밖에서 기다리도록 하시오. 그사이에 허도로 사람을 보내 승상부의 명령을 받아가지고 올 테니."

"한시가 급한 여행길이오. 전령이 다녀오기만을 하염없이 기다릴 수는 없소."

"무슨 말을 해도 승상의 명령을 듣기 전에는 이곳을 지나게 할 수 없소. 게다가 지금은 변경에서 전쟁이 계속되고 있는 상황이오. 어찌 국법을 소홀히 할 수 있겠소?"

"조조의 국법은 조조의 백성과 적들에게만 적용되는 것이 아니요? 나는 승상의 손님일 뿐, 승상의 신하도 아니고 적도 아니요. 끝내 통행을 막겠다면 내 직접 문을 부술 수밖에 없소. 하나 그것은 오히려 귀공에게 좋지 않은 일이 될 것이오. 어서 이곳을 지나게 해주시오."

"한번 안 된다고 하면 그만이지 참으로 끈질기구나. 네가 끌고 온 수레 안의 사람들과 따라온 종놈들을 인질로 내놓는다면 너 한 사람만은 이곳을 지나게 해주겠다."

"무슨 일이 있어도 그렇게는 할 수 없다."

"그렇다면 돌아가라!"

"정말 안 되겠느냐?"

"참으로 귀찮은 놈이로구나!"

공수는 그렇게 내뱉고는 좌우의 병사들에게 관문을 닫으라고 명령했다. 관우가 눈썹을 곤추세우고 노기 가득한 얼굴로 외쳤다.

"눈 뜬 장님 같은 놈! 이것이 보이지도 않느냐?"

그러고는 청룡도를 내밀어 그의 가슴을 겨누었다. 공수가 그 자루를 쥐었다. 하지만 공수의 행동은 상대방을 몰라도 너무 모르고, 자신의 분수를 몰라도 너무 모르는 행동이었다.

"시건방진 놈!"

공수가 한마디 내뱉은 뒤 부하들에게 불한당을 붙잡으라며 아우성을 쳤다.

관우는 더 이상 참지 않고 청룡도를 잡아당겼다. 그러자 자루를 잡고 있던 공수의 몸이 안장에서 들썩했다. 그리고 관우의 외침과 함께 그는 피를 뿜으며 두 동강이 나고 말았다. 나머지 병사들은 있어도 없는 것과 다를 바 없었다. 관우는 종횡으로 청룡도를 휘둘러 그들을 내쫓은 뒤 그대로 두 부인을 실은 수레를 지나게 했다. 그리고 그곳을 떠나면서 큰 소리로 외쳤다.

"패릉교 위에서 조 승상께 인사를 드리고 떳떳하게 이곳을 지나는 것이다. 그것이 어찌 허물이 되겠느냐? 훗날 관우가 오늘 이 동령관東嶺關을 넘었다고 허도에 말을 전하기만 하면 될 것이다."

그날 수레의 지붕 위로 하얀 진눈깨비가 쏟아졌다. 다음 날도, 그다음 날도 수레는 대로를 급히 달려나갔다. 얼마 후 저 멀리 낙양의 성문이 보이기 시작했다. 그곳도 물론 조조의 세력권 안에 있었으며, 조조가 임명한 한복韓福이 지키고 있었다.

어젯밤부터 병사들은 낙양 시외의 관문을 엄중하게 지키고 있었다. 평상시의 경계병에 건장한 병사 천 명이 증강되었고, 부근의 높은 지대와 낮은 지대에도 복병을 숨겨놓았다. 관우가 동령관을 깨고 공수를 죽인 뒤 그곳으로 오고 있다는 비보飛報가 전해졌기 때문이다. 그런 줄도 모르고 관우가 평소와 다름없이 문 앞에 서서 외쳤다.

"나는 한나라의 수정후 관우다. 북쪽 땅으로 가는 길이니 문을 열어 지나게 하라."

말이 끝나기가 무섭게 철문과 철갑이 요란한 소리를 울렸다. 완전무장을 한 낙양태수 한복이 말을 타고 나와 처음부터 도전적인 투로 말했다.

"통행증을 보여라!"

관우가 없다고 대답하자 그가 큰소리를 쳤다.

"통행증이 없는 것을 보니 허도에서 몰래 도망친 것임에 틀림없다. 당장 돌아가지 않으면 포박하겠다."

그런 그의 태도는 관우를 화나게 하기에 충분했다. 관우는 며칠 전에 공수를 베고 온 사실을 밝혔다.

"네놈도 목숨을 아끼지 않는 자냐?"

그 말이 채 끝나기도 전에 사방에서 징소리가 울렸다. 부근의 산과 저지대에서는 북소리가 들려왔다.

"나를 잡기 위해 미리 준비해놓고 기다리고 있었단 말이냐?"

관우가 일단 말을 뒤로 물렸다. 그러자 병사들은 관우가 도망치는 것이라 생각하고는 일제히 함성을 지르며 우르르 뒤를 쫓았다.

"생포하라, 놓쳐서는 안 된다."

관우가 몸을 돌려 칼을 휘둘렀다. 한 번 휘두를 때마다 주위가 붉게 물들었다. 한복의 부장 맹탄孟坦도 매우 용기 있는 사람이었지만, 관우 앞에서는 도끼를 향해 달려드는 사마귀일 뿐이었다.

"맹탄이 쓰러졌다!"

겁을 먹은 병사들이 저마다 외치며 관문 안으로 달아났다. 태수 한 복이 문 옆에 말을 세워놓고 입술을 씹으며 지켜보고 있다가, 새를 쫓 는 매처럼 달려오는 관우를 향해 화살을 한 발 날렸다. 화살이 관우의 왼쪽 팔에 가서 꽂혔다.

"이놈!"

관우가 화살이 날아온 쪽으로 시선을 돌려 한복을 발견했다. 곧이어 적토마가 입을 벌리며 달려들었다. 겁을 먹은 한복이 말을 몰아 급히 문 안쪽으로 달아났다. 하지만 그 말의 안장 뒤쪽을 물어뜯듯 적토마 가 바짝 뒤쫓았다. 그 순간 한복의 머리가 털썩 땅바닥으로 굴러떨어 졌다. 곁에 있던 부하들이 놀라 모두 달아나고 말았다.

"이 틈에 얼른 지나가도록 하자!"

관우가 몸에 묻은 피를 닦으며 멀리 있던 수레를 향해 외쳤다. 수레 는 덜컹덜컹 요란한 소리를 올리며 핏속을 지나 낙양으로 들어갔다. 처음에는 수레를 향해 수많은 화살이 빗발쳤으나 태수 한복과 맹장 맹 탄이 목숨을 잃었다는 말이 전해진 후 낙양 전체가 공포에 빠져 결국 에는 앞길을 막는 병사조차 없었다. 관우는 성을 지나 다시 산야로 나 설 때까지 밤에도 쉬지 않고 수레를 지켜가며 길을 서둘렀다. 수레 안의 두 부인은 고치 속의 누에처럼 서로를 끌어안은 채 겁에 질린 눈을 꼭 감고 있었다.

그로부터 며칠 동안, 낮에는 숲이나 계곡에 숨어 잠을 자고 밤이 되면 수레를 급히 몰아 앞으로 나아갔다. 그렇게 해서 그들은 기수관沂水關에 다다랐다. 그곳은 원래 황건적이었으나 후에 조조에게 항복한 변희卞喜가 지키고 있었다. 산에는 한나라의 명제明帝가 건립한 진국사鎭國寺라는 고찰이 있었다. 변희는 그곳에 수많은 부하들을 모아놓고 관우가 오면 어떻게 하라고 은밀히 지시를 내렸다.

거센 밤바람이 온 산의 소나무를 뒤흔들었고 별이 밝게 빛나고 있었다. 문득 진국사 안쪽에서 징소리가 울려 퍼지기 시작했다.

"왔다!"

"왔습니다!"

산문 부근에서 뛰쳐나온 병사 둘이 회랑 아래에서 큰 소리로 고했다. 모의를 하고 있던 사람들이 당에서 우르르 쏟아져 나왔다. 대장 변희와 10여 명쯤 되는 용사와 책사들이 빨간 등불을 등에 지고 난간에 나란히 서서 산문 쪽의 하늘을 바라보았다.

"관우와 두 부인을 실은 수레가 왔단 말이냐?"

"그렇습니다."

"산 밑의 관문에서는 아무것도 묻지 않고 그냥 지나게 했겠다?"

"대장께서 그렇게 하라고 명령하셨기에 그대로 따랐습니다."

"관우를 방심하게 만들기 위해서였다. 낙양과 동령관 사람들은 그를 문 앞에서 막았기 때문에 오히려 큰 피해를 입게 된 게야. 우리는 계책

을 써서 그를 사로잡을 것이다. 그래, 마중을 나가기로 하자. 스님들께
도 모두 마중을 나가라고 전해라."

"조금 전에 징소리가 울렸으니 벌써 마중을 나갔을 겁니다."

"그럼 각자 자리로 가라!"

변희가 좌우의 사람들에게 눈짓을 한 뒤 계단을 내려갔다.

그날 밤, 관우는 산 밑의 관문을 별 어려움 없이 지났다. 뿐만 아니라
진국사에 도착하여 하룻밤 묵어갈 것을 청했더니 곧 종소리가 울리면
서 승려들이 일제히 나와 그들을 맞았다. 그렇게 환대를 받은 후 관우
는 뭔가 좀 이상하다는 생각을 하게 되었다.

나이 많은 승려인 보정普淨이 수레 앞에 공손히 엎드려 두 부인에게
차를 바쳤다.

"먼 길을 오시느라 고생이 많으셨습니다. 이곳은 산사라서 비와 이
슬을 간신히 피할 수 있을 뿐이지만, 편히 쉬었다 가시기 바랍니다."

그의 호의에 관우가 기뻐하며 공손하게 인사를 했다. 그러자 보정이
참으로 반갑다는 듯 관우에게 물었다.

"장군은 고향인 포동蒲東을 떠난 지 얼마나 지나셨습니까?"

"벌써 20년 가까이 되었습니다."

관우가 대답하자 그가 다시 물었다.

"그렇다면 저를 잊으셨겠군요. 저도 장군과 같은 포동 사람으로 장
군 댁과 저희 집은 강 하나를 사이에 두고 있었습니다만……."

"오호, 노승께서도 포동 분이십니까?"

그때 변희가 허리에 찬 검을 울리며 곁으로 다가왔다. 그리고 의심

스럽다는 듯 보정을 노려보며 말했다.

"얼른 당 안으로 모시지 않고 무슨 말이 그리 많은 것이냐? 빈객에 대한 실례가 아니냐!"

변희가 관우를 안내하여 당 안으로 데리고 갔다. 그 순간 보정이 관우를 향해 의미심장한 눈빛으로 무엇인가를 알렸다. 그 모습을 본 관우는 가슴속으로 가만히 고개를 끄덕였다.

변희가 교묘한 말로 관우의 인품을 칭찬하고 술을 권했다. 하지만 회랑 밖이나 제단 밑에서는 살기가 느껴졌다.

"아, 이렇게 즐거운 밤도 없을 것입니다. 저는 오래전부터 장군의 충절과 풍모를 흠모해왔습니다. 부디 제게도 술을 따라주시기 바랍니다."

변희의 눈빛에서도 흉악한 기운이 그대로 느껴졌다. 하지만 관우는 조금도 방심하지 않았다. 그리고 그의 말에 대답했다.

"술 한 잔으로는 부족하지 않겠는가? 자네에게는 이것도 함께 주겠네."

그러고는 벽에 세워두었던 청룡도를 쥐자마자 변희의 몸을 두 쪽으로 쪼개놓았다. 방에 켜두었던 촛불에 피가 튀어 불이 꺼지고 말았다. 관우는 그대로 문을 박차고 회랑으로 나가 큰 소리로 외쳤다.

"얼른 죽고 싶은 자가 있으면 이름을 대고 내 앞으로 나와라. 이 관우가 길 안내를 해주겠다."

벌써 적들이 겁을 집어먹고 사방으로 흩어져 달아난 모양이었다. 소나무를 지나는 바람 소리만 조용히 들려올 뿐이었다. 날이 채 밝기 전이었지만 관우는 진국사를 떠나기로 했다. 헤어지기에 앞서 관우가 노승

보정에게 공손히 인사하며 무사하기를 빌자 보정이 말했다.

"저도 이 절에는 더 이상 머물 수 없을 것입니다. 전국을 운유雲遊하기로 하겠습니다."

관우가 딱하다는 듯 노승에게 말했다.

"저 때문에 노승께서 절을 버리고 떠나게 되셨습니다. 훗날 다시 만나게 되면 반드시 오늘의 은혜에 보답하도록 하겠습니다."

그러자 보정이 껄껄 웃으며 말했다.

"산꼭대기에 머무는 것도 구름, 산꼭대기를 떠나는 것도 구름, 만나는 것도 구름, 헤어지는 것도 구름. 어찌 한곳에 머물 수 있겠소. 조심해서들 가시오."

그를 따라 절의 승려들이 모두 나와 말과 수레를 배웅했다.

날이 밝을 무렵, 관우는 기수관을 넘었다. 형양태수 왕식은 이미 관우에 대한 소식을 듣고 문을 열어 일행을 정중하게 맞아들였다. 그리고 신하를 시켜 그들을 객사로 안내했다.

저녁이 되자 한 사람이 관우를 찾아와서 말했다.

"저희 주공이신 왕식 태수께서 조그만 잔치를 열어 장군의 여수를 풀어드리고 싶다며 기다리고 계십니다."

하지만 관우는 두 부인 곁을 한시도 떠날 수 없다며 거절했다. 그리고 병사들과 함께 말에게 여물을 주었다. 왕식은 오히려 잘된 일이라며 종사인 호반을 불러 은밀히 계책을 전했다.

호반은 기병 천여 기를 데리고 나가 이경쯤 관우가 묵고 있는 객사를 가만히 포위했다. 그리고 모두가 잠들기를 기다렸다가 객사 주위에 횃불을 잔뜩 준비해놓고 화약에 마른풀을 싸서 문 앞으로 옮기게 했다. 모든 준비가 끝나고 이제는 신호를 올리기만 하면 되었다. 하지만 객사의 방 하나에 아직도 등불이 켜져 있는 게 왠지 마음에 걸렸다.

'대체 무엇을 하고 있기에 아직도 잠을 안 자는 거지?'

호반이 살금살금 다가가 방 안을 들여다보니, 붉은 촛불처럼 빨간 얼굴에 칠흑 같은 수염을 기른 고사高士 하나가 책상에 턱을 궤고 앉아 책을 읽고 있었다.

'저 사람이 바로 관우로군. 과연 소문과 다르지 않은 사람이야. 이 세상 평범한 장군이 아니라 천상의 무신武神을 보는 듯한 느낌이야.'

그는 자신도 모르게 무릎을 꿇어버렸고, 그 소리에 관우가 얼굴을 들어 조용히 물었다.

"누구냐?"

호반은 도망칠 마음도, 몸을 숨길 마음도 들지 않았다. 그가 경례를 하며 자신의 신분을 밝혔다.

"왕 태수의 종사인 호반이라고 합니다."

"뭣, 종사 호반이라고?"

관우가 책갈피 사이에서 편지 한 통을 꺼내 호반에게 보였다.

"이 사람을 알고 있느냐?"

"아아, 이것은 아버지가 제게 보내는 편지입니다!"

그는 놀란 표정으로 한동안 편지를 읽었다. 그러고는 크게 탄식하며 말했다.

"만일 오늘 밤 아버지의 편지를 읽지 않았다면 저는 천하의 충신을 죽였을지도 모릅니다.”

그리고 왕식의 음모를 전부 밝힌 뒤, 한시라도 빨리 이곳에서 떠나라고 관우를 재촉했다. 관우도 놀라 허겁지겁 두 부인을 수레에 태우고 객사의 뒷문을 통해 그곳에서 탈출했다. 요란한 수레 소리가 울려 퍼지자 사방팔방에서 횃불이 날아들었다. 객사를 둘러싸고 있던 마른 풀과 화약이 한꺼번에 폭발하여 길을 붉게 물들였다. 그날 밤, 왕식은 성문까지 나가 그곳을 굳게 지키고 있었으나, 오히려 관우의 분노에 가득 찬 칼에 맞아 비참한 최후를 맞이했다.

호반은 관우를 쫓는 척하며 성 밖 10리까지 따라갔다. 그러다 동쪽 하늘이 희붐하게 밝아오기 시작하자 멀리서 활을 흔들어 남몰래 그에게 작별 인사를 했다.

며칠 후, 관우 일행은 활주滑州(하남성 황하의 포구)에 다다랐다. 태수 유연劉延은 활과 창을 든 병사들을 늘어놓고 도중의 길가에서 관우 일행을 맞았다. 유연이 관우에게 물었다.

“이 앞에는 황하가 있습니다. 장군은 어떻게 건너실 생각입니까?”

“물론 배로 건널 것이오.”

“황하 나루터는 하후돈의 부하인 진기秦琪가 지키고 있습니다. 틀림없이 장군이 건너는 것을 막으려 들 것입니다.”

“귀하의 배를 내주면 좋겠소. 나를 위해 귀하가 배를 좀 띄워주시오.”

“배는 많지만 장군께 빌려드릴 배는 없습니다. 조 승상으로부터 그러한 명령은 내려오지 않았기 때문입니다.”

“참으로 쓸모없는 사람이로구나.”

관우는 그를 비웃은 뒤 그대로 수레를 밀게 하여 직접 진기의 군대가 있는 쪽으로 다가섰다. 나루터 입구에는 날랜 병사들과 함께 눈썹이 표범 같고, 이빨이 개 같은 무사 하나가 버티고 있었다.

"멈춰라! 너는 뭐 하는 놈이냐?"

"귀공이 진기시요?"

"그렇다."

"나는 한나라의 수정후 관우요."

"어디로 가는 길이냐?"

"하북으로."

"통행증을 보여라."

"없소."

"승상의 통행증 없이는 이곳을 지날 수 없다."

"조 승상도 한나라의 신하, 나도 한나라의 신하요. 어찌 승상의 명을 기다릴 필요가 있겠소?"

"날개가 있다면 날아서 건너라. 그렇게 큰소리를 치니 더욱 이곳을 지나게 할 수 없다."

"무례하구나, 진기!"

"뭐라고?"

"이곳에 오는 동안 내 앞길을 가로막은 자는 모두 목이 떨어져나갔다는 사실을 모르느냐? 이름도 없는 부장 주제에 안량이나 문추보다 더 뛰어나다고 생각하다니, 참으로 측은하구나. 헛되이 목숨을 버리지 말고 길을 비켜라."

"닥쳐라! 내 솜씨를 보고 난 뒤에 큰소리쳐라."

진기는 갑자기 칼을 휘두르며 달려들었고 주위의 병사들도 관우의 앞뒤에서 함성을 질렀다.

"아아, 소인배. 구할 길이 없구나!"

이번에도 청룡언월도는 피의 바람을 부르고 피의 비를 내렸다. 금세 진기의 목은 땅에 떨어져버렸다. 그리고 그 목은 적토마의 발굽에 차이기도 하고 달아나는 부하들의 발에 밟히기도 하여 피와 흙으로 시커멓게 뒤범벅이 되었다. 관우는 나루터의 목책을 부수고 배를 묶어둔 곳을 점령했다. 그리고 덤벼드는 잡병들을 쫓고 또 쫓아 드디어 배 하나를 빼앗았다. 그는 두 부인의 수레를 싣자마자 밧줄을 풀고 돛을 올려 널따란 강으로 나갔다. 그렇게 하남의 기슭에서 벗어난 것이었다. 맞은편 기슭부터는 하북이었다. 관우는 넓은 강과 넓은 하늘을 바라보며 크게 한숨을 내쉬었다.

허도에서 나온 이후 관우는 양양, 패릉교, 동령관, 기수관, 활주 다섯 개의 관문을 지나며 여섯 명의 수장들을 베었다.

'여기까지 잘도 왔구나.'

관우는 마음속으로 속삭였다. 앞으로 지나야 할 천산만수千山萬水에는 또 어떤 고난이 있을지, 혹은 어떤 기쁨이 있을지 아직 알 수 없었다. 하지만 함께 길을 나선 두 부인은 여기까지 왔으니 이제 안심이라는 듯, 벌써부터 유비와의 재회를 마음속에 그리며 그리움 가득한 눈빛으로 강물을 내려다보았다.

48
형제 재회

강을 건너 하북 땅으로 들어선 관우. 그러나 그의 앞길을 가로막고
선 자는 조조군 최고의 용장인 하후돈. 두 영웅의 창에서 불꽃이 인다

배가 북쪽 기슭에 다다르자 관우는 수레를 다시 뭍으로 올리고 발을
내려 두 부인을 가렸다. 그 후에도 소슬한 바람과 쓸쓸한 초원을 지나
는 여행길이 계속되었다. 그렇게 며칠이 지난 후, 저 멀리서 혼자 말을
타고 다가오는 나그네가 있었다. 가까이 가서 보니, 그는 여남에서 헤
어진 손건이었다. 관우와 손건은 우연한 만남을 서로 축하했다. 그리고
관우가 먼저 물었다.

"지난날 한 약속이 있으니, 어딘가로 마중을 나올 줄 알았는데, 오지
않아 걱정을 했소. 이처럼 시간이 걸린 것을 보니 무슨 일이 있었던 모

양이오?"

"실은 원소의 진영에서 여러 가지로 내분이 일어 여남의 유벽과 공도의 뜻에 따라 하북에 사자로 갔던 내 계획이 전부 엉망이 되어버리고 말았소. 그렇지만 않았어도 유 황숙을 여남으로 파견하라고 원소를 설득하여 도중에서 귀공의 일행과 만나게 했을 것이오."

"그렇다면 유 황숙은 지금 원소 밑에 무사히 계시다는 말이오?"

"아니오. 2, 3일 전에 내가 은밀히 일을 꾸며 하북에서 벗어나 여남으로 가시게 했소."

"그렇다면 그 후의 안부는?"

"아직 모르오. 나는 귀공과의 약속도 있고, 또 두 부인의 안전도 걱정이 되었기에 서둘러 이쪽으로 온 것이오. 장군과 수레가 아무것도 모르고 곧장 하북으로 갔다면 그야말로 제 발로 걸어서 우리로 들어가는 꼴이 될 뻔했소. 바로 눈앞에 위험이 있소. 어서 방향을 틀어 여남으로 서둘러 가도록 하시오."

"이렇게 장군을 만나게 돼서 참으로 다행이오. 그렇다면 유 황숙만 탈 없이 탈출에 성공한다면 여남에서 뵐 수 있다는 말이로군."

"그렇소. 주공께서도 얼마나 기다리고 계신지 모르오. 원소의 진중에 있는 동안 주위로부터 끊임없이 의심을 받았으며 원소에게도 두 번이나 목을 베일 뻔했으니."

손건은 그동안 유비가 겪은 여러 가지 고난을 자세히 들려주었다. 그러자 수레 안에서 듣고 있던 두 부인이 훌쩍였고, 관우 역시 자신도 모르게 눈물을 흘렸다.

"어쨌든 조심하지 않으면 안 될 것이오. 여기서 여남은 그리 멀지 않으나, 무슨 일이든 마지막 순간에 긴장이 풀려 뜻밖의 일이 벌어지는 법이니. 손 장군, 앞장서서 길을 안내해주시기 바라오."

관우가 자신의 마음을 다잡고는 하인들에게도 주의를 주었다.

"알겠소."

그들은 급히 방향을 틀어 여남의 하늘을 향해 달려갔다. 그렇게 길을 재촉한 지 얼마 되지 않아서였다. 뒤쪽에서 뽀얀 먼지를 일으키며 따라오는 3백 기 정도의 부대가 있었다. 그들이 바짝 뒤까지 따라오자 관우가 손건에게 수레를 지키며 길을 가게 했다. 그리고 자신은 혼자 뒤를 돌아 그들을 기다렸다. 가장 앞에서 달려오는 대장을 보니 한쪽 눈이 뭉그러져 있었다.

'저 사람은 조조 최고의 부장인 하후돈이로구나.'

관우가 온몸의 털을 곤추세우고 청룡도를 비껴 쥐었다.

"거기 있는 놈은 관우가 아니냐?"

하후돈이 외치자 관우도 커다란 소리로 응했다.

"보고도 모르겠느냐?"

호랑이를 보면 용은 화를 내고, 용을 보면 호랑이는 곧 포효한다. 두 사람 사이로 흐르는 살기 때문에 다른 사람들은 끼어들 틈조차 없었다.

"네놈이 다섯 개의 관을 함부로 지나며 여섯 장수를 베었을 뿐만 아니라, 나의 부하인 진기의 목숨까지 앗았다고 하더구나. 조용히 목을 내놓아라. 그게 싫다면 나의 오랏줄을 받아라."

그 말에 관우가 껄껄 웃으며 답했다.

"예전에 조 승상의 허락을 받은 일이다. 내가 돌아가는 날 앞길을 가로막는 자가 있으면 전부 목을 쳐서 시체의 산을 넘고 피의 강을 건너서라도 돌아가겠다고! 나는 그 말을 지키며 앞으로 나아갈 뿐이다. 네놈도 역시 이 관우를 위해 피의 작별을 하러 온 것이냐?"

"참으로 시건방진 놈이로구나. 천하에 너 말고는 사람이 없는 줄 아느냐?"

하후돈이 한쪽 눈을 희번덕이며 몹시 화를 냈다. 그는 곧바로 창을 휘둘렀다. 그의 창이 관우의 기다란 수염을 휙 스치고 지나갔다. 그리고 관우의 언월도와 부딪치며 어느 한쪽의 무기가 부러진 것이 아닌가 싶을 정도로 요란한 소리를 울렸다. 명마 적토가 주인과 함께 싸우려는 듯 입을 크게 벌리고 사납게 울부짖었다. 10합, 20합…… 두 사람의 무기가 맞부딪칠 때마다 타는 냄새가 날 정도로 불꽃이 일었다.

그때 뒤쪽에서 목이 쉴 정도로 소리를 지르며 달려오는 사람이 있었다. 조조가 급히 보낸 사자였다. 그는 말 위에 탄 채 승상이 직접 쓴 글을 내보이며 급히 두 사람을 말렸다.

"관 장군은 충의로운 사람이니 관문과 나루터의 모든 길을 열어 무사히 지나게 하라는 승상의 명령이십니다. 친히 써주신 글이 여기에 있습니다."

하지만 하후돈은 그것을 보려 하지도 않고 사자에게 되물었다.

"관우가 다섯 개의 관을 지나며 여섯 장수의 목을 벤 사실을 알고 내리신 명령인가?"

사자는 그 전에 승상부에서 내려온 것이라고 대답했다.

"역시! 그 사실을 아셨다면 이런 글을 내리셨을 리 없다. 당장 이놈을 사로잡아 허도로 보내 승상의 처분을 받도록 하겠다."

하후돈은 호기 넘치는 장부였기에 끝까지 관우를 그냥 보내주려 하지 않았다. 두 영웅이 다시 싸움을 시작했다. 그러자 두 번째 사자가 달려오며 외쳤다.

"두 장군은 무기를 거두시오. 승상의 명령입니다."

하후돈이 창끝을 조금도 쉬지 않으며 소리 질렀다.

"명령을 들을 필요도 없다. 이놈을 사로잡으라는 명령이 아니냐? 나도 잘 알고 있다."

사자는 함부로 접근하지 못하고 멀리서 다시 큰 소리로 말했다.

"아닙니다. 나중에 생각이 미치시어, 부절이 없으면 관을 지날 수 없을 테니, 틀림없이 어려움을 겪고 있을 것이라며, 차례차례 세 번이나 글을 내리셨습니다."

하후돈은 들은 척도 하지 않았다. 관우도 굳이 그의 양해를 얻으려 하지 않았다. 말도 지치고 천하의 두 영웅도 피로를 느끼기 시작할 무렵이었다. 다시 말을 몰아 달려오며 하후돈을 꾸짖는 사람이 있었다.

"하후돈! 고집 그만 부리시오. 승상의 명령을 어길 셈이오?"

그도 역시 허도에서 말을 몰아 급히 내려온 사자였는데, 다름 아닌 장료였다. 하후돈은 그제야 말을 물리고 얼굴 가득 땀을 뚝뚝 흘리며 말했다.

"오오, 장군까지 오셨소?"

"승상께서 이만저만 걱정하신 것이 아니오. 귀공과 같은 고집불통도 있으니."

"무슨 걱정을 하셨다는 게요?"

"동령관의 공수가 관우를 막으려다 목이 떨어졌다는 소리를 들으시고, '아아, 나의 불찰이로다. 혹시 가는 길마다 그런 일이 일어난다면 곳곳의 태수를 헛되이 잃게 되는 셈이다' 하시며 급히 글을 써서 두 번이나 사자를 보내셨소. 그래도 걱정이 되셨는지 특별히 나를 파견하신 것이오."

"어찌 그리 커다란 정을 베푸시는 것인지."

"귀공도 관우처럼 충절을 다하면 될 것이오."

"내가 저런 놈 따위에게 질 줄 아시오?"

하후돈은 분하다는 듯 침을 내뱉고 여전히 성난 목소리로 말을 이었다.

"관우에게 목숨을 잃은 진기는 원비장군 채양의 조카로, 채양이 직접 나를 믿고 맡긴 부하요. 그런 부하를 잃었는데 내가 어찌……."

"잠시 기다리시오. 채양 장군에게는 내가 잘 말하도록 하겠소. 우선은 승상의 명령을 받들도록 하시오."

장료가 달래자 하후돈도 어쩔 수 없이 병사들을 데리고 돌아갔다. 그리고 장료는 뒤에 남아 관우와 이야기를 나누었다.

"갑자기 길을 바꿔 대체 어디로 가시려는 것입니까?"

장료가 알 수 없다는 표정으로 묻자 관우가 솔직하게 대답했다.

"주공께서 이미 원소에게서 벗어나 다른 곳으로 가셨다는 소식을 들었기에……."

"그렇습니까? 혹시 주공이 계신 곳을 도저히 찾을 수 없다면 다시 허도로 오셔서 승상의 은우恩遇를 입으시기 바랍니다."

"무인의 길을 가겠습니다. 이미 내딛은 발걸음인데, 어찌 되돌릴 수 있겠습니까? 말 한마디의 무게가 천금과 같으니 혀를 함부로 놀릴 수도 없습니다. 혹시 주공이 계신 곳을 알지 못한다면 천하를 다 돌아다녀서라도 만날 생각입니다."

장료는 말없이 허도로 돌아갔다. 그와 헤어지기 전 관우는 조조의 신의에 감사하고, 또한 소중한 부하를 죽인 일을 사과했다. 그 무렵 두 부인을 태운 수레는 손건의 경호를 받으며 멀리 앞쪽을 달려가고 있었다. 하지만 관우는 적토마를 타고 있었기에 쉽게 따라잡을 수 있었다. 그런데 앞서 가는 수레도, 뒤따라가는 관우도 차가운 소나기를 맞아 흠뻑 젖어버리고 말았다.

밤이 되자 그들은 한 민가에서 하룻밤 묵기로 하고, 화로에 둘러앉아 옷을 말렸다. 그 집의 주인은 곽상郭常이라는 선한 사람이었다. 그는 양을 잡아 고기를 삶고 술을 데워 관우 일행을 위로했다. 시골집이었으나 후당도 있었다. 두 부인은 그곳에서 몸을 쉬었다. 관우와 손건은 옷이 전부 마르자 밖으로 나가 말에게 여물을 주고, 하인과 보병들에게 술을 나누어주었다.

그때 담장 밖에서 한 젊은이가 여우처럼 의심 깊은 눈으로 자꾸만 안을 훔쳐보았다. 그러더니 그가 곧 불쑥 들어와서는 큰 소리로 외쳤다.

"너희는 누구냐? 왜 남의 집에서 소란을 피우는 것이냐?"

"조용히 해라. 고귀한 손님께 그 무슨 말버릇이냐."

주인 곽상이 그를 나무랐다.

잠시 뒤, 화롯가에 앉아 이야기를 나누던 중 곽상이 눈물을 뚝뚝 흘리며 관우와 손건에게 신세를 한탄했다.

"조금 전에 버릇없이 굴던 놈이 바로 제 아들입니다. 보신 것처럼 밤낮 사냥만 다닐 뿐, 농사와 학문에는 조금도 관심이 없습니다. 어찌해야 좋을지 참으로 걱정입니다."

"그렇게 걱정만 하실 필요 없습니다. 사냥도 무예 중 하나이니, 곧 집안일도 돕고 학문에도 힘을 쓸 것입니다."

두 사람이 위로했으나 주인은 한숨을 거두지 않았다.

"아닙니다. 사냥뿐이라면 모르겠으나 마을의 못된 놈들과 어울려 다니며, 도박과 술, 여자에 빠져 지냅니다. 참으로 말릴 방법이 없습니다. 제가 낳은 자식이지만 때로는 정나미가 떨어질 때도 있습니다."

그날 밤, 모두가 잠든 후 사건이 일어났다. 대여섯 명의 악한이 몰래 숨어 들어와 마구간에 있던 적토마를 훔치려 했다. 하지만 워낙 사나운 말이었기에 그중 한 명이 걷어차여 쓰러졌고, 그 소리에 모든 사람이 눈을 뜨게 된 것이었다. 손건과 수레를 끄는 하인들이 포위하여 그들을 잡고 보니, 그중 한 명은 저녁에 잠깐 얼굴을 봤던 곽상의 아들이었다. 손건이 그들을 줄줄이 묶은 뒤 숨을 거칠게 내쉬며 외쳤다.

"모두 베어버려라!"

그러자 주인인 곽상이 통곡을 하며 관우에게로 달려갔다.

"자비를 베풀어주시기 바랍니다. 저처럼 몹쓸 짓만 하는 놈입니다만, 나이 든 제 아내는 저놈이 없으면 살아갈 수 없을 정도로 저놈을 아끼고 있습니다. 부디 자비를 베푸셔서 저놈의 목숨만은……."

그가 땅바닥에 거듭 머리를 조아리며 용서를 빌었다. 그러자 관우가 모두를 풀어주었다. 곽상 부부는 자기 아들의 은인이라며 이튿날 아침에도 관우에게 거듭 머리를 조아렸다.

"이렇게 좋은 부모를 뒀으면서도 그 소중함을 모르다니. 이리 데려오도록 하십시오. 떠나기 전에 제가 훈계를 하도록 하겠습니다."

관우의 말에 부부가 기뻐하며 그를 데리러 갔으나 방탕한 아들은 이미 집 안에 없었다. 하인들의 말에 의하면 이른 새벽부터 좋지 않은 무리 대여섯 명과 함께 어딘가로 가버렸다는 것이었다.

***

관우 일행은 그날 산길을 지나야 했다. 얼마 후 고개 하나를 넘을 때였다. 백 명 정도의 부하를 거느린 산적의 두목 하나가 말 위에 앉아 길을 가로막고 외쳤다.

"나는 황건의 잔당인 대방 배원소裴元紹다. 이 산을 무사히 넘고 싶다면 그 적토마를 놓고 가라."

관우는 그들을 비웃으며, 왼손으로 자신의 수염을 흔들어 보였다.

"이것을 모른단 말이냐?"

그러자 배원소가 깜짝 놀란 표정으로 말했다.

"긴 수염, 붉은 얼굴, 봉의 눈을 한 대장이 바로 관우라는 소문을 들은 적이 있는데……. 그렇다면 네가 바로?"

"내가 바로 그 관우다."

"앗, 그렇다면."

배원소가 놀라 말에서 뛰어내리더니, 얼른 뒤쪽으로 달려가 부하들 가운데서 한 젊은이를 끌고 왔다. 그러고는 그의 상투를 쥐어 땅바닥에 엎드리게 했다. 관우는 그가 대체 무슨 짓을 하려는 건지 이해할 수 없었다.

"관 장군, 이 조무래기를 벌써 잊으셨습니까? 산 밑에 사는 곽상의 아들입니다만……."

"아아, 그 집의 아들이로군."

"사실은 이놈이 조금 전에 제 산채로 와서 오늘 고개를 넘을 나그네는 적토마라는 천하의 명마를 가지고 있으며, 돈도 있고 여자도 데리고 있으니, 그들을 덮쳐 전부를 빼앗은 뒤, 자신에게도 얼마간 몫을 떼어달라고 말했습니다. 산적 주제에 이렇게 말하면 어떻게 들리실지 모르겠으나 저는 결코 금은이나 여자 따위에 관심이 있는 자가 아닙니다. 하지만 천하의 명마라는 말에 놓칠 수 없다는 생각이 들었습니다. 관 장군이신 줄은 꿈에도 몰랐기에……."

"어떻게 된 일인지 짐작이 가는구나. 저놈은 어젯밤부터 내 말에 눈독을 들이고 있었다. 그런데 힘이 모자라니 자네를 부추긴 거겠지."

"뻔뻔스러운 놈."

배원소가 갑자기 그의 목을 비틀어 쥐더니 단검으로 베려 했다.

"아, 잠깐 기다리게. 그 아이를 죽여서는 안 돼."

"왜 그러십니까? 이놈의 목을 바쳐 장군께 사과드리려 했습니다만."

"그냥 보내주게. 그 방탕한 아이에게는 나이 든 부모님이 계시다네. 우리가 그의 부모님께 하룻밤 은혜를 입었으니……."

"아아, 장군은 역시 소문과 조금도 다르지 않은 분이십니다."

배원소가 그 사내의 멱살을 쥐어 땅바닥에 내팽개치자 그가 산 밑으로 달려 내려갔다.

산적의 두목인 배원소가 끊임없이 관우를 추종하는 말을 하자 관우가 그에게 물었다.

"그대는 나를 어떻게 알고 있소?"

그러자 배원소가 대답했다.

"여기서 20리쯤 떨어진 와우산臥牛山(하남성 개봉 부근)에 관서關西의 주창周倉이라는 자가 살고 있습니다. 가슴이 넓은 판자 같고 수염이 구불거리며 양쪽 팔에서 천근과도 같은 힘이 솟는 호걸입니다. 그자가 장군을 흠모하고 있다는 사실은 모르는 사람이 없을 정도입니다."

"그는 원래 어떤 일을 하던 사람인가?"

"원래는 황건적의 장보를 따라다녔는데, 지금은 산림에 숨어 오로지 장군의 위명威名을 흠모하며 언젠가 뵐 날만을 기다리고 있습니다. 그런 탓에 저도 주창에게서 장군의 소문을 자주 들었습니다."

"산림 속에 그런 인물이 있었단 말인가? 자네도 그 주창이라는 자처럼 사악함을 억누르고 올바름을 일으켜 밝은 인도를 당당히 걷는 것이 어떻겠는가?"

배원소가 공손히 개심할 것을 맹세했다. 그리고 무리의 앞에 서서 산길을 안내했다. 한 10여 리쯤 가자 앞쪽에 한 무리의 사람들이 무릎을 꿇고 앉아 있는 것이 보였다. 가까이 다가가서 보니, 무리 중 우두머리인 듯한 사람이 길바닥에 엎드려 관우와 손건과 수레를 향해 절을 하고 있었다. 배원소가 말을 멈추고 관우에게 말했다.

"관 장군, 저기에 엎드려 있는 자가 관서의 주창입니다. 모쪼록 그에게 한마디 건네주시기 바랍니다."

***

관우가 말에서 내려 주창 곁으로 성큼성큼 다가갔다.

"자네가 주창인가? 어찌 그리 엎드려 있는 겐가? 어서 일어나게."

관우는 그를 일으켜 세웠다. 주창이 일어나기는 했으나 여전히 자신을 부끄럽게 여기며 말했다.

"각지에서 대란이 일었을 때, 황건적의 무리에 속해 몇 번 뵌 적이 있었습니다. 황건적의 난이 가라앉은 뒤에도 앞서 지은 죄 때문에 도적의 무리들과 함께 산림에 숨어 살아가고 있습니다. 이러한 몸으로 장군을 뵙게 된 것이 참으로 원통합니다. 하지만 이는 하늘이 주신 기회이기도 하니 한편으로는 감사한 마음입니다. 장군, 부디 저를 거두어주십시오. 저를 구해주십시오."

"거두어달라? 구해달라니, 무슨 말이오?"

"장군을 모실 수만 있다면 말을 끄는 일개 병사여도 상관없습니다. 사도邪道에서 벗어나 떳떳하게 정도를 걷고 싶습니다."

"아아, 그대는 참으로 선한 사람이로다."

"부탁드리겠습니다. 그럴 수만 있다면 죽어도 여한이 없겠습니다."

"하지만 저 수많은 부하들을 어쩔 셈이오?"

"저들도 모두 저처럼 장군을 흠모하고 있습니다. 제가 장군을 따르면 생사를 함께하기로 맹세한 자들뿐입니다."

"잠시 기다리시오. 두 부인께 여쭙고 올 테니."

관우가 가만히 수레 곁으로 가서 두 부인의 뜻을 물었다. 그러자 감부인이 말했다.

"저희는 아무것도 모르는 아녀자에 불과합니다. 장군 뜻대로 하시길……. 하나, 지난번 장군께서는 산적을 받아들이면 주공의 이름에 누가 될지도 모른다며 동령의 요화 등도 받아주기를 거부하셨습니다. 그리고 저들을 받아들이면 세상 사람들이 어떻게 생각할지도 모르겠습니다."

"옳으신 말씀입니다."

관우 역시 같은 생각이었다. 그가 주창 앞으로 돌아와서 참으로 미안하다는 듯이 말했다.

"두 부인께서 난색을 표하셨다네. 오늘은 산채로 그냥 돌아가고 훗날을 기약하기로 하세."

"지당하신 말씀입니다. 몸은 녹림에 있고 재주는 필부입니다. 그러니 억지로 받아달라고 떼를 쓸 자격도 없습니다만, 제게 있어 오늘은 천재일우, 맹귀부목盲龜浮木과도 같은 날이니 이 기회를 놓칠 수 없습니다. 더는 하루도 그릇된 길을 걸을 수 없습니다."

주창이 거의 울 듯한 표정으로 말했다. 그리고 진심으로 호소하면 사람의 마음을 움직이지 못할 것도 없다는 심정으로 온 정성을 다해 자신의 뜻을 밝혔다.

"부디 저를 인간으로 만들어주시기 바랍니다. 지금 우물 속에서 하늘의 해를 바라보는 듯한 심정으로 장군을 우러르고 있습니다. 이번 인연의 끈을 놓치면 다시 밝은 사람의 길을 걸을 수 없을지도 모르는 몸입니다. 혹시 많은 부하들을 데리고 다니다 세상 사람들의 입방아에 오르는 것을 염려하시는 거라면, 부하들은 잠시 배원소에게 맡겨둘 테니, 저 혼자만이라도 장군의 말고삐를 잡고 따라갈 수 있게 해주십시오."

그의 성의에 관우의 마음도 움직였다. 관우가 다시 수레 곁으로 가서 부인들에게 물었다.

"가엾은 사람이니 그의 마음을 받아주시기 바랍니다."

부인의 허락에 주창은 환호작약歡呼雀躍하며 하늘에 대고 소리를 질렀다.

"아아, 감사합니다!"

그런데 이번에는 배원소가 관우에게 청했다.

"주창을 받아주었으니 저 역시 종으로라도 받아주십시오."

그러자 주창이 그를 잘 타일렀다.

"자네가 부하들을 맡아주지 않으면 모두가 뿔뿔이 흩어져 어떤 악행을 저지를지 알 수 없는 일 아닌가. 조만간 자네를 부르러 반드시 올 테니 나를 위해서 그때까지 산에 머물러주기 바라네."

배원소는 어쩔 수 없이 부하들을 데리고 산채로 돌아갔다. 자신의 뜻을 이룬 주창은 첩첩산중의 길을 수레를 끌며 앞장서서 나아갔다.

며칠 후, 그들은 목적지인 여남의 경계 부근에 이르렀다. 그날 일행은 저 멀리 험한 산의 중턱 부근에 있는 낡은 성 하나를 발견했다. 하얀 구름이 그 성의 망루와 돌문을 부드럽게 감싸고 있었다.

"저 고성에서 연기가 피어오르고 있는데? 누가 지키고 있는 걸까?"

관우와 손건이 손을 이마에 얹어 바라보는 사이 주창이 눈치 빠르게 어딘가로 달려가더니 마을 사람을 데리고 왔다. 그 사람은 사냥꾼인 듯했다. 사람들이 묻자 그가 대답했다.

"3개월쯤 전의 일입니다. 장비라 하는 무시무시한 장군이 4, 50명의 부하들을 이끌고 와서 다짜고짜로 저 고성을 공격하기 시작했습니다. 원래는 천여 명의 거친 사람들이 저곳에 모여 산적질을 하고 있었습니다. 근데 그 장군이 그들을 전부 내몰고 어느 틈엔가 성 주위에 호를 깊이 파고 방책防柵을 세우고 근처 마을에서 군량과 말을 모았습니다. 그 뒤로 사람의 숫자가 점점 늘어나더니 지금은 3천 명 이상이나 저곳에 머물러 있다고 합니다. 이곳의 관리들과 나그네들도 그들을 두려워하여 저 산에는 함부로 다가가지 않습니다. 그러니 길은 조금 멀어지나 남쪽으로 돌아서 여남으로 들어가시는 편이 나을 것입니다."

관우는 겉으로 별생각 없이 듣는 척하고 있었으나 마음속으로 펄쩍 뛸 듯이 기뻐했다. 사냥꾼을 돌려보낸 뒤 손건을 돌아보며 말했다.

"저 사람의 말 들었소? 틀림없이 나의 아우인 장비요. 서주에서 뿔뿔이 흩어진 지도 벌써 반년이나 지났는데, 뜻밖에도 여기서 만나게 될 줄이야. 손 장군, 얼른 저 고성으로 가서 장비에게 자세한 사정을 이야기하고 두 부인을 맞아들이라고 전해주시오."

"알겠소."

손건이 씩씩한 모습으로 곧 말에 올라 산길을 달리기 시작했다. 비마飛馬는 순식간에 계곡으로 달려 내려가더니 저쪽 산기슭을 돌아 곧 목적지인 고성 밑으로 다가갔다. 예전에 어떤 왕후王侯가 머물던 곳이었는지 규모가 매우 큰 산성이었다. 하지만 산꼭대기의 진채와 망루는 전부 풍화되었고, 그곳으로 통하는 문과 한 줄기 돌계단만이 간신히 수리되어 있었다. 손건이 보초병에게 자신이 누구인지 밝히자, 보초병이 부장에게로, 부장이 장비에게로 이야기를 전달했다.

"손건이 왔을 리가 없다. 틀림없이 가짜일 것이다."

장비의 커다란 목소리가 중문에까지 들려왔다. 손건이 기쁜 마음에 문 옆에 서서 외쳤다.

"장 장군, 나 손건이요."

"아아, 정말 손 장군이었소? 여길 어떻게 알고 찾아오셨소?"

장비는 여전히 씩씩하고 건강했다. 그는 높은 돌계단 위에서 손을 들어 손건을 맞이했다. 잠시 뒤 두 사람이 들어간 곳은 산 중턱의 한 각이었다. 장비는 그곳에 자리를 잡고 앉아 왕과 같은 권세를 휘두르고 있는 듯했다.

"참으로 절경이요. 정말 좋은 곳을 점령했구려. 여기에 만 명의 병마와 3년 치 군량만 있으면 주州 하나 빼앗는 것은 일도 아니겠소."

손건이 말하자 장비가 껄껄 웃으며 대답했다.

"이곳에 들어온 지 아직 석 달밖에 지나지 않았으나 벌써 3천 명을 모았소. 주 하나가 아니라 10주, 20주라도 정벌하여 큰형님의 행방을 알게 되는 날 전부 바칠 생각으로 있소. 장군도 나를 좀 도와주시오.”

“전부가 유 황숙을 위한 일인데 돕고 말고 할 게 어디 있겠소. 우리는 모두가 한 몸 아니오? 사실 오늘 여기에 온 것도, 유 황숙의 두 부인을 모시고 여남으로 가는 관 장군의 말에 따라 내가 먼저 그 소식을 전하러 온 것이오. 바로 성 밖으로 나가 두 부인의 수레를 맞아들이도록 하시오.”

“뭣, 관우가 오고 있다고?”

“허도를 떠나 여남의 유벽에게로 가는 길에 이곳을 지나게 됐소. 잠시 하북의 원소에게 몸을 의지하고 있던 주공께서도 이미 그곳에 가 계실 것이오.”

손건이 앞뒤의 사정을 들려주자 장비가 무슨 생각을 한 것인지 갑자기 성안의 병사들에게 출동 명령을 내렸다. 그리고 자신도 장팔사모를 쥐고 손건에게 말했다.

“손 장군은 천천히 뒤따라오시오.”

장비는 말이 끝나기가 무섭게 산굴山窟의 문을 통해 질풍처럼 달려나갔다. 그 모습이 아무래도 심상치가 않았기에 손건도 급히 말에 뛰어올랐다.

천여 기의 병마가 널따란 계곡을 따라 올라오고 있었다. 두 부인을 실은 수레를 세워놓고 하인들이 기뻐하며 서로 떠들어댔다.

“아아, 장 장군께서 벌써 부하들을 데리고 수레를 맞으러 오셨다.”

잠시 뒤 그곳으로 달려온 장비는 사나운 말 위에 장팔사모를 틀어쥐고 앉아 호랑이 수염을 곤추세우고 핏발 선 눈으로 소리쳤다.

"관우는 어디에 있느냐? 당장 이리 나와라!"

"그래, 장비야. 그간 잘 지냈느냐?"

장비의 목소리를 듣고 관우가 별생각 없이 앞으로 나섰다. 그러자 장비가 갑자기 장팔사모를 내지르며 벼락이 거목을 찢어놓듯 고함을 질렀다.

"거기 있었느냐, 이 돼먹지 못한 놈아!"

관우가 놀라 장비의 창을 피하며 말했다.

"장비야, 왜 이러는 게냐? 돼먹지 못한 놈이라니 무슨 말이냐?"

"돼먹지 못한 놈이라는 말을 못 알아듣겠다면 불의不義한 놈이라고 해야겠구나. 뻔뻔스럽게 무슨 낯짝으로 나를 보러 온 것이냐?"

"무슨 소리냐? 이 관우가 어떤 불의를 저질렀단 말이냐?"

"닥쳐라! 조조 밑에서 수정후라는 봉작을 받고 의도 잊은 채 한껏 부귀영화를 누리다 허도에서의 사정이 여의치 않아지자 이곳으로 도 망쳐온 게 아니냐? 뻔뻔스럽게 나까지 속이려 하다니! 한때는 피를 나 누어 마시고 형제의 의를 맺었으나 개만도 못한 놈을 형님으로 모실 수는 없다. 당장 승부를 가리자, 승부를! 너를 없애고 나야 이 장비가 이 세상에서 살아갈 수 있을 것이다. 네가 살아 있는 세상에서는 이 장 비도 살고 싶지 않다. 어서 덤벼라, 관우!"

"아하하하, 그 급한 성격은 여전하구나. 내 입으로 변명은 하지 않 겠다. 두 부인께 인사를 드리고 그간 허도에서 있었던 일을 잘 듣도록 해라."

"이놈, 뭐가 우습다는 게냐!"

"웃지 않을 수가 없구나."

"언제까지 웃을 수 있나 보자. 그냥 두지 않겠다."

장비가 붕붕 창을 돌리며 다시 관우를 향해 달려들자 수레 안에 앉아 있던 두 부인이 깜짝 놀라 발을 걷고 장비에게 외쳤다.

"장 장군, 장 장군. 어찌 충의로운 사람에게 화를 내는 겁니까. 어서 물러서도록 하십시오."

장비가 뒤를 돌아보며 말했다.

"아닙니다, 부인. 놀라지 마십시오. 이 불의한 놈을 처치한 뒤 고성으로 모시도록 하겠습니다. 이처럼 두 마음을 품은 놈에게 속아서는 안 됩니다."

감 부인이 오해를 풀기 위해 잘 나오지도 않는 목소리를 힘껏 쥐어짰다. 하지만 가만히 서서 그런 말을 귀에 담고 있을 장비가 아니었다.

"관우가 아무리 교묘하게 변명을 한다 할지라도, 충신이라면 두 주인을 섬길 수 없는 법입니다."

뒤따라온 손건도 장비의 모습을 보고 버럭 화를 냈다.

"이 호랑이 수염을 기른 벽창호야. 소란을 피워도 좀 적당히 피워라. 관 장군이 잠시 조조에게 투항하여 죽음보다 더한 고통을 참은 것은 큰 뜻이 있었기 때문이다. 너처럼 생각이 짧고 단순한 사람은 도저히 이해할 수 없을 테지만, 일단은 창을 거두고 관 장군의 말을 차분히 들어보아라."

장비가 더욱 성을 내며 손건에게까지 억지를 부렸다.

"오호라, 네놈들이 하나가 되어 이 장비를 생포해오라는 조조의 명령을 받고 온 것이로구나. 좋다, 그렇다면."

관우는 끝까지 장비를 달래려 했다.

"너를 사로잡을 생각이었다면 더 많은 병마를 끌고 왔을 게다. 봐라, 내가 데리고 온 사졸들이라고 해봐야 두 부인께서 타신 수레를 밀 정도의 사람들밖에 없지 않느냐? 그 무슨 쓸데없는 생각을 하는 게냐? 하하하."

관우가 웃을 때, 마침 뒤쪽에서 한 무리의 군마가 땅을 울리며 달려오고 있었다. 저것 보라는 듯 장비가 더욱 깊이 의심을 하며 본격적으로 싸울 준비를 했다.

관우가 장비를 훌쩍 피하며 적토마에 탄 채 뒤를 돌아보았다.

"잘 보고 있어라, 장비야. 저 추격해오는 대군을 내가 가서 물리쳐 네게 한 치의 거짓말도 하지 않았다는 것을 증명하고 올 테니."

"아하, 저건 조조의 부하들이 아니냐? 너와 미리 짜고 이 장비를 잡으러 온 것이겠지."

"아직도 의심을 하고 있는 게냐? 너의 그 의심을 눈앞에서 풀어주도록 하마. 여기서 잠시 기다려라."

"좋다, 그렇다면 여기서 잠시 기다리기로 하지. 하나 내 부하가 북을 세 번 울리는 동안 추격군 대장의 목을 이리로 가져오지 않는다면 나는 곧 나의 뜻에 따라 행동할 테니 그리 알고 가도록 해라."

"알겠다."

관우가 고개를 끄덕이며 곧장 앞으로 말을 몰고 나갔다. 그는 지켜보고 있는 장비와 두 부인을 뒤에 두고 적군이 다가오기를 기다렸다.

뽀얗게 피어오르는 먼지 위로 화염기火焰旗 세 개를 펄럭이며 급히 달려온 추격군이 곧 관우 앞에 멈춰 섰다. 관우는 미동도 하지 않고 그 자리에 버티고 서서 그들을 향해 큰 소리로 외쳤다.

"거기에 오는 것이 누구냐?"

그러자 번뜩이는 갑옷을 입은 대장 하나가 앞으로 나서며 대답했다.

"나는 원비장군 채양이다. 각지의 관문을 부수고 나의 조카인 진기의 목숨을 잘도 빼앗았겠다. 네놈의 목을 따가지고 승상에게로 가서 내가 수정후를 받을 생각으로 왔다. 각오해라, 이 부랑자야."

"참으로 우습구나, 애송이!"

관우가 말을 마친 순간 뒤쪽에서 장비의 부하가 높다랗게 북을 한 번 울렸다. 그리고 두 번, 세 번째 북소리가 울렸다. 관우는 세 번째 북소리가 꼬리를 감추기도 전에 혼란에 빠진 적군 속에서 빠져나와 장비 앞으로 달려갔다. 그리고 장비의 발밑에 목을 하나 내던지며 말했다.

"여기 채양의 목이 있다!"

그러고는 말 머리를 돌려 다시 적을 향해 달려갔다. 장비가 뒤따라가며 외쳤다.

"잘 알겠소. 역시 관우는 나의 형님이셔. 나도 돕겠소."

장비는 채양의 군을 마음껏 짓밟았다. 대장을 잃어 혼란에 빠진 잔병들은 조금도 버티지 못했다. 관우와 장비의 말발굽 아래 쓰러지는 사람, 앞다퉈 도망치려는 사람 등 채양군은 우스울 정도로 한순간에 무너져버리고 말았다. 장비는 부장 하나를 사로잡아 자백을 받은 후 관우에 대한 의심을 깨끗이 씻어낼 수 있었다.

그 부장의 말에 의하면, 채양은 조카인 진기가 황하 강변에서 목숨을 잃었다는 소리를 듣고 관우에 대한 분노를 참지 못해 몇 번이고 조조에게 복수를 청했으나 조조가 들어주지 않았다는 것이다. 그러던 중 마침 조조는 여남의 유벽을 토벌하기 위한 군대를 일으켰고, 채양도 거기에 가담하라는 명령을 받았다. 명령이 떨어지자마자 채양은 서둘러 허도를 출발해 여남으로 가지 않고 관우를 치기 위해 추격해왔다는 것이다. 채양은 관우를 살려두는 것은 승상의 앞날을 위해서도 좋지 않으며, 승상은 한때의 정을 이기지 못해 관우를 살려주었으나 곧 후회하게 될 것이라고 평계를 댔다는 것이다.

장비는 그와 같은 사실을 모두 듣고는 참으로 겸연쩍은 듯, 관우 곁으로 가서 얼굴만 거듭 쓰다듬을 뿐이었다.

"정말 미안하게 됐소, 형님. 너무 마음 상하지 마슈. 어쨌든 내 고성으로 올라갑시다. 거기서 차분히 얘기를 나눕시다."

"내게 두 마음이 없었다는 사실을 이제 알았느냐?"

"알았소, 알았으니까 그 말은 이제 그만둡시다."

장비가 부끄러워 견딜 수 없다는 표정으로 3천 명의 부하들에게 두 부인의 수레를 정중히 모셔 계곡을 건너라고 명령했다.

* * *

그날 밤, 산 위의 고성에서는 모든 초에 불이 밝혀졌고, 원시적인 음악이 구름 위에까지 울려 퍼졌다. 두 부인을 맞은 장비가 잔치를 연 것이었다.

"여기서부터 여남까지는 산 하나만 넘으면 되니 이제 큰 배에 오른 것이라 생각하시고 마음 편히 계시기 바랍니다."

그런데 이튿날, 성의 망루 위에 서 있던 보초병이 다급한 목소리로 외쳤다.

"활과 화살을 맨 4, 50명의 병사들이 성을 향해 달려오고 있다."

그 소리를 들은 장비가 자리에서 벌떡 일어서며 말했다.

"어떤 놈들이지? 어떻게 된 일인지 알아보고 오겠소."

장비는 남문 위에 서서 밖을 바라보았다. 이윽고 말을 타고 달려오던 병사들이 말에서 내리더니 성 앞에 섰다. 자세히 살펴보니 그 사이에 서주성이 함락된 이후 흩어졌던 미축과 미방 형제가 섞여 있었다.

"자네들은 미축과 미방이 아닌가?"

"오오, 역시 장 장군이셨습니다."

"여기는 어쩐 일인가?"

"저희는 서주에서 빠져나온 이후 황숙의 행방을 찾고 있었습니다. 하나, 황숙은 하북으로 들어가셨고 관 장군은 조조에게 투항했다는 소식을 듣고 어떻게 해야 좋을지 몰라 기러기 떼처럼 이렇게 부하들을 데리고 각지를 떠돌아다니고 있었습니다. 그런데 얼마 전 이 고성에서 호랑이 수염을 기른 난폭한 장수가 병사들을 모으고, 또 서주의 잔병들을 불러들이고 있다는 소식을 듣고 혹시 장 장군이 아닐까 싶어 급히 달려온 것입니다."

"정말 잘 왔소. 관우 형님도 허도를 탈출하여 어젯밤부터 이 성안에 계시오."

"아, 관 장군도 여기에 계십니까?"

"황숙의 두 부인도 이곳으로 드셨소."

"참으로 다행입니다."

미축 형제가 곧 안으로 들어가 두 부인에게 인사를 하고, 관우를 만나 오랜만에 회포를 풀었다. 두 부인이 관우의 충절에 대한 이야기를 들려주자, 장비가 면목이 없다는 듯 새삼스레 감탄을 했다. 그날 밤에도 장비는 양을 잡고 산나물을 삶아 잔치를 열었다. 하지만 관우는 때때로 탄식하며 중얼거렸다.

"여기에 큰형님이 계셨다면 이 술이 얼마나 맛있었을지. 큰형님을 생각하면 이 술도 넘어가지가 않는구나."

그러자 손건이 말했다.

"여남은 여기서 멀지 않으니 내일이라도 나와 함께 가서 황숙을 뵙기로 합시다."

그것은 무엇보다도 관우가 바라고 있던 일이었다. 날이 채 밝기도 전에 관우는 손건과 함께 여남으로 길을 서둘렀다. 그리고 여남으로 가서 유벽을 찾아갔다. 그러자 유벽이 참으로 안타까워하며 말했다.

"유현덕이라는 분이 나흘쯤 전에 이곳으로 오시기는 했는데, 성안의 병사가 얼마 되지 않는 것을 보고 '이런 세력으로는 일을 이룰 수 없다'고 하셨습니다. 그리고 여러분의 소식도 전혀 알 수 없었기에 다시 하북을 향해 길을 떠나셨습니다. 정말 간발의 차이입니다."

한 발의 차이로 천 리가 차이 나는 경우도 종종 있는 법이다. 관우는 근심 가득한 얼굴로 시무룩하게 여남에서 발걸음을 돌렸다. 두 사람은 덧없이 고성으로 돌아왔다. 손건이 관우를 위로하며 말했다.

"일이 이렇게 됐으니 내가 다시 한번 하북으로 가보겠소. 걱정할 것 없소. 내가 반드시 모시고 돌아올 테니."

그러자 장비가 나서며 말했다.

"하북에는 내가 다녀오겠소."

관우가 그런 장비를 말렸다.

"우리 형제들에게 있어 이 고성은 매우 중요한 거점이다. 너는 여기서 결코 움직여서는 안 된다."

관우는 끝내 병사 몇 명만 데리고 손건을 길잡이 삼아 직접 하북까지 유비를 찾으러 가기로 했다. 하북으로 가는 도중, 와우산 기슭에 다다르자 관우가 주창을 불러 명령했다.

"언젠가 여기서 헤어졌던 배원소를 찾아가 말을 전하도록 하게."

곧바로 주창은 관우와 헤어져 혼자 와우산 속으로 들어갔다. 그곳에는 때를 기다리라며 산속에 머물게 했던 배원소가 약 5백 명의 부하들과 5, 60마리의 말과 함께 자리를 잡고 있었다. 관우가 배원소에게 전한 말은 다음과 같았다.

"조만간 황숙을 모시고 돌아갈 때 이곳을 지날 테니, 때가 되면 부하들을 데리고 도중에서 기다리기 바란다."

손건은 그 누구와의 약속도 어기지 않는 관우의 모습을 보고 크게 감탄했다.

며칠 후, 관우와 손건은 기주의 경계 부근에 도착했다. 하지만 다음 날부터는 원소의 영토 안으로 들어가야만 했다.

"장군께서는 이 부근에 임시 거처를 마련해놓고 기다리십시오. 제가 홀로 기주로 들어가서 은밀히 황숙을 만나 모시고 돌아오겠습니다."

손건은 만일의 사태에 대비해 혼자 기주로 들어갔다. 관우는 몇 안 되는 부하들과 함께 나그네인 것처럼 꾸미고 근처 마을로 들어갔다. 그리고 마을에서 가장 커 보이는 집으로 찾아가 그 집의 문을 두드렸다. 주인은 흔쾌히 그들을 묵어가게 했다. 며칠을 지내면서 관우는 주인이 어떤 사람인지 알게 되었다. 그 후 이야기를 나누던 중 주인이 관우에게 이름을 물었고 관우는 솔직하게 밝혔다. 그러자 주인이 놀라기도 하고 기뻐하기도 하며 말했다.

"이거 참 커다란 우연입니다. 저도 관씨 성을 쓰는 사람으로 이름은 정定이라고 합니다."

그리고 두 아들을 불러 관우에게 인사를 시켰다. 둘 다 영특해 보이는 훌륭한 아들들이었다. 첫째의 이름은 관녕關寧으로 유학에 조예가 깊었으며, 둘째의 이름은 관평關平으로 무예를 열심히 연마했다. 관우는 20명의 부하들을 이 집에 숨겨놓고 오로지 손건의 소식이 오기만을 기다렸다.

한편 기주로 숨어 들어간 손건은 곧 유비가 묵고 있는 곳을 찾아냈고, 드디어 유비를 만날 수 있었다. 유비는 손건을 통해 일족들이 무사하다는 소식을 듣고 무척 기뻐했다. 하지만 이제 와서 후회가 되는 것은 자신의 발로 기주에 다시 온 사실이었다.

"어찌해야 내가 이곳에서 벗어날 수 있겠소? 지금 내 행동은 원소와 그 부하들의 주목을 끌고 있으니…….”

유비의 마음은 하늘을 날고 있었으나, 몸은 사슬로 묶인 것이나 다를 바 없었다.

“그래, 간옹의 지혜를 빌리기로 하자. 간옹은 요즘 원소의 신뢰를 얻고 있는 듯하니…….”

유비는 급히 사람을 보내 간옹을 불러오라고 시켰다.

“간옹도 여기에 와 있습니까?”

손건은 유비의 말을 듣고 놀라 눈을 둥그렇게 떴다. 간옹도 유비의 휘하에 있던 사람이었다. 얼마 전 그는 유비가 있다는 소문을 듣고 기주로 들어왔다. 하지만 원소의 심기를 건드리지 않으려고 일부러 유비에게 차가운 태도를 취하고 오로지 원소의 환심을 사기 위해 노력하고 있다는 것이었다.

얼마 후 간옹이 왔다 바로 돌아갔다. 하지만 그 짧은 시간에도 목적은 충분히 이룰 수 있었다. 이튿날, 유비는 간옹에게 받은 계책을 가슴에 담은 채 기주성으로 들어가 원소를 만났다.

“조조와의 싸움이 뜻과는 달리 장기전이 되어버리고 말았습니다. 강대한 양 진영의 실력이 백중지세여서 어디가 이길지 알 수 없습니다. 하지만 여기에 외교 전쟁을 병행하여 형주의 유표를 우리 편으로 끌어들이는 책략에 성공하면 제아무리 조조라 해도 완패할 것임에 틀림없습니다.”

“그야 물론 그렇소만……. 하나 유표도 이번에는 쉽게 움직이지 않을 것이오. 용호龍虎 모두가 상처를 입으면 그는 병사를 쓰지 않고도 어부지리를 얻는 위치에 서게 되니 말이오."

"바로 그래서 외교가 필요한 것입니다. 아홉 개 군을 끌어안고 있는 커다란 세력을 그냥 내버려둔다는 것은 참으로 어리석은 일이 아니겠습니까?"

"귀공의 말이 아니어도 전부터 그 사실을 잘 알고 있었기에 몇 번이고 사자를 보냈으나 유표는 끝내 동맹을 맺으려 하지 않았소. 그런데 다시 사자를 보낸다면 그것은 나의 권위를 떨어뜨리는 일이 될 뿐이오."

"아닙니다. 부족하나마 제가 가서 일을 꾀하여 곧 우리 편에 가담시켜보겠습니다. 그와 저는 한실의 동종同宗으로 먼 친족이라 할 수 있습니다."

원소는 깊은 생각에 빠졌고, 이내 마음이 움직였다. 그러자 유비가 거듭 말을 이었다.

"게다가 요즘에는 관우가 허도에서 탈출하여 곳곳을 돌아다니고 있다는 소식도 들려오고 있습니다. 저를 형주로 보내주신다면 반드시 관우를 찾아 우리 편으로 데리고 돌아오도록 하겠습니다."

"관우를?"

원소가 갑자기 낯빛을 바꾸며 말했다.

"그는 안량, 문추를 벤 우리의 원수가 아닌가? 내게 그 관우를 바칠 테니 목을 치라는 말인가?"

"아닙니다. 그런 뜻이 아닙니다. 굳이 비유하자면 안량과 문추 같은 자는 두 마리의 사슴에 지나지 않습니다. 설령 두 마리의 사슴을 잃었다 할지라도 한 마리의 호랑이를 손에 넣는다면 그것을 만회하고도 남지 않겠습니까."

"아하하하, 조금 전의 말은 잠시 농담을 해본 것일 뿐이오. 사실은 나도 관우를 깊이 흠모하고 있소. 그대가 형주로 가서 유표를 설득하고, 그와 더불어 관우를 데리고 오겠다는데 반대할 이유가 어디 있겠소? 어서 가도록 하시오."

"알겠습니다. 하지만 큰 계획은 사전에 새어나가면 이루기가 어렵습니다. 제가 형주에 도착할 때까지 우리 편에게도 비밀로 해주셨으면 합니다."

유비는 그렇게 말하고 일어나 하룻밤 사이에 준비를 모두 마쳤다. 그러고는 이튿날 은밀하게 원소의 서간을 받아 바람처럼 관 밖으로 달려나갔다. 그 후, 바로 간옹이 원소 앞으로 나갔다. 그리고 원소를 불안에 빠지게 했다.

"유비를 형주로 보냈다는 말을 들었습니다만 참으로 큰 실수를 하셨습니다. 아시는 바와 같이 유비는 온화한 인물이니 오히려 유표에게 설득을 당하여 형주에 머물게 될지도 모릅니다. 유표도 원대한 야심을 품고 있을 뿐만 아니라 두 사람은 종족으로 먼 친척이라 할 수 있지 않습니까?"

"설득을 하러 간 사람이 설득을 당해서는 안 되지. 아니, 훗날의 화근이 될 게야. 어떻게 하면 좋겠는가?"

"제가 뒤따라가서 그를 불러오도록 하겠습니다."

"너무 갑자기 되돌리면 내 체면이 어떻게 되겠는가?"

"그렇다면 제가 유비와 함께 가도록 하겠습니다. 자신의 사명을 결코 잊지 않도록 하겠습니다."

"그래, 그렇게 하는 것이 좋겠소. 바로 따라가도록 하시오."

그러고는 간옹에게도 관문의 부절을 건네주었다. 간옹이 말을 급히 달려 어딘가로 서둘러 갔다는 소식이 곽도의 귀에 들어간 것은 그날 저녁때였다. 부하를 시켜 알아보게 하니 그 전에 유비가 형주로 떠났다는 것이었다.

"아뿔싸!"

당황한 곽도가 원소를 찾아가 충언했다.

"참으로 큰 실수를 하셨습니다. 얼마 전 유비가 여남에서 돌아온 것은 그곳의 병력이 아직 미약하여 자신의 일을 꾀하기에 부족하다고 생각했기 때문입니다. 이번에는 다를 것입니다. 형주로 가면 두 번 다시 돌아오지 않을 것입니다. 제게 추격을 허락하신다면 급히 쫓아가 그의 목을 가져오든 생포를 해서 데려오든 하겠습니다. 부디 결단을 내려주시기 바랍니다."

하지만 원소는 허락하지 않았다. 유비의 말뿐이었다면 의심을 했을지 모르나 간옹이 이중으로 계략을 펼쳤기에 그를 굳게 믿어 의심조차 하려 들지 않았다. 곽도는 길게 탄식했으나 그대로 물러날 수밖에 없었다.

간옹은 곧 유비를 따라잡았다. 두 사람은 일이 뜻대로 되었다며 서로의 얼굴을 보고 빙긋이 웃었다. 기주의 경계도 무사히 벗어났다. 먼저 앞질러갔던 손건이 두 사람을 기다리고 있다 길을 안내하여 관정의 집으로 갔다. 멀리서 바라보니 관정의 집 앞에 주인인 관정을 비롯해 관우와 그 부하들이 늘어서서 유비를 기다리고 있었다. 오랜만에 서로를 보는 유비와 관우의 눈에는 눈물이 가득 고여 있었다.

"아아……."

"오……."

순간 두 사람의 입에서 나온 말은 그뿐이었다. 유비와 관우 모두 무슨 말부터 해야 좋을지 몰랐던 것이다. 관정이 두 아들과 함께 문을 열어 유비를 안으로 맞아들였다. 한적한 숲 속의 초라한 집이었으나 진심 어린 환대는 화려하기만 한 잔치보다 훨씬 나은 것이었다. 잠시 뒤 모든 사람들이 물러가자, 유비와 관우가 비로소 손을 마주 잡고 눈물을 흘렸다. 관우가 유비의 발아래 이마를 대자 유비가 그의 손을 잡아 자신의 뺨에 문질렀다.

그 집에서 벌어진 조촐한 잔치에서 유비는 관정의 작은아들인 관평의 사람됨을 칭찬했다. 그러고는 관우에게 말했다.

"관우 네게는 아직 아들이 없으니 관평을 양자로 들이는 것이 어떻겠느냐?"

뜻밖의 말에 관정은 한없이 기뻐했다. 관우도 관평의 재주를 은근히 아끼고 있었다. 관우는 그 자리에서 바로 관평을 양아들로 삼았다.

이튿날 아침, 그들은 원소의 추격군이 오기 전에 멀리 벗어나야 한다며 관정의 집에서 나왔다. 그리고 급히 발걸음을 재촉하여 구름 사이로 와우산이 보이는 곳에 이르렀다. 그다음 날은 와우산 아래쪽 길로 접어들었다. 그런데 예전에 내렸던 관우의 명령에 따라 그 부근에서 기다리고 있어야 할 배원소의 부하들이 무엇인가에 쫓기듯 급히 달려오고 있었다.

"무슨 일이냐?"

관우가 그 가운데 있던 주창을 보고 묻자 주창이 대답했다.

"누군지 모르겠습니다만, 저희가 장군을 맞으려고 산 위에서 내려오고 있는데 중간에 한 떠돌이 무사가 말을 묶어둔 채 길 위에서 달게 잠을 자고 있었습니다. 앞장서 내려오던 배원소가 길을 비키라고 소리치자, 산적 주제에 대낮부터 웬 행패냐며 벌떡 일어나 배원소를 베어버렸습니다. 이에 저희 모두가 그를 에워쌌으나 그의 무예가 출중하고 싸우면 싸울수록 더욱 사나워져서 도저히 당해낼 수가 없었습니다. 세상에 그런 무사가 있을 줄은 꿈에도 몰랐습니다."

"그렇다면 그 별난 인물의 창과 이 청룡도를 한번 부딪쳐봐야겠구나."

관우가 혼자 말에 올라 산 위쪽으로 달려가기 시작했다. 유비도 채찍을 휘둘러 관우를 뒤쫓았다. 그런데 멀리서 말 위에 매처럼 앉아 있던 무사가 유비의 모습을 보자마자 말에서 내리더니, 관우가 도착했을 때에는 이미 땅 위에 엎드려 있었다.

"그대는 조운이 아니시오?"

유비와 관우가 거의 동시에 외쳤다. 무사가 얼굴을 들더니 한동안 그저 반가운 얼굴로 바라보기만 했다.

조자룡은 오래전부터 공손찬의 부장으로 있던 장군으로, 유비와도 친분이 있었다. 한때는 유비의 진영에도 있었다. 그리고 북평의 전투에서 공손찬을 도와 원소군을 크게 괴롭혔다. 하지만 공손찬은 끝까지 버티지 못하고 힘이 다하여 성과 함께 목숨을 잃었고, 이후 조자룡은 정처 없이 떠돌면서도 절개를 지켰다. 원소로부터 몇 번이고 부름을 받았으나 끝내 원소에게는 가지 않았다. 각 주의 제후들도 예를 갖춰 맞아들이려 했으나 그는 봉록이나 이익에 구애받지 않고 각지를 편력했다. 그러던 중 장비가 여남의 경계 부근에 있는 고성에 자리를 잡았다는 소문을 듣고 그곳을 찾아가보기 위해 여기까지 온 것이었다.

유비가 감격에 겨워 말을 이었다.

"여기서 자네를 만나다니 하늘의 도움일세. 자네를 처음 보았을 때부터 나는 자네에게 커다란 기대를 품었다네. 훗날 언젠가는 문경지교를 맺으리라 남몰래 다짐했었다네."

그러자 조자룡도 말했다.

"저 역시도 같은 생각이었습니다. 장군과 같은 분을 주인으로 모실 수만 있다면 나의 몸과 마음을 전부 바쳐도 아깝지 않을 것이라고."

관우를 만나고 또 뜻밖에도 조자룡을 만난 후 유비의 좌우에 병마는 얼마 되지 않았으나 벌써부터 장성將星의 광채가 먼 앞날을 밝게 비추고 있는 듯했다.

드디어 고성 근처에 다다랐다. 망루에서 지켜보고 있던 병사가 멀리서 오는 그들을 알아보고 큰 소리로 고했다.

"관 장군이 유 황숙을 모시고 돌아왔습니다."

맑은 음악 소리가 울려 퍼졌다. 안쪽의 각에서는 두 부인이 청초한 발걸음을 옮겨 마중을 나왔다. 입고 있는 옷은 제각각이었으나 병사들도 오늘만큼은 모두가 밝게 빛나는 듯 보였다. 대장 장비는 유비를 맞기 위해 최고의 경의와 정숙함으로 병사들을 가지런히 늘어놓고 황기, 청기, 금수기, 일월기 등을 꽂아 만화萬花가 한꺼번에 피어난 것처럼 산바람에 펄럭이게 했다. 유비와 그를 따르는 사람들이 늘어선 병사들 사이를 지나 엄숙하게 성안으로 들어섰다.

"저분이 오늘부터 총사가 되시는 건가? 저 사람이 관우 장군이로군."

병사들은 자신들 사이를 지나는 모습을 얼핏 본 것만으로도 마음가짐이 크게 바뀌었다. 곳곳에서 모여든 병사들에 지나지 않았으나, 그들은 더 이상 오합지졸이 아니었다. 악기 소리가 산속을 뒤흔들었다. 하늘을 날던 큰 새는 땅에 내려앉았으며, 계곡 사이사이의 제비들은 상서로운 구름처럼 하늘로 날아올랐다.

무엇보다 먼저 두 부인을 만나는 의식이 행해졌다. 관우는 당하에서 눈물을 흘리고 있었다. 저녁에는 소와 말을 잡아 환영연을 크게 열었다.

"이보다 더한 즐거움이 어디 있겠소."

관우와 장비가 말하자 유비가 그 말을 받았다.

"어찌 즐거움이 이것뿐이겠느냐. 참된 즐거움은 지금부터 시작이다."

조운, 손건, 간옹, 주창, 관평도 모두 술잔을 나누며 즐거워했다.

"지금부터다! 지금부터 시작이다!"

사자의 부름을 받은 여남의 유벽과 공도가 곧 달려와서 축하의 말을 전하며 덧붙였다.

"이 좁은 산지에 있으면 지키기에는 유리할지 모르나 큰 뜻을 펼칠 수는 없을 것입니다. 예전의 약속대로 여남을 바치겠습니다. 여남을 근본으로 삼아 다음의 대계를 펼치시기 바랍니다."

고성에는 한 무리의 부대만을 남겨둔 채 유비는 곧 여남으로 근거지를 옮겼다. 서주를 잃은 이후 몇 년 만의 일인지 몰랐다. 그렇게 해서 군신 모두가 한 성에서 살게 되었다.

　돌아보면 그것은 전부 인고의 산물이었다. 또한 뿔뿔이 흩어진 뒤에도 다시 뭉치려 한 결속력의 결과였다. 그 결속력과 인고의 산물을 끝내 얻을 수 있었던 것은 유비를 중심으로 한 신의, 바로 그것 덕분이었다.

　한편 시간이 지날수록 더욱 초조해하고 불안해하는 사람은 다름 아닌 원소였다.

　"형주에서 소식이 올 리 만무합니다. 유비는 관우, 장비, 조운 등을 데리고 여남으로 들어갔다고 합니다."

　그 말을 들은 원소의 분노는 이만저만한 것이 아니었다. 그는 하북의 대군을 일으켜 단번에 짓밟겠노라고 고함을 질렀다. 곽도가 그런 원소를 말렸다.

　"안 될 말입니다. 유비의 일은 말하자면 몸에 생긴 피부병과도 같은 것입니다. 그냥 내버려두어도 당장 생명에는 지장이 없습니다. 누가 뭐래도 뱃속의 커다란 우환은 조조의 세력입니다. 그것을 오래 내버려두면 결국에는 목숨까지 위태로워질 것입니다."

　"그런가? 흠…… 하지만 그 조조도 단번에 제거할 수는 없지 않소. 이미 두 세력이 맞서고 있으나 싸움은 교착 상태에 빠져 있으니."

　"형주의 유표를 우리 편으로 끌어들여도 이번 전쟁을 결정지을 수는 없을 것입니다. 그에게 큰 땅과 큰 군대는 있으나 웅대한 계획은 없기 때문입니다. 그저 국경을 지키기에만 급급한 사람입니다. 그러한 자에게 공을 들이기보다는 오히려 남쪽의 손책과 손을 잡는 편이 이로울 것입니다. 오는 커다란 강을 끼고 있을 뿐만 아니라 땅은 여섯 개 군에 이어져 있으며, 그 위세를 삼강三江에 떨치고 있고 문화도 활발하며 산업도 충실하여 정병 수십만 명을 언제든 움직일 수 있습니다. 지금 신흥 세력인 오와 친분을 맺어두어야 할 것입니다.

원소의 중신인 진진이 글을 들고 오로 향한 것은 그로부터 보름쯤 뒤의 일이었다.

49
손권, 일어서다

원술에게서 빌린 군대로 강동과 강남 지방을 평정한 오의 손책.
허도의 조조마저 싸우기를 꺼렸던 그의 적은 자신 속에 있었으니……

오는 지난 몇 년 동안 참으로 눈부신 발전을 거듭했다. 절강성 일대
의 연해를 소유하고 있을 뿐만 아니라, 양자강 유역과 하구를 끼고 있
으며 기온이 높아 천산물天産物이 풍요로웠다. 또한 남방계의 문화와
북방계의 문화가 융합되어 완연한 오의 문화를 꽃피웠다. 사람들의 기
질은 경민輕敏하고 이利에 밝았으며 진취적이었다.

혜성처럼 나타난 풍운아, 강동의 소패왕 손책은 당시 27세에 지나지
않았다. 건안 4년(199년) 겨울, 그는 여강廬江을 공략하여 황조와 유
훈劉勳 등을 평정하고 공순할 것을 맹세케 했으며, 예장豫章 태수 또한

그에게 항복하는 등 크게 세력을 떨치고 있었다.

그의 신하인 장굉은 배를 타고 허도와 오 사이를 몇 번이나 오갔다. 손책이 황제에게 바치는 표를 들고 간 적도 있었으며, 조정에 바치는 공물을 싣고 간 적도 있었다. 손책의 안중에 한나라의 조정은 있었으나 그 조정을 좌지우지하는 조조는 들어 있지 않았다. 손책은 은밀하게 대사마大司馬라는 관위를 바라고 있었다. 하지만 그것을 쉽게 허락하지 않은 것은 조정이 아니라 조조였다. 손책은 불쾌하지 않을 수 없었다. 하지만 서로 양립할 수 없는 두 영웅은 상대방의 실력을 잘 알고 있었다.

"그와 싸우는 것은 이롭지 못하다."

조조는 사자의 새끼와 서로 물어뜯고 싶지 않았다. 하지만 사자의 새끼에게 젖을 주고 관을 내리는 행동도 극력 회피하고 있었다. 그저 길들이는 것만이 상책이라 생각하고 있었다. 그런 연유로 조인의 딸을 손책의 동생인 손광에게 시집보내 인척 관계를 맺었다. 하나, 그 정도로는 일시적인 위장 평화밖에 얻지 못했다. 시간이 흐르자 두 세력 사이에서는 언제부턴가 험악한 기운이 감돌기 시작했다. 젖을 주지 않아도 새끼 사자 스스로 이빨을 키운 것이었다.

오군태수 허공許貢의 신하가 강을 건너던 도중 손책의 감시대에 걸려 의심을 사게 되었다. 결국 그는 오의 본성으로 보내졌다. 그를 취조해보니 역시나 그는 밀서를 가지고 있었다. 그것도 참으로 놀라운 사실을 허도에 밀고하려 했던 것이다. 밀서의 내용은 다음과 같았다.

오의 손책이 대사마의 벼슬을 내려달라고 조정에 몇 번이고 청했으나 받아들여지지 않았습니다. 그러자 그것을 원망한 손책이 마침내 역심을 품고 병선과 강병을 준비하여 곧 허도를 공격하려 합니다. 그러니 거기에 미리 대비하시기 바랍니다.

성난 손책은 곧 허공이 있는 곳으로 병사를 보냈다. 그리고 허공을 비롯해 처자 권속을 전부 주살했다. 그런데 아비규환 속에서 간신히 몸을 빼낸 식객이 세 사람 있었다. 어느 무인이나 도움이 될 만한 식객을 거느리고 있는 것이 당시의 풍습이었다. 그 식객들은 평소 허공의 은혜에 깊이 감사하고 있었기에 어떻게 해서든 은인의 원수를 갚고 싶었다. 그들은 피로 맹세하고, 산야로 들어가 기회를 엿보았다.

손책은 자주 사냥을 나갔다. 회남의 원술에게 몸을 의지했던 소년 시절부터 그는 사냥을 좋아했다. 그날도 그는 수많은 신하들을 데리고 단도丹徒라는 마을의 서쪽을 통해 깊은 산으로 들어가 사슴, 멧돼지 등을 쫓고 있었다.

그때 그를 노리던 식객들이 화살에 독을 바르고 창을 숫돌에 간 후 몸을 숨기고 있었다.

"지금이야말로 복수의 기회다."

"하늘의 도움이 있기를."

손책은 '오화마五花馬'라 불리는 희대의 명마를 타고 있었다. 그는 수많은 신하들을 뒤에 남긴 채 마치 평지를 달리듯 산속 이곳저곳을 뛰어다녔다. 그의 화살이 사슴 한 마리를 멋지게 쓰러뜨렸다.

"맞았다. 누가 저놈을 주워 와라."

그가 몸을 돌린 순간이었다. 화살 하나가 날아와 손책의 얼굴에 박혔다.

"앗!"

손책이 얼굴을 부여잡은 순간 식객들은 수풀 속에서 뛰쳐나와 창을 내질렀다.

"은인 허공의 원수, 천벌을 받아라."

손책이 활을 휘둘러 무사 한 명을 때렸다. 하지만 다른 쪽에서 날아온 창에 허벅지를 깊이 찔리고 말았다. 손책은 오화마의 등에서 굴러 떨어지는 순간 상대방의 창을 빼앗았다. 그러고는 그 창으로 자신을 찌른 상대를 바로 죽였다. 하지만 그와 동시에 뒤쪽에서 두 명의 무사가 손책의 몸을 마구 찔러댔다. 손책이 비명을 지르며 쓰러졌고, 나머지 두 명의 무사는 그곳으로 급히 달려온 정보의 칼에 맞아 목숨을 잃었다. 그 부근이 피로 흥건히 젖어 발 디딜 곳조차 없을 정도였다.

큰 변이 아닐 수 없었다. 신하들은 손책을 응급처치한 뒤 바로 오의 본성으로 옮겼다. 그 모든 사실은 비밀에 부쳐졌다.

"화타를 불러라! 화타만 오면 이런 상처쯤은 금방 치료할 수 있을 것이다."

손책이 헛소리를 하듯 명령을 내렸다. 참으로 강인한 정신력이었다. 그리고 아직 그는 젊었다. 그가 명령을 내리기 전부터 신하들이 명의 화타를 부르려고 급히 사람을 보냈다. 이윽고 화타가 성으로 들어왔다. 하지만 화타는 눈썹을 찌푸렸다.

"화살촉과 창끝에 독이 발라져 있었던 것 같습니다. 독이 골수에까지 퍼지지나 않았을지……."

화타는 치료를 시작했고, 손책은 3일 정도 혼수상태에서 신음만 내뱉었다. 하지만 20일쯤 지나자 천하의 명의 화타가 손을 쓴 효과가 나타나기 시작했다. 손책은 때때로 머리맡의 사람들에게 희미한 웃음을 지어 보이기도 했다.

"허도에 머물고 있던 장림蔣林이 돌아왔습니다. 만나보시겠습니까?"

근신이 손책의 용태가 많이 좋아진 것을 보고 물었다. 그러자 손책은 꼭 만나 허도의 정세를 들어야겠다고 했다. 곧이어 장림이 병실로 들어와 이런저런 정세들을 들려주었다. 손책이 그에게 물었다.

"요즘 조조는 나에 대해 어떤 말을 하고 있는가?"

장림이 소문 그대로를 들려주었다.

"사자의 새끼와 싸울 수는 없다고 말했다고 합니다."

"그런가? 아하하하."

손책이 오랜만에 큰 소리로 웃었다. 장림은 손책의 기분이 좋아 보이자 묻지도 않은 말까지 해버렸다.

"조정의 신하에게 들은 말인데, 조조는 백만 명의 강병이 있다 할지라도 그는 아직 어리다, 젊은 날에 성공한 자는 거만해지기 쉬우며 우쭐해져서 반드시 발을 헛디뎌 넘어지게 되어 있다, 가까운 시일 안에 내분이 일어나 이름도 없는 필부의 손에 뜻밖의 죽음을 맞이하게 될지도 모른다, 라고 했다 합니다."

순식간에 손책의 낯빛이 흐려졌다. 손책은 몸을 일으켜 북쪽을 잔뜩 노려보더니 천천히 병상에서 내려오려 했다. 사람들이 깜짝 놀라 그를 말리자, 손책이 말했다.

"조조가 뭐 그리 대수란 말이냐. 상처가 낫기를 기다릴 필요도 없다. 당장 이리로 전포와 투구를 가져오고 출진 명령을 내려라."

그러자 장소가 나서서 야단을 치듯 손책을 진정시켰다.

"이 무슨 경거망동이십니까? 그 정도의 소문에 격정을 일으켜 천금보다 중한 몸을 돌보지 않으시다니요!"

그때 멀리 하북에서 진진이 원소의 서한을 들고 찾아왔다.

다른 사람도 아닌 원소의 사자라는 말에 손책은 병상에서 몸을 일으켜 그를 대면했다. 그러자 사자 진진이 원소의 서한을 건네주며 군사동맹의 긴요함을 역설했다.

"지금 조조의 실력에 맞설 수 있는 세력은 하북과 오밖에 없습니다. 두 세력이 손을 잡고 남북에서 호응하여 그의 등과 배를 한꺼번에 친다면 조조가 제아무리 중원에서 패권을 쥐고 있다 할지라도 패할 것은 뻔한 이치입니다. 그러니 천하를 양분하여 두 집안의 영원한 번영과 평안을 꾀할 때입니다."

그 말에 손책은 크게 기뻐했다. 마침 그도 조조를 쳐야겠다고 생각하던 차였다. 그야말로 하늘이 준 기회라고 생각했다. 그는 성루城樓에 성대한 자리를 마련한 다음 오의 각 장군들을 불러 진진을 윗자리로 맞고 극진히 대접했다.

잔치 분위기가 한창 무르익었을 무렵, 각 장군들이 급히 자리에서 일어나더니 누대 밑으로 내려갔다. 손책이 이상히 여기며 좌우의 사람들에게 장군들이 왜 누를 내려간 것인지 물었다. 시신 중 한 사람이 대답했다.

"우길 선인이 오셨기에 그에게 인사를 하려고 앞다퉈 큰길로 나간 것입니다."

손책의 눈썹이 움찔했다. 그러고는 발걸음을 옮겨 누대의 난간에서 성안의 길을 내려다보았다.

길은 사람들로 가득했다. 그리고 모퉁이를 돌아서 똑바로 걸어오는 도인이 있었다. 그의 머리와 수염은 하얗게 세었으나 얼굴은 복숭아꽃 같았다. 그는 비운학상飛雲鶴翔의 옷을 입고 손에는 명아주 지팡이를 든 채 표표히 걸어오고 있었다. 그가 지나는 곳에서는 저절로 미풍이 흘렀다.

"우길 선인이시다."

"도사님이 가신다."

사람들은 향을 피워놓고 길가에 엎드려 있었다. 그중에는 일반 서민들뿐 아니라, 잔치 자리에서 일어나 급히 달려온 장군들도 섞여 있었다.

"저 지저분한 노인은 뭐냐?"

손책이 불쾌한 표정을 지었다. 그러고는 성난 목소리로 무사들에게 명했다.

"사람들을 현혹하는 요사스러운 도사를 당장 잡아오너라."

그러자 무사들이 입을 모아 그에게 간언했다.

"저 도사는 동쪽에 사는데, 때때로 이 지방에 와 성 밖의 도원에 머뭅니다. 밤이면 새벽까지 단좌한 채 움직이지 않으며, 낮에는 향을 피워 도를 강연하고 부적 태운 물을 써서 사람들의 병을 고치는데, 참으로 영험하여 병이 낫지 않는 자가 없습니다. 그렇다 보니 사람들은 저 도사를 살아 있는 신선이라 부르며 우러릅니다. 저 도사를 함부로 잡아들이면 모든 백성들이 눈물을 흘리며 장군을 원망할 것입니다."

"쓸데없는 소리 말아라! 너희마저 저런 비렁뱅이 같은 노인에게 속고 있단 말이냐? 말을 듣지 않겠다면 먼저 너희를 옥에 가두도록 하겠다."

손책이 크게 화를 내자 그들은 어쩔 수 없이 도사를 묶어 누대로 끌고 왔다.

"이 미친 늙은이야, 어찌 나의 양민들을 현혹하는 것이냐?"

손책이 따져 묻자 우길이 냉수처럼 차갑게 대답했다.

"내가 얻은 신서神書와 내가 닦은 행덕行德으로 세상 사람들에게 행복을 나누어주는 것이 뭐 그리 나쁘단 말이오. 또 뭐 그리 잘못한 일이란 말이오. 장군께서는 내게 마땅히 감사의 뜻을 표해야 할 것이오."

"닥쳐라! 이 손책마저도 어리석은 범부 취급을 할 생각이냐? 여봐라, 누가 이 늙은이의 목을 쳐 백성들을 요사스러운 꿈에서 깨어나게 하라."

하지만 누구 하나 검을 들어 그의 목을 치려고 하지 않았다. 장소가 나서서 몇십 년 동안 무엇 하나 잘못한 것이 없는 도사를 죽이면 반드시 백성들의 마음을 잃게 될 것이라고 말했으나, 손책은 조금도 용서할 기색을 보이지 않았다.

"무슨 소리냐. 이런 늙은이 한 마리쯤, 개를 베는 것과 다를 바 없다.

조만간 이 손책이 처단하도록 하겠다. 오늘은 머리에 칼을 씌워 옥에 가두도록 해라."

그 무렵 손책의 어머니가 근심 가득한 얼굴로 며느리인 오 부인을 찾아갔다.

"너도 들었느냐? 손 장군이 우 도사를 잡아다 옥에 가두었다는 사실을?"

"예, 어젯밤에 들었습니다."

"남편이 옳지 못한 일을 하면 옆에서 충고를 하는 것도 아내가 해야 할 일이 아니겠느냐. 너도 나와 함께 이번 일이 옳지 않다는 것을 말하자꾸나. 나도 어미의 입장에서 말할 테지만, 너도 아내의 입장에서 잘 말하도록 해라."

오 부인도 슬픔에 잠겨 있던 차였다. 손책의 어머니를 비롯해 여관, 시녀들까지 대부분이 우길 선인을 우러르는 사람들이었다. 오 부인이 남편 손책에게 만나기를 청했다. 후당으로 들어온 손책은 어머니의 얼굴을 보고 무슨 일인지 바로 짐작하고 먼저 입을 열었다.

"오늘은 요사스러운 늙은이를 옥에서 끌어내 단호히 처단할 생각입니다. 설마 어머니마저 그 요사스러운 놈에게 현혹되신 건 아닐 테지요?"

"얘야, 너는 도사를 정말 벨 생각이냐?"

"요인妖人이 설치면 나라가 어지러워집니다. 요사스러운 말과 제사는 백성을 썩게 하는 독입니다."

"도사는 나라의 복이라 할 수 있다. 고치지 못하는 병이 없고, 재앙을 예언하여 틀린 적이 없다."

"어머니도 역시 그자의 사술詐術에 넘어가신 것입니까? 그렇다면 더욱 용서할 수 없습니다."

오 부인도 어머니와 함께 온갖 말로 우길 선인을 살려달라고 청했다. 하지만 손책은 끝내 아녀자들이 관여할 문제가 아니라며 후당에서 나가버렸다.

한 마리의 독나방이 수천 개의 알을 낳는다. 수천 개의 알이 다시 수십만 마리의 나방으로 화하여 민가의 촛불, 왕성의 등불, 후각의 거울 어디든 가리지 않고 요사스러운 춤을 추어 끝도 없는 해를 준다. 손책은 우길을 독나방이라고 믿고 있었다. 그렇다 보니 어머니의 말도 아내의 충고도 들으려 하지 않았다.

"우길을 끌어내라."

주공의 명령에 옥리獄吏의 낯빛이 바뀌었다. 곧 끌어낸 도사를 보니 목에 칼이 씌워져 있지 않았다.

"누가 칼을 벗긴 것이냐?"

손책의 호통에 옥리는 몸이 오그라들었다. 그도 역시 우길을 우러르는 사람이었던 것이다. 아니 그 옥리뿐만 아니라 옥리의 대부분이 도사에 귀의한 사람들이었다. 그들은 재앙이라도 내릴까 봐 그의 오랏줄을 잡는 것조차 두려워했다.

"형벌을 담당하고 있는 자들이 미신을 믿어 사법의 임무를 두려워하다니, 있을 수 없는 일이다."

손책이 화를 내고는 검을 휘둘러 그 자리에서 옥리의 목을 쳤다. 또

한 주위의 무사들에게 명하여 우길 선인을 믿는 형리 수십 명의 목을 전부 베게 했다. 그때 장소 이하 수십 명의 중신과 장군들이 자신들의 이름을 늘어놓은 탄원서를 들고 와서 우길 선인에 대한 선처를 호소했다. 옥리의 목을 벤 검을 아직 칼집에 넣지도 못한 손책이 비웃으며 말했다.

"공들은 사서를 읽었으면서도 거기서 배우지를 못하는구려. 옛날 남양의 장진張津은 교주交州태수가 되었으면서도 한나라의 법도를 쓰지 않고 성훈聖訓을 전부 버렸소. 그리고 언제나 붉은 두건을 쓰고 거문고를 두드리고 향을 피우고 사도를 말하는 책을 읽었으며, 군대를 부릴 때도 이상한 요술을 써서 한때는 사람들로부터 희대의 도사라는 말을 들었소. 하지만 곧 남방의 오랑캐에게 패하여 요술은커녕 목숨을 잃고 말지 않았소. 우길도 곧 그와 같은 자이니 그 해독이 나라 전체에 미치기 전에 제거해야 할 것이오. 공들은 쓸데없이 지필을 낭비하지 마시오."

손책이 고집을 피우며 끝까지 받아들이지 않았다. 그러자 여범이 그에게 권했다.

"이렇게 하시는 것이 어떻겠습니까? 그가 참된 선인인지 요사스러운 자인지 비를 내리게 해보는 것입니다. 마침 오랜 가뭄으로 논과 밭이 갈라져 백성들의 근심이 크니, 우길이 비를 빌어 만약 비가 내리면 그를 살려주고 내리지 않으면 백성들이 보는 앞에서 목을 쳐 본보기로 삼는 것입니다. 그렇게 처분하시면 백성들도 모두 납득할 것입니다."

손책이 호쾌하게 웃은 뒤 즉석에서 명령했다.

"알겠소. 여봐라, 바로 거리에 비를 빌기 위한 제단을 만들어라. 저 놈의 정체가 무엇인지 똑똑히 지켜보겠다."

거리의 광장에 제단이 마련되었다. 사방에 기둥을 세우고 오색 끈을 둘렀으며, 소와 말을 잡아 우룡雨龍과 천신에게 제사를 올렸다. 그런 다음 우길이 목욕을 하고 단에 앉았다. 삼베옷으로 갈아입을 때 우길이 자신을 믿는 형리에게 가만히 속삭였다.

"이제 나의 천명도 다한 듯하네. 이번에는 나도 어쩔 수가 없겠어."

"무슨 말씀이십니까. 영험함을 보이시면 되지 않습니까?"

"땅에 3척의 비를 내려 백성을 구할 수는 있으나 내 목숨만은 어찌할 수가 없네."

단 밑으로 손책이 보낸 사람이 와서 큰 소리로 말했다.

"오늘부터 3일째 되는 날 오시까지 비가 내리지 않으면, 이 제단과 함께 불태워버리라는 엄명이요. 깊이 명심하시오."

우길은 벌써부터 눈을 감고 있었다. 하얀 머리 위에서 해가 쨍쨍 내리쬐고 있었다. 밤에는 차가운 기운이 살갗을 찔렀다. 제단의 커다란 향로에서 향을 피워 올리는 연기가 끊이지 않았다.

드디어 3일이 지났다. 비는 한 방울도 내리지 않았다. 오늘도 하늘에는 이글이글 불타오르는 태양이 있을 뿐이었다. 하지만 땅 위에는 소문을 듣고 몰려든 사람들이 그야말로 구름 떼처럼 모여 있었다.

이미 오시가 되었다. 해시계를 바라보고 있던 사람이 종루 위로 달려 올라가 시각을 알리는 종을 쳤다. 수만 명의 백성들이 그 소리를 듣고 대성통곡을 했다.

"어떠냐? 무릇 도사네 신선이네 하는 놈들은 대부분이 이 모양이다. 저 무능한 늙은이를 당장 불태워 죽여라!"

손책이 성루 위에서 명령했다. 형리가 제단 옆에 장작과 마른풀을 산더미처럼 쌓아 올렸다. 곧 열풍이 일어 우길의 모습이 불길에 휩싸였다. 불이 바람을 부르고 바람이 흙먼지를 불러 한 줄기 검은 기운이 짙은 먹처럼 하늘 위로 솟구쳐 올랐다. 그것이 한쪽 하늘에 부딪치자 천둥이 울리고 번개가 번쩍이더니 주먹만 한 빗방울이 뚝뚝 떨어졌다. 이내 하늘을 뒤엎어놓은 것처럼 장대비가 내리기 시작했다.

비는 미시까지 쉬지 않고 내렸다. 거리가 강물처럼 변해 말과 사람과 돌이 탁류에 휩쓸려갈 듯했다. 더 내리면 집들이 홍수에 잠겨버릴 지경에 이르자, 제단 위에서 누군가가 하늘을 향해 큰 소리로 고함을 질렀다. 그 순간 비가 뚝 그치고 다시 활활 타오르는 태양이 모습을 드러냈다. 놀란 형리가 반쯤 타버린 제단 위를 올려다보니 우길은 하늘을 향해 누워 있었다.

"아아, 참된 신선이로다."

각 장군들이 달려가 그를 단에서 내린 뒤 서로가 앞다퉈 절을 하고 칭송했다. 손책이 수레에 올라 성 밖으로 나왔다. 틀림없이 얼굴을 붉힐 것이라 생각했으나 그는 전보다 더 심기가 불편한 듯 험악한 표정을 짓고 있었다. 무장은 물론 관리들까지 옷이 젖는 것도 돌아보지 않고 우길 주위에 엎드려 있는 꼴을 그대로 두고 볼 수 없었던 것이다.

"큰비가 내리는 것도, 맑은 날이 계속되는 것도 전부 자연현상이지 인간의 힘으로 좌우할 수 있는 것이 아니다. 너희는 백성들 위에 서는 무장이자 관리들이면서 이 무슨 추태냐? 요사스러운 사람의 편을 들어 나라를 어지럽히는 것은 모반하여 내게 활을 겨누는 것과 같은 죄다. 그 늙은이의 목을 당장 쳐라!"

신하들 모두가 말없이 고개만 숙이고 있을 뿐, 우길을 두려워하여 누구 하나 명령에 따르는 사람이 없었다. 손책이 더욱 화를 내며 모두에게 외쳤다.

"무엇을 두려워하는 게냐! 알겠다, 그렇다면 내 손으로 처단하겠다. 모두 내 보검을 잘 보아라!"

그는 과감하게 칼을 휘둘렀다. 이내 그의 칼날 아래 우길의 목이 떨어지고 말았다. 밝은 해가 하늘에 떠 있었으나 장대 같은 비가 다시 한 번 쏟아져 내렸다. 사람들이 이상히 여기며 하늘을 올려다보자 한 덩이 검은 구름 안에 우길이 누워 있는 듯한 모습이 보였다.

그날 저녁부터 손책의 모습이 조금씩 이상해지기 시작했다. 그의 눈에 핏발이 서고 몸에 열이 났다.

* * *

"앗, 뭐지?"

보초를 서던 사람들이 깜짝 놀랐다. 벌써 사경에 가까운 한밤중이었다. 침전 깊은 곳에서 갑자기 손책의 목소리인 듯 절규하는 소리가 연달아 들려왔다. 물건이 부서지는 요란한 소리도 들려왔다.

"무슨 일이지?"

전의와 무사들이 달려갔지만 손책의 모습은 보이지 않았다.

"아아, 대체 어디에 쓰러져 계시단 말이냐?"

둘러보니 손책은 침상에서 벗어나 바닥에 쓰러져 있었다. 게다가 손에는 검을 쥐고 있었다. 그 앞에 있는 비단 장막은 갈가리 찢겨 있었다. 달려온 무사가 일으켜 침상에 눕히고 전의가 약을 쓰자 손책이 눈을 번쩍 떴다. 하지만 낮에 봤던 눈빛과는 전혀 다른 눈빛이었다.

"우길 놈! 요사스러운 늙은이! 어디로 사라진 것이냐!"

손책이 버럭 고함을 질렀다. 누가 봐도 정상이 아니었다. 하지만 다행히도 날이 밝을 무렵 깊은 잠에 빠졌다가 한낮에 일어났을 때는 평소의 모습을 되찾을 수 있었다. 그의 어머니와 함께 부인도 곁에 있었다. 어머니가 눈물을 흘리며 말했다.

"네가 어제 신선을 죽였다더구나. 어째서 그런 짓을 한 것이냐? 오늘부터 제당에 들어가 선령仙靈께 참회하고 7일 동안 선행을 하도록 해라."

손책이 껄껄 웃으며 대답했다.

"하하하. 어머니, 이 손책은 아버지 손견을 따라 열예닐곱 살 때부터 전장을 돌아다니며 오늘에 이르기까지 쟁쟁한 적들을 무수히 베었습니다. 요사스러운 늙은이 하나를 더 베었다고 해서 어찌 제당에 들어가 하늘에 용서를 빌 필요가 있겠습니까?"

"우길은 평범한 사람이 아니라 신선이다. 너는 신령의 재앙이 두렵지도 않은 게냐?"

"두렵지 않습니다. 저는 오의 주인입니다."

"아무리 얘기해도 내 말을 들으려 하지 않는구나……."

"더 말씀하셔도 소용없습니다. 사람에게는 각자 주어진 천명이 있습니다. 요인妖人이 아무리 재앙을 내린다 해도 인명까지 지배할 수는 없는 법입니다."

노모와 부인은 어쩔 수 없이 사랑하는 아들을 위해, 남편을 위해 자신들이 대신 제당으로 들어가 7일 동안 몸을 정히 하고 기도를 올렸다. 하지만 아무런 효과도 없이 매일 밤 사경 무렵만 되면 손책의 침전에서 괴이한 절규가 흘러나왔다. 우길의 모습이 나타나 잠든 그의 얼굴을 보고 웃으며 침상 주위를 맴돌다 손책이 미친 듯이 칼을 휘두르면 동이 틈과 동시에 홀연히 모습을 감추는 모양이었다.

손책은 눈에 띄게 야위어갔다. 낮에도 의식을 잃고 잠을 자는 날이 많아졌다.

어머니가 손책의 머리맡으로 다가가 간절하게 청하듯 말했다.

"얘야, 이 어미의 소원이니 옥청관玉淸觀으로 가서 제사를 지내도록 해라."

"아버지의 제삿날도 아닌데 사원寺院에 무슨 볼일이 있겠습니까?"

"내가 옥청관의 도사께 부탁을 해두었다. 천하의 도사를 불러 향을 피우고 제사를 올려 귀신의 노여움을 풀어달라고."

"저는 어렸을 때부터 아버지께서 귀신에게 제사를 올리는 모습을 본 적이 없습니다."

"이제 그런 말은 그만두도록 해라. 영혼英魂도 원한을 품다 보면 귀신이 되는 법이다. 죄도 없이 죽은 신선의 영혼이 어찌 재앙을 내리지 않겠느냐?"

노모가 흑흑 흐느끼기 시작했다. 부인도 눈물을 흘리며 그에게 매달렸다. 그러자 손책도 당할 수 없었는지 결국 수레를 준비시켜 옥청관으로 향했다.

"어서 오십시오."

도사와 수많은 사람들이 손책이 온 것을 기뻐하며 제단을 마련한 당으로 그를 안내했다. 손책은 마뜩찮은 얼굴로 마치 신경전을 벌이듯 중앙에 놓인 제단을 잔뜩 노려보았다. 그러다 도사의 권유에 따라 어쩔 수 없이 향로에 향을 피웠다.

"이놈!"

무엇을 본 것인지 손책이 차고 있던 단검을 던졌다. 그 검은 신하 중한 명에게 날아갔고, 당에서는 이상한 절규가 솟아올랐다.

손책은 모락모락 피어오른 향의 연기 속에서 우길의 모습을 본 것이었다. 던진 검에 맞은 신하는 일곱 개의 구멍으로 피를 쏟으며, 그 자리에서 숨을 거두고 말았다. 손책의 눈에는 여전히 다른 무엇인가가 보이는 것인지 제단을 걷어차기도 하고 도사를 집어 던지기도 하며 난동을 피웠다. 그러다가 평소처럼 지쳐 몽롱하게 잠든 듯 커다란 숨을 내쉬었다. 그러고는 정신을 차리자마자 서둘러 옥청관의 산문을 나섰다. 그리고 수레를 타고 가다가 표표히 뒤따라오는 노인 하나를 보았다. 바로 우길이었다.

"이 늙은이, 아직도 여기에 있었느냐?"

그렇게 외친 순간 그는 수레의 주렴을 칼로 베며 밖으로 떨어져버렸다. 성문으로 들어설 때도 그는 미쳐 날뛰었다. 문의 지붕 위를 가리키며 저기에 우길이 있으니 활로 쏘라는 둥, 창을 던지라는 둥 마치 전장에 선 사람처럼 명령을 내렸다. 그가 한번 날뛰기 시작하면 무사 여럿이서도 막을 수가 없었다. 침전에는 매일 밤 불야성처럼 불이 밝혀졌으며, 시신들도 밤낮으로 잠을 자지 못했고, 한 줄기 검은 바람이 불면 오성 전체가 두려움에 떨 뿐이었다.

"이 성안에서는 잠을 잘 수가 없다."

손책은 점점 더 괴로워했다. 3만 명의 정병이 성 밖에서 진을 치고 경비에 임했다. 그가 기거하는 막사 밖에서는 날래고 힘이 센 무장이 도끼를 들고 밤낮으로 사방을 지켰다. 그런데도 매일 밤 우길은 손책의 눈꺼풀을 찢고 머리카락을 헤쳐 꿈속에 나타나는 모양이었다. 손책의 모습을 본 사람들은 모두 그의 변한 모습에 깜짝 놀라지 않을 수 없었다.

"이렇게 쇠약해졌단 말인가……."

어느 날, 손책은 혼자 거울 속 자신의 모습을 들여다보다 깜짝 놀랐다. 그는 거울을 집어 던지고 10여 차례나 칼을 휘둘러 허공을 베었다. 그리고 결국 한마디 신음 소리와 함께 정신을 잃었다. 전의가 와서 살펴보니 한때는 나은 듯했던 상처가 다시 터져 피가 흐르고 있었다. 이제는 명의 화타도 손을 쓸 수 없는 상태에 이르고 말았다.

손책도 자신의 천명이 다했다는 것을 깨달은 듯, 쇠약한 목숨이 이어지는 동안 발광도 어느 정도 가라앉았다. 하루는 손책이 부인을 불러 조용히 말했다.

"이제는 틀린 듯하오. 안타깝지만 여기까지인 듯하오. 이런 몸으로 어찌 다시 정무를 볼 수 있겠소. 장소를 불러주시오. 그 외의 사람들도 이곳으로 불러주시오. 해야 할 말이 있소."

부인은 통곡을 하며 눈물에 잠겨 있을 뿐이었다. 전의와 시신들이 손책의 용태가 이상하다며 성안에 소식을 전했다. 장소를 비롯해 아버지 손견 때부터 보좌를 했던 중신과 대장들이 속속 모여들었다. 손책이 몸을 일으켜 침상에 앉으려 했으나 사람들이 극구 말렸다. 그의 얼굴은 비교적 평온했으며 눈동자도 맑았다.

"물을 좀 주게."

손책이 마른 입술을 적신 뒤 조용히 말하기 시작했다.

"지금 천하는 커다란 변혁기를 맞았소. 후한의 치세는 이미 시들어 떨어질 것을 두려워하는 꽃과 다를 바 없소. 흑풍과 탁류가 대륙을 감쌀 것이며, 군웅들이 각지에서 일어나 천하는 더욱 어지러워질 것이오. 우리 오는 삼강三江의 요해지에 위치해 있어 가만히 앉아서도 각지의 동향과 정세를 충분히 파악할 수 있소. 그렇다고 이로운 지형과 풍요로운 자연에만 만족해서는 안 될 것이오. 나라를 지키는 것은 어디까지나 사람이오. 내가 세상을 떠난 뒤에도 동생을 도와 큰 뜻을 이룰 수 있도록 해주시오."

그는 그렇게 말하고는 가느다란 손을 간신히 들어 주위를 둘러보며 누군가를 찾았다.

"내 아우…… 손권은 어디에 있는가?"

"네, 손권 여기에 있습니다."

신하들 사이에서 슬픔에 잠긴, 나이 어린 사람의 목소리가 들려왔다. 바로 동생 손권의 목소리였다. 손권이 퉁퉁 부은 눈으로 형 손책 곁으로 다가갔다.

"형님, 정신을 차리셔야 합니다. 지금 형님이 돌아가시면 우리 오는 기둥을 잃게 됩니다. 여기 계신 어머니와 수많은 신하들을 어찌하면 좋단 말입니까?"

손권이 두 손으로 얼굴을 가리고 눈물을 흘렸다. 손책은 당장이라도 숨이 끊어질 것 같았으나 억지로 웃음을 지어 보이며 머리를 흔들었다.

"정신을 차리라고? 그건 네게 하고 싶은 말이다. 너무 걱정할 것 없다. 네게는 내정을 잘 다스릴 만한 재능이 있다. 하지만 강동의 병사들을 이끌고 가서 천하를 다투는 일은 내게 훨씬 미치지 못할 것이다. 그러니 너는 아버지와 형이 오를 일으켰을 때의 어려움을 잊지 말아야 할 것이며, 현명한 인재를 쓰고 유능한 사람을 등용하여 땅을 지키고 백성을 사랑해야 할 것이며, 어머니께 효도를 다해야 할 것이다."

점점 그의 이마에 죽음의 그림자가 드리워졌다. 병상 안팎이 쥐 죽은 듯 고요해서 아주 조그만 목소리로 행해지는 그의 유언도 고개를 숙이고 있는 신하들의 뒤쪽에까지 분명하게 들릴 정도였다.

"아아, 불효막심한 아들…… 이 형은 이제 천명이 다했구나. 부디 어머니를 편히 모셔야 한다. 또 여러 중신들도 아직 어린 손권을 잘 보필해주기 바라오. 너도 공이 있는 신하들을 가벼이 여겨서는 안 된다. 내정에 관한 일은 무엇이든 장소에게 물으면 될 것이다. 바깥의 일에 어려움이 있을 때는 주유에게 의견을 구하도록 해라. 아, 주유…….
주유가 여기에 없는 것이 안타깝구나. 그가 파구巴丘에서 돌아오면 잘
전해주기 바라오.”

그는 그렇게 말하고 오의 인수를 풀어 손권에게 직접 넘겨주었다.
손권은 떨리는 손으로 인수를 받으며 한쪽 무릎을 바닥에 대고 그저
눈물만 줄줄 흘릴 뿐이었다.

“부인…… 부인…….”

손책이 다시 한번 눈동자를 움직였다. 엎드려 울던 아내 교喬씨가
헝클어진 머리를 남편 얼굴 앞으로 가져가더니 더욱 슬프게 흐느꼈다.

“그대의 동생을 주유에게 시집보내지 않았소? 그대도 동생에게 잘
말해서 주유가 손권을 정성껏 보좌할 수 있게 해주시오. 부디 내조를
부탁하오. 부부가 끝까지 함께하지 못하고 헤어지는 것만큼 슬픈 일도
없으나, 이 또한 어쩔 수 없는 일이오.”

손책은 다음으로 아직 어린 동생들을 곁으로 불러 말했다.

“앞으로는 둘째를 기둥으로 여길 것이며, 어머니 앞에서 형제가 반
목하는 일이 있어서는 안 될 것이다. 너희 중 가문을 더럽히고 의를 어
기는 자가 있으면 이 손책의 영혼이 비록 구천에 있다 할지라도 결단
코 용서하지 않을 것이다. 아아…….”

손책은 그렇게 말한 후 홀연 숨을 거두고 말았다. 당시 그의 나이는
27세였다. 강동의 소패왕이 이렇게 일찍 세상을 떠날 줄은 그 누구도
예상하지 못했다.

인수를 물려받아 오의 주인이 된 손권은 아직 19세에 지나지 않았

다. 그는 손책이 임종에서 말한 것처럼 형의 장점에는 미치지 못하는 면이 있었다. 하지만 한편으로는 형이 갖지 못한 것을 가지고 있었다. 그것은 내정을 다스리는 힘, 즉 보수적인 정치 재능은 오히려 손권 쪽이 위였던 것이다.

손권의 자는 중모였다. 태어날 때부터 입이 크고 턱이 넓었으며, 푸른 눈에 자줏빛 수염이 자랐다고 하니 손권의 집안에는 열대 남방인의 피가 섞여 있었던 것일지도 모른다. 손권 밑으로도 나이 어린 동생들이 여럿 있었다. 예전에 사신의 자격으로 오에 온 한나라의 유완劉琬은 관상을 잘 보기로 유명했는데, 그가 이런 말을 한 적이 있었다.

"손씨의 형제는 전부 재능이 뛰어나나 천수를 누리지는 못할 것이다. 오로지 손중모孫仲謀만은 상相이 다르다. 아마도 집안을 지키며 장수를 하는 것은 그 아이일 것이다."

그의 말은 손씨 가문의 장래와 세 아이의 운명을 어느 정도 예언한 것이었다. 아니, 불행하게도 손책에게는 이미 그 말이 적중한 셈이었다.

오 전체가 복상服喪했다. 하늘에서 새의 슬픈 소리만 들려올 뿐 땅에서는 음악 소리 하나 들리지 않았다. 손권의 숙부인 손정이 장례를 맡아 치렀는데 식은 7일에 걸쳐 행해졌다. 손권은 형의 죽음을 깊이 슬퍼하며 통곡했다.

"이리나 늑대와 같은 야심을 가진 무리들이 천하에 넘쳐나는 때에 그처럼 마음이 약해서야 쓰겠습니까? 부디 형님의 유언을 받들어 내정에 힘쓰고, 밖으로는 군세를 펼쳐보여 전대에도 뒤지지 않는 당주가 있다는 것을 사린四隣에 보여야 할 것입니다."

장소는 손권을 볼 때마다 격려를 했다. 파구에 있던 주유는 자신의 영지에서 밤을 낮 삼아 오군으로 돌아왔다. 손책의 어머니와 부인이 그의 얼굴을 보자 눈물을 흘리며 고인의 유언을 자세히 들려주었다.

고인의 영전에 절한 주유가 말했다.

"맹세코 자네의 유언을 받들어 지기知己의 은혜에 보답하겠네."

그러고는 오래도록 그 앞에서 떠나지 않았다. 그 후 그는 손권의 방으로 들어가 단둘이서만 이야기를 나누었다.

"무슨 일에나 근본이 되는 것은 사람입니다. 사람을 얻으면 나라가 흥할 것이며, 사람을 잃으면 나라가 망할 것입니다. 그러니 주공께서는 덕이 높고 밝은 재주를 가진 사람들을 곁에 두셔야 합니다."

손권은 고개를 끄덕이며 주유의 말을 들었다.

"형님도 숨을 거두실 때 그렇게 말씀하셨소. 내정에 관한 일은 장소에게 묻고, 바깥의 일은 주유에게 의견을 구하라 하셨소. 내 그 말씀을 반드시 지킬 것이오."

"장소는 참으로 현명한 사람입니다. 사부師傅의 예를 취하고 그의 말을 귀담아들어야 할 것입니다. 하지만 저는 원래가 아둔한 사람입니다. 고인의 말씀이 제게는 너무 무겁습니다. 주공을 보좌할 만한 사람으로 저보다 훨씬 뛰어난 인물을 한 명 천거하도록 하겠습니다."

"그게 누구요?"

"자가 자경子敬인 노숙魯肅입니다."

"아직 들어본 적이 없는 이름이오만, 그렇게 유능한 인재가 숨어 있었단 말이오?"

"초야에 유현遺賢이 없다는 말도 있으나 어느 시대에나 사람들 속에는 반드시 인재가 있기 마련입니다. 단지 그들을 알아보는 사람이 없을 뿐입니다. 또한 그들을 쓰는 자가 어리석어 유능한 자들을 모두 무능한 자로 만들어버리는 경우가 많습니다."

"주유, 그 노숙이라는 사람은 대체 어디에 살고 있소?"

"임회臨淮의 동성東城(안휘성 동성)에 살고 있습니다. 그 사람은 가슴에 육도삼략六韜三略을 품고 있으며 천성적으로 기모機謀에 능하나, 평소에는 참으로 온후하여 그를 만나면 따뜻한 봄바람을 맞고 있는 것 같은 느낌이 든다고 합니다. 어려서 아버지를 잃고 홀어머니를 극진히 모시고 있는데, 재산이 풍족하여 동성의 교외에서 유유자적하고 있습니다."

"우리 오에 그런 인물이 있는 줄은 몰랐소."

"다만 그는 벼슬길에 오르기를 좋아하지 않는 것 같습니다. 노숙의 친구인 유자양劉子揚이라는 자가 소호巢湖로 가서 정보鄭寶를 섬기지 않겠느냐고 거듭 권하고 있으나, 어떤 대우에도 응하지 않는다고 합니다."

"주유, 그런 사람이 다른 곳을 간다면 큰일 아니겠소. 그대가 가서 그를 모셔올 수 없겠소?"

"조금 전에 말씀드렸던 것처럼 아무리 뛰어난 인재라 할지라도 그를 잘 쓰지 못하면 아무 소용없습니다. 주공께 정말로 열정이 있으시다면 제가 설득하여 반드시 데려오도록 하겠습니다."

"우리 오를 위해, 또 집안을 위해 현인을 구했으면서 어찌 그를 무능하게 할 수 있겠소. 고생스럽겠지만 얼른 다녀와주시오."

"알겠습니다."

명을 받은 주유는 그날로 동성을 향해 떠났다. 그리고 노숙의 집을 찾아갈 때는 일부러 아무도 데려가지 않았다. 노숙의 집은 시골에서 흔히 볼 수 있는 부농의 집이었다. 집 안에서는 한가롭게 절구질하는 소리가 들려왔다.

집 안으로 들어서면 그 집 주인의 취향과 가풍을 저절로 알 수 있게 되는 법이다. 주유는 집 안으로 들어서자마자 주인 노숙의 사람됨을 바로 떠올릴 수 있었다. 집 안으로 들어서도 그를 말리는 자가 아무도 없었고 안은 넓고 평화로웠다. 어디까지나 그 지방의 부농이라는 인상이 들었다. 어디선가 소 울음소리가 들려왔다. 둘러보니 시골 아이들 두엇이 창고 옆에서 무소와 뒹굴며 장난을 치고 있었다.

"주인어른 계시느냐?"

주유가 묻자 아이들이 그의 모습을 빤히 쳐다보다 나무 사이로 집의 안쪽을 가리키며 대답했다.

"저기 계십니다."

아이들이 가리키는 쪽을 보니 시골집의 안채에서 조금 떨어진 곳에 서당 한 채가 있었다. 주유는 아이들에게 고맙다는 인사를 한 뒤 그곳으로 뻗은 오솔길을 걷기 시작했다. 그러자 당당한 체구의 무인이 시종과 함께 느긋하게 걸어오고 있었다. 주유가 노숙의 손님이구나 싶어 길을 살짝 비켜주니, 그 손님은 주유에게 인사도 하지 않고 거만하게 지나가는 것이었다. 하지만 주유는 마음에 두지 않았다. 그대로 서당

앞에 이르니 거기에는 지금 막 사립문을 열어 손님을 배웅한 주인이
서 있었다.

"실례합니다만, 이 댁의 주인인 노숙 나리 아니십니까?"

주유가 정중하게 묻자 노숙이 여유로운 눈길로 바라보며 대답했다.

"그렇습니다. 제가 노숙입니다만, 어떻게 오셨는지요?"

"오성의 주인이신 손권 장군의 뜻에 따라 갑자기 찾아오게 되었습
니다. 저는 파구의 주유라고 합니다."

"공께서 유군瑜君이란 말씀이십니까?"

노숙은 매우 놀라워했다. 파구의 주유라면 모르는 사람이 없을 정도
였다.

"어쨌든 안으로 드십시오."

노숙은 주유를 서당 안으로 들인 후 찾아온 뜻을 물었다. 주유는 소
문과 조금도 다르지 않은 노숙의 인품에 내심 크게 감탄하며 겸손하게
대답했다.

"오늘의 대사는 물론 장래에 있습니다. 장래를 생각함에 있어 주인
된 자는 그 신하를 골라야 합니다. 신하 된 자도 역시 그 주인을 고르는
것이 일생의 대사라 생각합니다. 저는 오래전부터 선생의 이름을 흠모
해왔으나 그동안 뵐 기회가 없었습니다. 그런데 잘 아시겠지만, 오의
주인이셨던 손책 장군의 뒤를 이어 아직 나이 어린 손권 장군이 주인
의 자리에 올랐습니다. 이렇게 말씀드리면 아전인수我田引水로 들리실
지 모르겠으나 주인 손권은 참으로 보기 드물게 영매하고 독실한 분으
로, 선철先哲들의 말씀을 탐구하며 현명한 자를 존중하고 절실한 마음

으로 유능한 인사를 구하고 있습니다.”

주유가 그렇게 운을 뗀 뒤 계속 말을 이었다.

“오를 위해 일해볼 생각은 없으십니까? 선생께도 평생을 일개 서당에 머물며 한가로이 글줄을 읽거나 시골의 부농으로 지내실 생각은 없을 줄 압니다. 세상이 태평하다면 그것도 좋을지 모르겠으나, 천하의 시류가 선생처럼 유능한 인재를 이런 시골에 그냥 묵혀두려 하지 않습니다. 소호의 정보를 섬기기보다는…… 굳이 끝까지 말씀드리지는 않겠습니다.”

주유가 웅변을 토했다. 노숙이 가만히 고개를 끄덕이며 대답했다.

“조금 전, 여기서 나간 손님과 마주치셨지요?”

“예, 마주쳤습니다. 선생을 설득하러 온 유자양이 아닙니까?”

“그렇습니다. 정보를 섬기지 않겠느냐고 이곳으로 세 번, 네 번 끈질기게 찾아오고 있습니다.”

“선생의 마음이 움직이셨을 리 없습니다. 좋은 새는 깃들 나무를 고른다고 했으니, 당연한 일입니다. 저와 함께 오로 가주셨으면 합니다.”

“……”

“안 되겠습니까?”

“잠시만 기다려주십시오.”

노숙이 갑자기 자리에서 일어서더니 손님을 그곳에 남겨두고 혼자 안채 쪽으로 가버렸다. 그리고 얼마 후 노숙이 자리로 돌아와 말했다.

“실례 많았습니다. 제게는 홀어머니가 계시는데 지금 어머니의 뜻을 여쭙고 온 길입니다. 그런데 어머니께서도 제 생각과 마찬가지로 오를 섬기는 것이 좋을 것이라며 크게 기뻐하셨으니, 바로 부름에 응하기로 하겠습니다."

그 말에 주유가 뛸 듯이 기뻐하며 말했다.

"이렇게 해서 우리 삼강의 진영은 정채精彩를 일신하게 되었구나."

그러고는 곧 노숙과 말 머리를 나란히 하여 오군으로 돌아가 노숙을 주공인 손권 앞으로 데리고 갔다. 그를 맞은 손권이 얼마나 마음 든든해했는지는 굳이 말할 필요도 없을 것이다.

그 후 손권은 형님을 잃은 슬픔을 떨치고 정무를 보았으며, 군사軍事에도 밤낮으로 힘을 쓰며 언제나 노숙의 탁견을 들었다. 때로는 단둘이서 술을 마시고, 한자리에 누워 잠을 자며 밤늦도록 국사를 논하는 적도 있었다.

"공께서는 한실의 지금 상황을 어떻게 생각하시오? 또 장래에 대한 우리의 대비는?"

젊은 손권이 눈을 반짝이며 묻자 노숙이 대답했다.

"틀림없이 한실의 융성은 이미 과거의 일이 되어버리고 말았습니다. 오히려 기생목寄生木과도 같았던 조조가 점차 늙은 관목을 침범하여 줄기를 키우고 마침내는 한토漢土에 뿌리를 내려 번성하게 될 것입니다. 그에 대해서 주군께서는 조용히 때를 기다리며 강동의 요해지를 굳게 지키고, 하북의 원소와는 솥의 세 발과 같은 형세를 이루며 천천히 천하의 틈을 엿보는 것이 상책인 듯합니다. 마침내 때가 오면 황조를 평정하고 형주의 유표를 정벌한 뒤 단번에 강을 거슬러 올라갈 태세를 확대해나가야 할 것입니다. 조조는 하북과의 공방에 여념이 없어

오의 진출을 막아낼 여력이 없을 것입니다."

"한실이 쇠한 뒤 조묘는 어찌 될 듯하오?"

"한나라의 고조와 같은 인물이 나타나 다시 제왕의 업이 시작될 것입니다. 역사는 되풀이되는 법입니다. 이러한 때에 태어나 이로운 지형과 사람들 간의 융화, 오의 삼강을 물려받으신 주공께서는 자중, 또 자중하셔야 할 것입니다."

손권은 가만히 듣고만 있었다. 그런 그의 귓불이 빨갛게 달아올랐다.

얼마 후 노숙이 며칠 동안의 말미를 얻어 시골의 어머니를 만나러 갈 때 손권은 그의 노모를 위하여 옷가지와 비단 등을 선물했다. 노숙은 그 은혜에 감사해하며 오성으로 돌아오는 길에 사람 하나를 데리고 와서 손권에게 천거했다. 그는 두 글자로 된 희성稀姓을 썼고, 그랬기에 천하의 모든 사람들도 그의 집안에 대해 잘 알고 있었다.

그의 성은 제갈諸葛, 이름은 근瑾이었다. 손권이 집안을 묻자 제갈근이 대답했다.

"고향은 낭야瑯琊의 남양입니다. 망부 제갈규諸葛珪는 태산의 군승郡丞을 지내셨는데 제가 낙양의 대학에 유학하던 중에 돌아가셨습니다. 그 후 하북에 전란이 끊이지 않자 저는 의붓어머니의 안전을 위해 의붓어머니를 모시고 강동으로 피난을 왔고, 동생들은 저와 헤어져 형주에 계신 큰아버지 댁에서 지내고 있습니다."

"큰아버지께서는 어떤 분이신가?"

"형주자사인 유표에게 중히 쓰이셨으나 4, 5년쯤 전에 난을 만나 토민土民에게 목숨을 잃어 지금은 고인이 되셨습니다."

"그대는 나이가 어떻게 되오?"

"올해로 스물일곱입니다."

"스물일곱이라. 그렇다면 돌아가신 형님과 같은 나이로군."

손권이 그리움에 잠긴 표정을 지었다. 곁에 있던 노숙이 제갈근의 사람됨에 대해서 이야기했다.

"제갈근은 아직 젊으나 낙양의 대학에서는 수재로 이름이 났으며 시문과 경서에 통달했습니다. 제가 특히 감탄한 일은 의붓어머니를 친어머니 모시듯 한다는 것인데, 그의 가정을 보면 제갈근의 온아한 정조를 그대로 느낄 수 있습니다."

손권은 그를 오의 상빈上賓으로 맞았으며 훗날 무겁게 썼다. 이 제갈근이 바로 제갈공명諸葛孔明의 친형으로 나이는 동생보다 일곱 살이 많았다.

50
소용돌이치는 황하

강동의 호랑이 손책의 갑작스러운 죽음으로 오는 위기를 맞이하는 듯싶었으나,
뜻밖에도 요동을 치기 시작한 것은 북쪽의 황하

　오를 일으킨 영주英主 손책을 잃은 이후, 오는 한때 침통함에 잠겨 있었다. 하지만 그 일을 계기로 오히려 젊은 손권 주위로 뛰어난 인재들이 모여들어 국방과 내정 모두가 눈에 띄게 강화되었다. 오의 커다란 방침에 따라 하북의 원소와는 절연絶緣하기로 했다. 이는 제갈근의 의견에 의한 것이었는데, 그는 하북에 오래 머물렀기에 원소 진영의 단합이 잘 되지 않는다는 사실을 알고 있었다. 그 방침의 근저에는 한동안 조조를 따르는 척하다가 때가 오면 조조를 치겠다는 생각이 자리 잡고 있었다. 그랬기에 하북에서 사자로 온 진진은 오랫동안 머물기만

하고 무엇 하나 얻지 못한 채 하북으로 돌아갈 수밖에 없었다.

한편 조조 쪽에서도 오의 손책이 죽었다는 소식을 접하고 급히 회의를 열었다. 그 자리에서 조조가 말했다.

"하늘이 주신 기회요. 곧 대군을 보내 오를 취하는 것이 어떻겠소?"

마침 허도에 와 있던 시어사侍御史 장굉이 간했다.

"남의 상을 틈타 군대를 일으키겠다니, 승상답지 않은 말씀이십니다. 그 어디서도 선례先例를 들어본 적이 없습니다."

그 말에 조조도 부끄럽다는 생각이 들었는지 그 후로는 그에 대한 말을 입에 담지도 않았을 뿐만 아니라 사자를 오로 보내 후계자 손권에게 은명恩命을 내렸다. 즉, 손권을 토로장군討虜將軍과 회계태수에 봉하고 장굉에게는 회계의 도위 자리를 주어 돌려보낸 것이었다.

그 영속성에는 의심스러운 부분이 있으나 어쨌든 손책이 세상을 떠난 이후, 조조가 선택한 방침과 오가 취한 방침은 우연히도 일치했다. 일이 그렇게 되자 하북의 원소는 마음이 편치 않았다. 하북의 사자를 쫓아내다시피 하여 돌려보내 오가 먼저 조조에게 자신들의 뜻을 내보였을 뿐만 아니라 조조도 역시 손권에게 작위와 벼슬을 주어 두 세력이 손을 잡았음을 내보였으니, 고립된 하북군의 조초함이 어떠한 것이었을지는 상상하고도 남았다.

"우선 조조를 쳐서 없애야겠다."

원소의 명령에 따라 기주, 청주, 병주 등 하북의 대군 50만여 명이 관도로 몰려들었다. 원소가 무장을 하고 기북성冀北城에서 막 출진하려 할 때, 중신인 전풍이 나서서 이번 일이 불리하다는 뜻을 극력으로 설명했다.

"이처럼 함부로 성을 비우고 일을 서두르면 반드시 커다란 재앙이 찾아올 것입니다. 오히려 관도의 병사들을 거두어 방비를 철저히 하는 게 최선책인 듯합니다."

그러자 평소 전풍과 견원지간인 봉기가 때를 놓치지 않고 전풍을 크게 나무랐다.

"출진에 앞서 불길한 말씀을 하시다니, 공은 마치 주공이 패하기를 기다리고 있는 분 같소. 무엇을 근거로 커다란 재앙이 찾아올 것이라 단언하시는 것이오?"

원소도 화를 내며 전풍의 목을 베라고 외쳤으나 다른 신하들이 주위에서 목숨만은 살려달라고 눈물로 호소했다.

"그럼 칼을 씌워 옥에 가두어라. 나중에 돌아와서 죄를 물으리라."

원소는 그렇게 말하고 출진했다. 그런데 양무에 이르자 저수가 찾아와 다시 간언을 하는 것이었다.

"조조는 속전속결을 원하고 있습니다. 후방의 방비와 군량이 충분하지 않기 때문입니다. 그러니 이처럼 대군으로 급히 들이치는 것은 상책이 아닙니다. 우리 군이 비록 대군이기는 하나 그 용맹과 사기에 있어서는 적에게 미치지 못합니다."

"닥쳐라! 너도 역시 전풍처럼 불길한 소리를 함부로 입에 담을 생각이냐?"

원소는 그의 목에도 칼을 씌워 옥으로 보내버렸다.

그렇게 해서 하북의 군세 70만 명이 관도의 산야 사방 90리에 걸쳐 조조군과 대치하게 되었다.

그날 뽀얗게 이는 흙먼지가 하늘을 덮었으며, 양군의 깃발과 북소리가 땅을 메웠다. 몽롱한 상태에서 찬란한 뭇별을 보고 있는 듯한 풍경이었다.

정오가 되어 해가 하늘 가운데 오르자 요란한 북소리가 원소의 진지 가운데서 흘러나왔다. 대장군 원소가 문기門旗를 열고 말을 몰아 나오고 있었다. 황금 투구에 비단 전포와 은 허리띠를 둘렀으며, 춘란春蘭이라 불리는 명마에 자개로 만든 안장을 얹어 과연 하북 제일의 명문다운 풍채를 당당히 뽐내고 있었다.

"조조에게 한마디 하겠다."

원소는 그렇게 말하며 진두로 나섰다. 조조군의 철벽진鐵壁陣은 허저, 장료, 서황, 이전, 악진, 우금 등의 부대가 나란히 늘어서 마치 인마의 장성長城을 이루고 있는 듯했다. 그 한가운데가 갈라지더니 한 사람이 말을 타고 앞으로 달려나왔다.

"하북의 원소가 무슨 일로 나를 찾느냐?"

그 사람은 물론, 지금 천하의 동향이 그에게서 일어난다고 일컬어지는 조조였다. 조조가 먼저 말했다.

"내 일찍이 천자께 아뢰어 너를 기북대장군에 봉하고 하북의 치안을 명했거늘, 네놈 스스로가 반란군을 일으키다니 이 무슨 발칙한 짓이냐?"

그는 언제나 이런 식으로 적에게 선언하듯 말했다. 원소 역시 얼굴에 노기를 띠며 외쳤다.

"닥쳐라, 조조. 천자의 명을 오로지하여 조정의 위엄을 함부로 내세우는 자, 너야말로 조당의 쥐새끼이자 천하가 용서할 수 없는 역신이다. 나는 먼 조상 때부터 한실을 섬겨온 한실의 신하이다. 하늘을 대신하여 역적을 처단하겠다. 이것이 바로 만민의 뜻이다."

양자의 선언은 누가 들어도 원소 쪽이 위에 있었다. 그랬기에 조조는 곧 말을 돌려 채찍을 높이 휘두르며 외쳤다.

"무슨 말이 필요하겠느냐. 장료, 저들을 쳐라!"

노궁과 철포의 소리가 한꺼번에 울려 퍼지고 화살이 빗발치는 사이로 장료가 달려나가 원소를 뒤쫓으려 했다. 하지만 원소의 뒤쪽에서 하북의 용장 장합張郃이 뛰쳐나와 용감히 창을 부딪쳤다.

"천벌을 받을 놈아, 기다려라."

두 사람이 불꽃을 튀기며 격투를 벌이기를 50여 합, 그래도 여전히 승패가 갈리지 않았다. 조조가 멀리서 바라보다 놀란 눈으로 중얼거렸다.

"저 빼어난 장수는 또 누구란 말이냐?"

지켜보고 있던 허저가 더는 참지 못하고 큰 칼을 휘두르며 분연히 돌진해나갔다. 그것을 본 하북군에서도 장수 하나가 창을 돌리며 달려나왔다.

"여기 고람高覽이 있음을 몰랐느냐?"

원소군 쪽에서는 숙장 심배가 장대將臺 위에 올라 싸움의 형세를 지켜보고 있었다. 그는 조조군 쪽에서 약 3천 기씩 두 갈래의 부대가 나와 아군의 측면을 협공하려는 것을 보고 힘껏 깃발을 흔들었다. 그런 일이 있을 줄 알고 미리 활과 철포로 무장한 복병을 숨겨두었는데, 적이 거기에 걸려든 것이었다. 하늘을 찢을 듯한 소리와 함께 화살과 돌과 철환鐵丸이 한꺼번에 쏟아져 내렸다. 측면 공격에 나섰던 조조군의 하후돈과 조홍 두 대장은 갑자기 군을 되돌릴 수가 없어 수많은 사상자를 내고 말았다.

"지금이다. 추격하라!"

원소의 승리였다. 그날의 싸움에서는 하북군이 대승을 거두었으며, 조조군이 관도의 강을 건너 퇴각하는 동안 해가 저물어버렸다.

원래 이 관도의 지세는, 하남 북쪽 지방에서 유일한 요해로서의 조건을 갖추고 있었다. 뒤쪽에는 커다란 산이 솟아 있었으며, 그 기슭을 둘러싸고 30여 리에 이르는 강이 흐르고 있어 천연의 호라 할 수 있었다. 조조는 그 지역 일대에 목책을 세우고 험준한 산에 의지하여 굳게 지키는 전술을 취했다. 그리하여 양군이 강을 사이에 두고 대진하게 되었다.

"하북군이 아무리 강하다 해도 이곳을 넘보기는 어려울 것이다."

조조는 자신의 진용에 자신이 있었다. 원소도 힘으로 들이치기는 어렵겠다고 판단했는지 한동안 화살 하나 날리지 않았다. 그러던 어느 날 아침, 관도의 북쪽 기슭에 갑자기 산이 하나 생겨났다. 원소가 무슨 생각을 한 것인지 20만 명의 병사에게 인공 산을 만들게 한 것이었다. 10일쯤 지나자 그 인공 산은 완벽한 언덕이 되었다.

그것을 본 조조 진영에서도 대책을 강구하려 했으나 달리 손쓸 방법이 없었다.

"아아…… 이번에는 저 산 위에 높다란 전루戰樓를 세우는구나."

"참으로 터무니없는 짓을 하는구나. 대체 어쩔 생각이지?"

곧 원소 진영에서 그에 대한 해답을 행동으로 보여주었다. 길게 뻗은 언덕 위에 전루 50개가 나란히 세워지자, 전루 하나에 50명쯤 되는 노궁수들이 올라가 일제히 화살을 퍼붓기 시작한 것이었다. 그러자 조조는 맞설 방법을 찾지 못하고 전군을 산기슭까지 퇴각시켰다.

"강을 건널 준비를 하라!"

원소의 작전은 다음 행동으로 옮아갔다. 매일 밤 강 속에 있는 목책을 조금씩 뜯어내, 아군이 엄호사격을 받으며 적 앞으로 상륙할 수 있도록 준비를 해나갔다. 조조도 내심 두려움을 느낀 모양이었다.

"강에 의지해야만 관도를 지킬 수 있을 텐데……."

그러자 유엽이 앞으로 나서며 말했다.

"적이 쌓은 산과 전루를 허물지 않으면 우리 군은 아무것도 할 수가 없습니다. 그러니 발석거發石車를 만들어 그것들을 허물 수밖에 없습니다."

"발석거가 무엇인가?"

"저희 지방에 사는 이름도 없는 장인이 발명한 것인데 화약을 써서 통에 넣은 커다란 돌을 날리는 기계입니다."

그는 그림을 그려 보였다. 조조가 기뻐하며 곧 그 무명의 장인을 데려오게 하고 목공, 석공, 화약 만드는 사람을 독려하여 그림과 같은 발석거를 수백 대 만들게 했다.

참으로 과학전科學戰이라 하지 않을 수 없다. 아직 근대적인 병기와는 비교할 수도 없는 것이었지만 그 정신과 전법만은 틀림없이 비약적인 발전을 이루었다고 해야 할 것이다.

나란히 늘어선 발석거가 열화烈火를 내뿜었다. 커다란 돌이 허공을 울리며 강을 건너가 인공으로 만든 산에 무수한 흙먼지를 피워 올렸으며 적의 전루를 남김없이 허물어버렸다.

"저 기계는 뭐지?"

적은 물론 아군까지 눈앞에 펼쳐진 과학의 위력에 커다란 두려움을 느꼈다.

"벽력거霹靂車……. 저것은 서방에서 건너온 오랑캐들이 쓰는 벽력거라는 화기다."

한 사람이 아는 척하며 말하자 그 후 사람들은 그것을 벽력거라 부르게 되었다.

그러자 하북군에서도 다시 새로운 전법 하나를 고안해 조조군을 위협하기 시작했다. 바로 굴자군掘子軍이라는 부대를 편성한 것이었다. 그것은 두더지처럼 땅굴을 파서 적 앞으로 나가 불시에 공격하는 전법이었다. 하북군이 주로 쓰는 전법인 듯, 북평성의 공손찬을 공격할 때에도 그 전법으로 성안에 들어가 곳곳에 불을 질러 성을 빼앗은 적이 있었다. 이번에는 양군 사이에 성벽이 아닌 강물이 있었지만 수심은 그리 깊지 않았다. 깊이 파고 들어가면 그리 어려울 것도 없는 일이었다. 심배가 그 전법을 건의했고 원소도 받아들여 곧 실행에 옮겨졌다. 2만여 명에 이르는 두더지들이 삽시간에 강 건너편으로 땅굴을 파나가기 시작했다.

조조는 일찌감치 그 사실을 알고 있었다. 지하도에서 퍼 올린 흙이 개미굴처럼 적진 곳곳에 쌓여가고 있었기 때문이다.

"어떻게 막으면 좋겠는가?"

이번에도 조조는 유엽에게 물었다. 그러자 유엽이 웃으며 대답했다.

"저 방법은 이제 낡은 전술입니다. 아군의 진지 앞에 길게 호를 파면 충분히 막을 수 있습니다. 또한 그 호에 관도의 물을 끌어다 대면 더욱 좋을 것입니다."

"묘책이오."

조조군은 별 어려움 없이 방어선을 갖추었다. 정찰병의 보고로 그 사실을 알게 된 원소는 서둘러 굴자군의 작업을 중단시켰다.

그러다 보니 서로 대치하는 기간이 길어져 8월이 지나고 9월이 지났다. 수송력에 비해 대군을 끌어안고 있다 보니 장기전으로 접어들자 양군 모두 군량 문제로 고민을 하지 않을 수 없었다. 그 때문에 조조는 몇 번이나 관도를 버리고 허도로 물러날까 생각했다. 그는 마침내 순욱의 의견을 듣기 위해 허도로 사자를 보냈다.

바로 그날 서황의 부하 사환이 적 한 명을 잡아왔다. 서황이 그 포로를 잘 타이른 후 여러 가지를 물어보았다. 그가 거짓은 아닌 듯한 투로 자백을 했다.

"사실은 원소 진영도 군량이 부족해 어려움을 겪고 있습니다. 그런데 한맹韓猛이라는 장군이 각지에서 수많은 곡물과 군량미를 거두어 이곳으로 오고 있는 중입니다. 저는 그 병량을 전선으로 옮기는 길을 안내하기 위해 가다가 불행하게도 칼을 밟아 낙오된 자입니다."

이에 서황은 곧 그 사실을 조조에게 고했다. 그 말을 들은 조조는 손뼉을 치며 기뻐했다.

"그 군량이야말로 하늘이 우리 군에게 주시는 것이다. 한맹이란 자는 용맹하기는 하나 거만해서 적을 쉽게 얕보는 경향이 있다. 누가 가서 그 군량을 앗아가지고 오겠는가?"

"굳이 다른 자를 보내실 필요 어디 있겠습니까? 제가 사환을 데리고 가도록 하겠습니다."

서황이 그 임무를 맡겠다고 나섰다. 조조가 장하다며 허락하기는 했으나 적지 깊숙이 들어가야 하는 일이었기에, 서황에게 2천 명의 병사를 주어 앞장서게 하고, 장료와 허저 두 장군에게도 5천 명의 병사를 주어 그 뒤를 따르게 했다.

그날 밤, 한맹은 하북의 치중대를 이끌고 수천 대의 수레와 우마에 채찍을 가해 산길을 지나고 있었다. 그런데 갑자기 사면의 산에서 함성 소리가 일었다.

"무슨 일이냐?"

급히 방어 태세를 취했으나 길은 좋지 않고 주위는 어둡고 말과 소는 날뛰고, 적이 채 모습을 드러내기 전부터 커다란 혼란이 일었다. 서황의 기습부대는 미리 준비해두었던 유황과 염초焰硝를 팔방에서 던져 적의 군량에 불을 붙였다. 불소牛가 울부짖고, 불마馬가 날뛰는 시뻘건 계곡 속에서 인간들의 싸움이 어지러이 펼쳐졌다.

한밤중에 서북쪽 하늘이 시뻘겋게 달아올랐기에 원소가 진 밖에 서서 의아한 눈빛으로 그곳을 바라보고 있었다.

"무슨 일이냐?"

그곳으로 한맹의 부하가 속속 도망쳐와서는 고했다.

"군량이 불타고 말았습니다."

그 말을 들은 원소는 낙담하며 작전에 실패한 한맹에게 화를 냈다.

"장합은 어디 있는가? 고람도 이리 오시오."

원소는 두 장군을 급히 불러 정병을 내주며 치중대를 기습한 적의 퇴로를 끊고 철저히 짓밟으라고 명령했다.

"알겠습니다. 아군의 피해가 막심하나 동시에 군량을 불태운 적 역시 한 놈도 살아 돌아가지 못하도록 하겠습니다."

두 장군은 병사를 둘로 나눈 후 대로를 급히 달려가 적의 퇴로를 점령했다. 임무를 마친 서황이 의기양양하게 그 길로 접어들었다. 기다리고 있던 고람과 장합 두 장군이 어렵잖게 그들을 포위하고 외쳤다.

"적은 얼마 되지 않는다. 한 놈도 남김없이 베어라."

그리고 적군 깊은 곳까지 말을 달려 들어갔다.

"네놈이 서황이냐?"

그들은 서황을 찾아내자마자 협공을 시작했다. 그런데 뒤쪽에 있던 병사들이 곧 새끼 거미를 흩어놓은 것처럼 사방으로 달아나는 것이었다. 두 장군도 이상히 여기며 달아났는데, 뜻밖에도 뒤쪽에서 조조의 후원군이 그들을 기다리고 있었다. 한쪽은 허저, 또 한쪽은 장료였는데, 도합 5천여 기의 병사들이 일제히 함성을 지르며 달아나는 병사들을 철저히 짓밟고 있었다.

"이거 당할 수가 없겠구나."

고람은 깜짝 놀라 싸우지도 못하고 도망쳤다.

"여기서 헛되이 목숨을 버릴 수는 없다."

장합도 말에 채찍을 가해 그곳을 벗어났다.

서황은 장료, 허저와 합류하여 유유히 관도를 건너 진지로 돌아왔다. 조조가 그의 공을 칭찬하자 그가 부끄럽다는 듯 대답했다.

"과찬의 말씀이십니다. 자원하여 임무에 나서기는 했으나 공은 절반밖에 이루지 못했습니다."

"어찌 그리 겸손하신 게요?"

"적의 군량을 불태우고 돌아온 것만으로는 아군의 배를 불릴 수 없지 않습니까."

"어쩔 수 없는 일이오. 거기까지 생각한다면 너무 큰 욕심이오."

조조가 위로하자 모두가 쓴웃음을 지었다. 이번 전과로는 궁핍한 군량 문제를 조금도 해결할 수 없었기 때문이다. 하지만 이를 원소군과 비교해보자면, 군의 사기를 끌어올린 것만 해도 서황의 공은 역시 매우 크다고 하지 않을 수 없었다.

원소는 기대하고 있던 군량의 대부분을 잃었기에 크게 화를 내며 한맹의 목을 진문에 내걸라고 명했다. 하지만 여러 장군들이 목숨만은 살려줄 것을 청하자, 장관將官의 직을 박탈하고 일개 병사로 강등시켜 버렸다. 그런 일이 있은 이후, 심배가 원소에게 한마디 주의를 주었다.

"오소烏巢(하북성)의 방비가 더욱 중요해졌습니다. 적의 굶주림이 심해질수록 그곳의 위험이 더욱 커질 것입니다."

오소, 업도鄴都에는 하북군의 생명줄이라 할 수 있는 곡식 창고가 있었다. 그 말을 듣자 원소는 마음이 더욱 불안해져 심배를 그곳으로 파견하여 군량을 점검하게 했다. 동시에 순우경을 대장으로 약 2만 명의 병력을 주어 창고를 철통같이 지키게 했다. 이 순우경이란 사람은 술을 아주 좋아하고 입이 거칠기로 유명했다.

'이번에도 실태失態나 없으면 좋으련만.'

부장으로 그를 따라가게 된 여위呂威, 한거자韓莒子, 휴원睢元 등은 내심 불안해했다. 하나, 오소 자체는 천혜의 요새였다. 거기에 안심한 것인지 순우경은 매일 부하들을 모아놓고 술만 마실 뿐이었다.

원소의 진영 안에 허유許攸라는 장교가 있었다. 그는 굴자군의 일개 조를 맡아 지휘하기도 하고, 평소에는 중대장 정도의 임무를 수행했는데, 이렇다 할 전공을 세우지 못해 대체로 불우한 편이었다. 그 허유가 불우한 데에는 다른 원인도 있었다. 조조와 고향이 같은 그를 너무 중용하면 오히려 위험할 수도 있다고 여겼던 것이다.

"나는 어렸을 때부터 조조와 잘 알고 지내던 사이였어. 고향에 있을 때 조조는 매일같이 여자를 후리고, 사냥을 다니고, 옷을 자랑하고, 술집을 휩쓸고 돌아다니는 등 동네 건달들의 우두머리 같은 자였지. 나도 그와 함께 다니며 꽤 망나니짓을 했어."

술을 마시던 그가 자랑처럼 그렇게 얘기한 적이 있었는데, 그것이 오히려 독이 되어 사람들로 하여금 경계심을 품게 한 것이었다. 그런 허유가 어느 날 우연히 공을 하나 세우게 되었다. 병사들과 함께 멀리 정찰을 나갔다가 의심스러운 사람 하나를 붙잡은 것이었다. 그리고 그를 고문한 끝에 뜻밖에도 커다란 정보 하나를 얻게 되었다. 얼마 전 조조가 허도에 있는 순욱에게 편지를 보냈으나, 그 후 순욱의 길보吉報도 오지 않고 군량도 오지 않아 전군이 굶주림에 시달리고 있다는 것이었다. 그리하여 조조가 순욱에게 신속한 조치를 촉구하는 편지를 다시 썼고, 그 편지를 밀사가 옷 속에 숨기고 있었던 것이다.

"긴히 청할 것이 있습니다. 제게 기마 5천 명을 내주시기 바랍니다."

허유가 평소의 의심을 풀고 또 자신의 불우함에서 벗어날 좋은 기회라 생각하며 원소에게 직접 청을 했다. 물론 증거로 조조가 순욱에게 보내는 편지와 사로잡은 밀사의 구술서를 제시했다.

"기마 5천 명을 내어주면 어떻게 할 생각인가?"

"적의 근거지라 할 수 있는 허도를 단번에 들이치도록 하겠습니다."

"어리석구나. 일이 그렇게 쉽게 이루어진다면 나를 비롯한 모든 장군들이 왜 이처럼 고생을 하고 있겠느냐."

"반드시 성공해 보이겠습니다. 순욱이 급히 군량을 보내지 못한 것은 그 군량을 수송할 때 대부대를 함께 딸려 보내야 하기 때문일 것입니다. 하지만 이제는 얼른 군량을 보내지 않으면 조조를 비롯해 전선의 장병 모두가 굶어 죽게 됩니다. 제 생각에 그 치중대는 이미 허도를 떠났을 듯합니다. 그렇다면 허도는 틀림없이 방비가 허술할 것입니다."

"자네는 상장上將의 지혜를 너무 가볍게 여기는군. 그와 같은 것은 누구나 생각할 수 있는 일이며, 하나는 알고 둘은 모르는 것이라 할 수 있네. 만일 그 편지가 속임수라면 어떻게 할 생각인가?"

"결코 속임수가 아닙니다. 저는 조조의 필적을 어렸을 때부터 봐왔습니다."

그의 열의는 쉽게 받아들여질 것 같지 않았으나, 그는 쉽게 물러설 마음이 없는 듯 계속해서 간청을 했다. 원소는 도중에 자리를 뜨고 말았다. 심배가 보낸 사람이 왔기 때문이었다. 그사이에 시신 하나가 원소에게 가만히 귓속말을 했다.

"허유의 청을 받아들여서는 안 됩니다. 하장下將 주제에 탄원을 하다니 참람스러운 행동입니다. 뿐만 아니라 그자는 기주에 있을 때도 늘 행실이 좋지 않았으며, 백성들을 협박하여 뇌물을 바치게 하고, 금은을 빌려 주색에 빠지는 등 모든 이들이 싫어하는 짓만 일삼던 자입니다."

"흠, 나도 알고 있소."

다시 방으로 들어온 원소가 누추한 물건이라도 대하듯 허유를 바라보며 고함을 질렀다.

"아직도 여기에 있었단 말이오! 돌아가시오. 아무리 있어봐야 달라질 건 없소."

허유는 치밀어 오르는 화를 참으며 방에서 나왔다. 그리고 너무 화가 난 나머지 칼을 빼들어 자신의 목을 찌르려 했다.

'어리석은 놈, 나를 쓰지 않다니. 머지않아 후회하게 될 것이다. 그래, 내가 후회를 하게 만들어주자. 내가 자결할 이유는 어디에도 없다.'

그는 갑자기 마음을 바꾸고 참호 안으로 성큼성큼 들어갔다. 그날 밤, 그는 겨우 대여섯 명의 병사들만을 데리고 관도를 건너 적의 진지로 달려갔다.

***

"기다려라! 웬 놈이냐?"

창끝에 하얀 헝겊을 묶어 그것을 흔들며 똑바로 달려오는 적장이 있었다. 그것을 본 조조의 병사가 곧 그를 잡아 이름과 찾아온 목적 등을 물었다.

"나는 조 승상의 옛 친구일세. 남양의 허유라고 하면 틀림없이 기억하고 계실 것이네. 중요한 일을 알리러 왔으니 바로 말을 전해주게."

그때 조조는 본진 안에서 막 옷을 벗고 자리에 누우려던 참이었다. 그는 부장에게 말을 전해 듣고 뜻밖이라는 듯한 표정을 지으며 그를 안으로 들이라고 말했다.

'허유가? 무슨 일이지?'

조조와 허유는 원문 옆에서 만났다. 서로의 얼굴에 어렸을 때의 모습이 남아 있었다.

"이게 얼마 만인가?"

조조가 반갑다는 듯 어깨를 두드리자 허유가 땅에 엎드려 절을 했다. 그러자 조조가 손을 잡아 일으켜 세우며 말했다.

"서로 예의는 그만두기로 하세. 자네와 나는 어렸을 때부터의 친구이니 관작의 높고 낮음으로 서로를 대할 필요가 어디 있겠는가."

허유가 더욱 부끄러워하며 말했다.

"나는 반생을 헛살았다네. 주인을 보는 눈이 없어 원소 따위에게 몸을 맡겼으나 충언도 그의 귀에는 거슬리는 듯, 오늘 이렇게 쫓겨나 옛 친구의 진영으로 항복을 하러 왔다네. 참으로 면목 없으나, 승상……부디 불쌍히 여겨 나를 받아주기 바라네."

"자네의 성품은 예전부터 잘 알고 있었네. 무사히 만난 것만 해도 기쁜데, 내게 힘까지 보태주겠다니 마다할 이유가 어디에 있겠는가? 기꺼이 자네의 말을 듣겠네. 우선 원소를 깨뜨릴 계책이 있다면 내게 들려주기 바라네."

"내가 원소에게 권한 것은 지금 경기輕騎의 정병 5천 명을 보내 허도를 불시에 습격하여, 전후에서 관도의 적을 공격하자는 작전이었다네. 그런데 원소는 그 작전을 쓰지 않았을 뿐만 아니라 하장 주제에 참람스럽다며 나를 매몰차게 내쫓았다네."

조조가 놀라 말했다.

"만약 원소가 자네의 작전을 받아들였다면 나의 진지는 갈가리 찢어지고 말았을 걸세. 아아, 천만 다행이로다. 그런데 만약 우리가 원소를 깨뜨리려면 자네는 어떤 작전을 써야 한다고 생각하는가?"

"그 작전을 세우기 전에 우선 묻고 싶은 것이 있네. 지금 승상의 진지에는 어느 정도의 군량이 남아 있는가?"

"반년은 버틸 걸세."

조조가 바로 답하자 허유가 못마땅한 표정을 지으며 나무라듯 조조의 눈을 가만히 바라보았다.

"거짓말 말게. 나는 옛정을 생각해서 진실을 말하려 하는데 자네는 오히려 거짓을 말하는군. 나를 속이려 하는 자에게 진실을 말할 수는 없지 않겠나?"

"내가 잠깐 농을 쳐본 것일 뿐일세. 솔직히 말하자면 석 달을 버틸 양밖에 없다네."

허유가 다시 웃으며 혀를 차고 탄식했다.

"참으로 옳은 말이로구나. 흔히들 조조는 간웅으로 교활함의 귀재라고 말하는데 과연 크게 틀리지 않구나. 자네는 끝까지 사람을 믿지 못하는 성격인가보군."

조조가 약간 당황한 듯 그의 귓가로 입을 가져가 조그만 목소리로 속삭였다.

"군사의 기밀이라 실은 아군에게도 숨기고 있네만 자네에게는 사실을 말하도록 하지. 사실을 말하자면 이미 바닥을 드러내 이번 달을 버틸 만큼의 군량밖에 없다네."

그러자 허유가 분연히 그의 입에서 귀를 떼며 날카롭게 쏘아붙이듯 말했다.

"언제까지 나를 속일 셈인가? 승상의 진에는 군량이 이미 한 톨도 남아 있지 않을 것일세. 말고기를 먹고 풀을 씹는 것은 군량이라고 할 수 없네."

천하의 조조도 낯빛을 잃고 말았다.

허유가 품속으로 손을 넣었다. 그리고 봉한 부분이 뜯긴 서한을 꺼내 조조의 눈앞으로 내밀었다.

"이건 대체 누가 쓴 것이란 말인가?"

허유가 콧등에 비웃는 듯한 잔주름을 새기며 물었다. 그것은 조금 전 허도에 있는 순욱에게 군량이 떨어졌다는 것을 알리고 조속한 조치를 촉구한 조조 자신이 쓴 서한이었다.

'아니, 내 서한이 어째서 자네 손에 있는 건가?'

조조는 깜짝 놀라 더는 거짓말을 할 수 없다는 사실을 깨달은 듯했다. 허유는 자신의 손으로 전령을 사로잡은 일 등을 자세히 들려준 뒤 이어 말했다.

"승상의 군은 적은 병력으로 적의 대군과 맞서고 있는 데다 군량이 떨어져 어려움을 겪고 있는 상황이 아닌가? 어째서 적의 뜻대로 지구전에 임해 자멸을 기다리고 있는 것인지, 나로서는 이해할 수가 없네."

그러자 조조가 완전히 마음을 열고 정중하게 물었다.

"실은 속전속결로 맞서고 싶으나 묘책이 없으며 지구전을 펼치고 싶어도 군량이 부족하니 이 국면을 어떻게 타계하면 좋을지 모르겠네."

허유가 비로소 자신의 생각을 밝혔다.

"여기서 40리 떨어진 곳에 오소라는 요해지가 있지 않나? 오소는 곧, 원소군을 먹여 살리는 군량이 저장되어 있는 땅일세. 그곳을 지키는 순우경이라는 자는 술을 좋아해 부하들의 신임을 얻지 못하고 있으니 불시에 공격하면 반드시 무너뜨릴 수 있을 것일세."

"하나, 오소에 갈 때까지 적지를 어찌 돌파할 수 있겠는가?"

"평범한 방법으로는 그곳에 이를 수 없을 게야. 우선 날랜 병사들을 전부 원소군처럼 꾸며 책문을 지날 때마다, 원소군의 직속인 장기蔣奇의 수하들인데 군량을 지키라는 명을 받고 오소로 가는 길이라고 답하면, 깊은 밤이라 할지라도 의심받지 않고 지날 수 있을 것일세."

그의 말을 들은 조조는 어두운 밤에 한 줄기 불빛을 본 것처럼 기뻐했다.

"참으로 묘책이오. 오소의 군량을 불태우면 원소군은 7일도 버티지 못할 것이오."

조조는 곧 준비를 시작했다. 우선은 하북군의 깃발을 여럿 만들게 했다. 이윽고 장병들의 군장과 마구, 기치까지 전부 하북군처럼 꾸민 5천 명의 거짓 부대가 편제되었다. 장료는 걱정이 되었다.

"승상, 허유가 만일 원소의 첩자라면 이 5천 명은 한 명도 살아 돌아오지 못할 것입니다."

"이 5천 명은 내가 직접 이끌고 갈 것이네. 어찌 일부러 적의 술수에 빠질 수 있겠는가?"

"네? 승상께서 직접?"

"걱정 말게. 허유가 우리에게 온 것은 실로 하늘이 조조를 도와 큰일을 이루게 하려는 것일세. 만약 허유를 의심하여 이번 기회를 놓친다면 하늘이 나의 어리석음을 보고 나를 버릴 것일세."

과감한 결단력은 조조의 천성 중에서도 커다란 장점이었다. 그는 병가의 장將에게 절대적으로 필요한 날카로운 직감을 가지고 있었다. 다른 사람이라면 쉽게 결단을 내리지 못하는 모험도 그는 날카로운 직감으로 그 모험이 성공할 수 있을지를 판단해내는 힘이 있었다.

하지만 그에게 있어 염려스러운 것은 지금부터 뛰어들어야 할 적지가 아니라 자신이 자리를 비워야 할 본진이었다. 물론 허유는 진중에 남겨 잘 대접하게 했다. 그리고 조홍을 대장으로 삼았으며, 가후와 순욱에게는 조홍을 돕게 하고, 하후돈, 하후연, 조인, 이전 등도 방어를 위해 남겨두었다.

조조는 5천 명의 위장병들을 인솔했는데, 장료와 허저를 선봉으로 삼았다. 그날 저녁 사람들은 매枚를 물고, 말의 입에는 재갈을 물리고 관도를 출발하여 적지로 깊이 들어갔다. 때는 건안 5년(200년) 10월 중순이었다.

한편 원소의 신하인 저수는 주인 원소에게 간언을 하다 오히려 그의 화를 사 진중의 감옥에 갇히게 되었다. 그날 밤 그는 홀로 앉아 별을 보다 문득 큰 소리로 중얼거렸다.

"아아, 이건 예삿일이 아니로구나."

그의 말을 듣고 이상히 여긴 옥리가 묻자 저수가 대답했다.

"오늘 밤은 별빛이 매우 밝은데 지금 천문을 살펴보니 태백성太白星에 한 줄기 요사스러운 기운이 걸려 있소. 이는 커다란 변이 있을 흉조凶兆요."

그리고 그는 옥리를 통해 주공인 원소에게 만나줄 것을 거듭 청했다. 마침 술을 마시고 있던 원소는 급한 일이라는 말에 저수를 자신의 앞으로 불렀다. 저수가 신념에 찬 목소리로 말했다.

"오늘 밤부터 새벽에 걸쳐 틀림없이 적의 기습이 있을 것입니다. 아군의 군량이 오소에 있으니 지략이 있는 적이라면 틀림없이 그곳을 노릴 것입니다. 급히 맹장용졸猛將勇卒을 보내 산길을 지키게 하여 그의 계략을 역이용하시기 바랍니다. 그야말로 흉을 길로 바꾸는 임기응변이라 할 수 있습니다."

"옥에 갇힌 몸으로 여전히 혀를 함부로 놀려 군의 사기를 떨어뜨리려는 것이냐? 이 현명한 척하는 죄인 놈아! 물러나라!"

원소는 한마디 고함으로 그를 내쳤다. 뿐만 아니라 저수의 청을 들어 그에게 말을 전한 옥리를 옥에 갇힌 죄인과 사사로이 친분을 맺었다며 목을 치게 했다. 그 말을 들은 저수는 옥 안에서 혼자 울며 한탄했다.

"우리의 패망이 멀지 않았구나. 아아, 나의 몸도 곧 들판의 흙이 되겠구나."

그사이 조조가 이끄는 위장군은 곳곳의 경비진을 별 어려움 없이 뚫고 오소를 향해 전진했다.

"우리는 구장九將인 장기의 수하로 주공의 명을 받아 오소를 지키기 위해 가는 길이오."

창고를 지키기 위해 오소로 파견된 순우경은 그날 밤에도 마을의 처자들을 끌고 와 부하들과 함께 술을 마시며 밤늦게까지 즐기고 있었다. 그런데 진 곳곳에서 무엇인가가 무너지는 듯한 이상한 소리가 들렸다. 밖으로 나가보니 사면이 불바다가 되어 횃불과 불을 붙인 짚이 어지러이 날아다녔다. 그 가운데 고막을 찢을 것 같은 북소리, 화살 나는 소리, 함성이 일제히 들려왔다.

"앗, 야습이다!"

그들은 당황하여 급히 방어에 나섰다. 하지만 이미 손을 쓸 수 없는 상태였다. 절반은 적에게 항복했으며, 일부는 도망을 쳤고 남은 사람들은 이미 화염에 휩싸여 시체가 되어버렸다. 조조의 부하들이 순우경을 사로잡았다. 부장인 휴원은 행방을 알 수 없었으며, 조예趙叡는 목숨을 잃고 말았다. 어렵지 않게 승리를 거둔 조조는 순우경의 코를 베고 귀를 잘라 그것을 말 위에 묶은 뒤 개가를 부르며 본진으로 향했다.

날이 채 밝기도 전이었다. 원소는 자신의 진중에서 편안히 잠을 자고 있었는데, 보초를 서던 병사가 달려와 그를 깨웠다.

"불길이 보입니다!"

원소는 그제야 비로소 오소 쪽의 시뻘건 하늘을 바라보았다. 그때 급보가 날아들었다. 원소는 너무 놀라 순간 어떻게 대처해야 할지조차 알지 못했다. 부장인 장합이 초조해하며 말했다.

"얼른 오소로 구원군을 보내야 합니다."

그러자 고람이 반대했다.

"아닙니다. 조조의 본진인 관도가 비었을 테니 그곳을 쳐서 그가 돌아갈 곳을 없애야 합니다."

치솟는 불길을 보면서도 원소의 진영에서는 그처럼 언쟁을 벌이고 있었다.

더없이 급한 일이 벌어졌는데도 원소에게는 과감한 결단력이 없었다. 부하들의 언쟁에도 즉시 결단을 내리지 못했다. 하지만 원소도 결코 어리석은 인물은 아니었다. 다만 구태의연한 명문가에서 태어나 전통적인 자부심이 강했으며, 시시로 변하는 시세와 주변 상황에 적절히 대처하는 법을 몰랐던 것이다.

"그만두지 못할까! 언쟁을 벌이고 있을 때가 아니다."

원소가 더는 참지 못하고 고함을 질렀다. 그리고 확실한 자신감도 없이 그저 허둥지둥 명령을 내렸다.

"장합과 고람 너희 두 사람은 5천 명의 병사를 이끌고 가서 관도의 적을 치도록 해라. 장기는 병사 만 명을 데리고 오소로 가거라. 얼른 출발해라."

명령을 받은 장기는 곧 질풍진疾風陣을 쳤다. 만 명의 병사들이 급히 달려 오소로 향했다. 오소의 하늘은 여전히 붉게 타오르고 있었으나 산길은 어두웠다. 맞은편에서 백 기, 50기씩 따로따로 달려온 장병들이 전부 장기의 부대에 섞여들었다. 물론 처음 마주쳤을 때는 그들에게 엄히 물었다.

"어디에서 온 자들이냐?"

그러면 그들은 한결같은 목소리로 대답했다.

"저희는 순우경의 부하들인데, 대장 순우경은 적에게 사로잡혔고 진지는 저처럼 불바다가 되어 도망쳐온 길입니다."

복장 또한 전부 하북군의 것이었기에 장기는 별 의심 없이 그들을 응원군 안으로 받아들인 것이었다. 하지만 그들은 모두 오소에서 발걸음을 돌린 조조의 장병들이었다. 그 가운데는 장료와 허저 등과 같은 무시무시한 맹장들도 섞여 있었다. 어느 틈엔가 장기의 전후로 그런 장군들이 접근해왔다.

"앗, 배신자다!"

"적이다!"

갑자기 혼란이 일었다. 적과 아군을 구분할 수 없는 어둠 속에서 장기는 마침내 누군가의 창에 찔려 목숨을 잃었다. 곧 사방의 나무와 바위들이 전부 사람으로 화하더니 북소리가 울리고 칼과 창이 울부짖었다.

조조의 지휘 아래, 장기의 병사 만 명이 대부분 목숨을 잃고 말았다.

"돌아가는 길에 이렇게 선물까지 마련해주다니, 원소도 사람이 참 좋구나."

승리감에 젖은 조조가 회심의 목소리를 올리며 껄껄 웃었다. 그리고 원소의 진지로 사람을 보내 이렇게 말하게 했다.

"장기가 이끄는 병사들이 지금 막 오소에 도착하여 적을 물리쳤으니 원 장군께서는 안심하시기 바랍니다."

원소는 완전히 마음을 놓았다. 하지만 그 편안한 꿈은 아침이 되자 안개처럼 사라져버렸다. 그는 다시 참담한 현실을 맞이하게 되었다. 관도를 공격하러 갔던 장합과 고람도 뼈아픈 패배를 맛보았다. 적이 방심하고 있었다면 모르겠으나 만일의 사태에 철저히 준비하고 있던 조인과 하후돈을 정면에서부터 공격했으니 패하는 것도 당연한 일이었다. 게다가 불행하게도 관도에서 도망치던 도중 그곳으로 돌아오던 조조군과 맞닥뜨리게 되었다. 그곳에서도 철저하게 짓밟혀 5천 명의 병사 중 살아 돌아간 사람은 천 명도 되지 않았다. 원소는 망연자실할 수밖에 없었다. 그때 코와 귀가 잘린 순우경이 돌아왔고, 원소는 그의 태만함을 꾸짖고 그 자리에서 목을 쳤다.

순우경이 처벌당하는 것을 보고 원소의 부장들 모두가 불안해했다. 자신들도 언제 저렇게 될지 모른다며 두려움을 느낀 것이었다. 그 가운데서도 곽도는 이제는 틀렸다 싶었는지 남들보다 한발 앞서 자신의 안전을 도모했다. 어젯밤 관도의 본진을 기습하면 반드시 이길 것이라고 적극 주장한 사람이 바로 그였기 때문이다. 장합과 고람이 패하여 돌아오면 그 죄를 자신에게 물을 것이 뻔했다. 그 전에 손을 써야겠다는 생각에 그가 다급히 원소에게 참언을 했다.

"장합과 고람의 부대도 오늘 새벽에 관도에서 참패를 당했으나, 두 사람에게는 전부터 아군을 팔아 조조에게 항복하려는 마음이 있었습니다. 오늘도 역시 아군에게 피해를 주기 위해 일부러 패한 것일지도 모릅니다. 얼마 되지 않는 소수의 적에게 그처럼 허무하게 패하다니 있을 수 없는 일입니다."

원소가 노기 띤 얼굴로 말했다.

"알겠네. 돌아오는 대로 반드시 그들의 죄를 묻겠네."

그러자 곽도가 돌아오고 있는 장합과 고람에게 사람을 보내 이렇게 말하게 했다.

"본진으로 돌아오는 것을 잠시 미루도록 하게. 원 장군이 처단의 칼을 뽑아들고 귀공들을 기다리고 있으니."

두 사람이 그 말을 듣고 있는 동안 이번에는 원소가 보낸 진짜 전령이 와서 명령을 전했다.

"얼른 돌아오라는 명이오."

고람이 갑자기 칼을 빼들더니 원소가 보낸 전령을 베어버렸다. 장합이 놀라 말했다.

"어쩌자고 주공께서 보낸 사자를 벤 것인가? 이런 짓을 하면 원 장군 앞에서 더욱 할 말이 없어지고 말지 않는가?"

장합이 절망적인 표정으로 말했다. 그러자 고람이 머리를 힘껏 흔들며 말했다.

"우리가 어찌 죽음을 기다릴 수 있겠는가? 장 장군, 시대의 흐름은 이미 하북에서 멀어졌네. 깃발을 돌려 조조에게 항복하기로 하세."

두 사람 모두 말 머리를 돌려 백기를 흔들며 관도로 가서는 조조의 군문에 항복했다. 말리는 사람도 있었으나 조조는 사람을 받아들이는 일에도 넓은 도량을 가지고 있었다. 조조는 장합을 편장군 도정후偏將軍都亭侯에, 고람 역시 편장군 동래후東萊侯에 봉하고 훗날 다시 크게 상을 줄 것이라며 격려했다. 그러자 두 장군이 감격의 눈물을 흘렸다.

적의 2를 빼서 아군에 2를 더하면 도합 4의 차이가 생기게 되는 셈이다. 그러니 조조군은 강해진 반면 원소군은 눈에 띄게 약해져갔다. 게다가 오소를 습격한 이후 군량 문제도 해결이 되어 승상기가 휘날리는 곳에는 떠오르는 해와 같은 기개가 있었다.

그 후 허유도 조조에게 융숭한 대접을 받고 있었다. 그가 다시 조조에게 고했다.

"적에게 숨 돌릴 틈을 주어서는 안 되네. 바로 지금일세."

조조군은 공격에 이은 공격으로 숨 쉴 틈도 주지 않고 적을 몰아붙였다. 하지만 누가 뭐래도 적은 워낙 숫자가 많은 대군이었다. 하루아침에 무너질 것 같지는 않았다.

"적에게 병력을 셋으로 나누게 해서 그들을 하나하나 섬멸하는 것은 어떻겠습니까? 그러기 위해 아군 병력을 아주 조금만 떼어 여양(하남성 준현의 동남쪽), 업도(하북성), 산조酸棗(하남성) 세 방면으로 향하는 것처럼 꾸민 뒤 각지에서 일거에 원소의 본진을 칠 기회를 엿보는 것입니다."

순욱이 헌책했다. 이번 전쟁에서 순욱이 입을 연 것은 처음이었기에 조조도 귀를 기울여 그의 말을 중히 여겼다.

적병이 업도, 여양, 산조 세 방면을 향해 움직이기 시작했다는 말을 들은 원소는 조조가 다시 무슨 계책을 쓰려는 것이라 생각하고 대장 신명辛明에게 5만 기를 주어 여양으로 향하게 했으며, 셋째 아들인 원상袁尙에게도 5만 기를 주어 업도로 급히 달려가게 했고, 산조로도 역시 대병을 보냈다. 그의 본진은 당연히 소수의 병력밖에 남지 않았다. 그 소식을 들은 조조는 '뜻대로 되었구나' 하며 미소를 짓고 잠시 세 방면으로 흩어놓았던 각 부대와 연락을 취하여 날과 시간을 정한 뒤 원소의 본진을 급히 들이쳤다.

황하가 역류하고 태산이 무너지고 천지개벽 전의 어둠이 다시 찾아온 것이 아닐까 여겨질 정도였다. 원소는 갑옷을 걸칠 새도 없이 홑옷에 두건만을 두른 채 말에 뛰어올라 달아났다. 장남인 원담만이 그의 뒤를 따를 뿐이었다.

"내가 그를 사로잡겠다!"

그 사실을 안 장료, 허저, 서황, 우금 등과 같은 장수들이 앞다퉈 원소를 쫓았으나 황하의 지류에서 그만 놓치고 말았다. 한두 줄기 강물 뿐이었다면 어떻게든 찾아낼 수 있을지 모르겠으나 연못에, 호수에 또 그들 사이를 흐르는 수많은 강물까지 어느 쪽으로 달아난 것인지 도저히 감을 잡을 수가 없었다. 그들은 곳곳을 뒤지다 한 장교를 생포했고, 문초 끝에 다음과 같은 자백을 받아냈다.

"장남인 원담 외에 약 8백 명 정도의 장병들을 이끌고 북쪽의 연못을 건너 달아났습니다."

그러는 동안 집결을 알리는 뿔피리 소리가 들려왔기에 모두 헛되이 발걸음을 되돌려야만 했다. 그날의 전과는 예상 외로 큰 것이었다. 적이 버리고 간 시체가 8만이었으며, 원소의 본진 부근에서 그가 버리고 간 식량, 중요한 도서, 금은비단 등이 속속 발견되었다. 그 외에도 노획한 무기, 마필 등이 어마어마한 양에 이르렀다. 또한 그들 전리품 중에는 원소가 늘 가지고 다니는 금과 가죽으로 만들어진 커다란 상자도 있었다. 조조가 열어보니 그 안에서 여러 뭉치의 편지들이 나왔다. 전혀 생각지도 못했던 조정 관리들의 이름이 적혀 있었다. 지금은 조조 곁에서 충성스러운 얼굴을 하고 있는 대장들의 이름도 있었다. 평소 원소와 내통하고 있던 사람들의 편지가 조조의 눈에 띈 것이었다.

"참으로 놀랍습니다. 이 편지들을 증거로 두 마음을 품은 자들을 전부 처단해야 할 것입니다."

곁에 있던 순유가 말하자 조조가 웃으며 대답했다.

"아닐세. 원소의 세력이 막강했을 때는 이 조조조차 어떻게 할지 망설였다네. 그러니 다른 자들이야 오죽했겠나?"

그는 상자를 비롯해 편지까지 전부 눈앞에서 불태우라고 명령했다.

원소의 신하였던 저수는 옥에 갇혀 있었기에 당연히 도망칠 수가 없었으며, 곧 발견되어 조조 앞으로 끌려 나왔다.

"아아, 자네와는 일면식이 있지 않았나."

조조가 그를 보자마자 손수 밧줄을 풀어주었다. 하지만 저수는 커다란 목소리로 그의 인정을 거부했다.

"내가 여기까지 오게 된 것은 어쩔 수 없이 붙잡혔기 때문이다. 항복한 것이 아니니 어서 내 목을 쳐라!"

하지만 조조는 그의 사람됨을 아껴 진중에 두고 후하게 대접했다. 그런데 저수는 틈을 노려 병사의 말을 훔쳐 그것을 타고 달아나려 했다.

"앗!"

저수가 안장을 잡은 순간 화살 하나가 날아와 저수의 등에서부터 가슴을 꿰뚫었다. 그 사실을 보고 받은 조조가 탄식하며 말했다.

"아아, 내가 결국은 충의지사를 죽였구나."

그러고는 자기 손으로 그의 제사를 지낸 뒤 황하 부근에 무덤을 만들어주고, 거기에 '충렬저군지묘忠烈沮君之墓'라고 새긴 비석을 세우게 했다.

51
북방의 큰 별도 떨어지고

당대 최고의 세력을 자랑하던 조조와 원소.
그러나 싸움의 승패는 군대의 힘만으로 갈리는 것이 아니구나

원소는 겨우 8백 기만의 보호를 받으며 간신히 여양까지 달아났다. 하지만 아군과의 연락이 완전히 끊겨 그곳에서 동쪽으로 가야 할지, 서쪽으로 가야 할지 망설이고 있었다.

여산黎山 기슭에서 잠을 잔 날의 새벽이었다. 문득 눈을 떠보니 남녀 노소의 우는 소리가 천지에 가득했다. 가만히 귀를 기울여보니 그것은 부모를 잃은 자식과 형을 잃은 동생, 남편을 잃은 아내 등이 저마다 죽은 사람의 이름을 부르며 울부짖는 소리였다.

"봉기와 의거義渠 두 장군이 곳곳의 아군을 끌어모아 지금 막 이곳

에 도착했습니다.”

원소는 그 보고를 듣고 생각했다.

‘그렇다면 저 울음소리는 패잔병을 보고 그 안에 자신의 가족이 없어서 걱정을 하는 소리란 말인가?’

원소는 봉기와 의거 두 장군이 뒤따라온 후 약간 기운을 차렸다. 그리고 기주로 돌아가기로 결정했다. 사람이 있는 마을을 지날 때면 언제나 백성들의 통곡과 그를 원망하는 소리가 들려왔다.

“만일 전풍의 계책을 썼다면 이처럼 비참하게 지지는 않았을 텐데.”

그도 그러할 것이 이번 관도에서의 대전에 참가한 원소의 기북군은 75만 명에 이르렀으나, 지금 봉기와 의거 두 장군이 따라붙었다고는 해도 살아남은 장병은 얼마 되지 않았다. 초라하게 꺾인 깃발이 쓸쓸한 바람에 울려 백성들의 원성과 통곡의 대상이 되었다.

“전풍……. 그래 전풍의 말을 듣지 않은 것은 실로 나의 실수였다. 내 그의 얼굴을 어찌 보아야 한단 말인가.”

원소는 끝도 없이 후회를 했고, 기북성이 가까워지자 평소 전풍과 사이가 좋지 않았던 봉기는 원소가 전풍을 중용하는 것이 아닐까 두려워했다. 그가 원소에게 참언을 했다.

“성안에서 마중 나온 자들의 말을 들어보니, 옥에 갇힌 전풍은 아군이 대패했다는 소식에 손뼉을 치며 기뻐하고 보란 듯이 자신의 헤아림을 자랑하고 있다 합니다.”

이번에도 원소는 봉기의 참언을 사실로 받아들여 다시 전풍을 미워했다. 그리고 성에 돌아가자마자 그를 참수형에 처하겠다고 마음속으로 다짐했다. 한편 기주성의 감옥에 갇혀 있던 전풍은 관도에서 대패했다는 소식을 듣고 침울한 표정을 지으며 밥도 제대로 먹지 않았다. 그를 마음으로 따르던 옥리가 가만히 옥 앞으로 다가가 전풍을 위로했다.

"이번 일로 원 장군께서도 나리의 충심을 잘 아셨을 겁니다. 성에 돌아오시면 틀림없이 나리께 사과하고 나리를 중히 쓰실 것입니다."

그러자 전풍이 고개를 흔들며 말했다.

"아닐세, 그것은 일반적인 해석일세. 충신의 말을 잘 받아들이고 간신의 참언을 꿰뚫어볼 줄 아는 주공이었다면 이런 대패는 당하지 않았을 것이네. 나의 죽음이 멀지 않았네."

"설마, 그런 일이야 있겠습니까?"

옥리는 그렇게 말했으나, 원소가 돌아오자마자 그날로 사람 하나가 찾아와 전풍에게 말했다.

"죄인에게 칼을 내리노라."

자결을 하라는 뜻이었다. 옥리는 전풍의 선견지명이 놀랍기도 하고, 또 매우 슬프기도 했기에 마지막으로 술과 안주를 그에게 대접했다. 전풍은 태연히 옥에서 나와 멍석에 앉아 술을 한잔 마신 뒤 이렇게 말했다.

"무릇 대장부가 이 천지에 태어나 주인을 잘못 고른 것 자체가 이미 자신의 어리석음을 증명하는 일이다. 일이 여기까지 이르렀는데 무슨 할 말이 더 있겠는가."

그런 다음 칼을 받아 스스로 자신의 목을 찔렀다. 땅은 더욱 검게 물들었고, 기주의 하늘과 별은 붉은빛을 띠었다. 전풍이 목숨을 잃었다는 말을 듣고 남몰래 눈물을 흘리는 사람이 적지 않았다.

기주성으로 돌아간 원소는 전각 안에 깊이 틀어박혀 근심과 번민으로 하루하루를 보냈다. 다스리는 영지가 클수록 쇠퇴의 기미가 보이기 시작하면 문제는 더욱 심각해지는 법이다. 외전外戰에서 입은 타격도 타격이지만 내정 문제가 더욱 심각해지는 것이다.

"장군께서 건재하실 때 부디 후사後嗣를 정해두시기 바랍니다. 그렇게 하시면 하북 각주도 하나가 되어 모든 일이 저절로 풀릴 것입니다."

유劉 부인이 자꾸만 그에게 권했다. 사실은 자신이 낳은 셋째 아들 원상을 하북의 후계자로 삼기 위해서였다.

"나도 지쳤소. 심신 모두 지쳤으니, 곧 후계자를 정하도록 하겠소."

유 부인이 언제나 원상에 대해 좋은 말만 했기에 그도 마음속으로는 원상을 제일 먼저 생각하고 있었다. 하지만 장남인 원담이 청주에 있으며 차남 원희袁熙가 유주를 지키고 있었다. 그 둘을 외면한 채 셋째인 원상을 후계자로 삼으면 어떤 일이 일어날지 원소도 잘 알기에 일을 서두르지 못한 것이었다. 늘 곁에 두고 아꼈던 원상을 후계자로 삼는 일은 고민할 필요도 없는 명백한 문제였으나 그는 망설이며 고심할 수밖에 없었다. 중신들의 뜻을 물어보니 봉기와 심배 두 사람은 원상을 세우고 싶어 하는 듯했으며, 곽도와 신평辛評 두 사람은 정통파라고 해야 할지 큰아들인 원담을 세우고 싶어 하는 듯했다.

어느 날 원소는 자신의 뜻을 밝히면 모두 마음이 일치하여 원상을 지지할지도 모른다는 생각에, 네 사람을 취미묘翠眉廟 안으로 불렀다.

그러고는 각자의 의견을 물으며 암암리에 자신의 뜻을 밝혔다.

"이제는 나도 나이가 들었소. 종가의 후계자로는 셋째인 원상이 가장 적합한 듯하오. 이에 가까운 시일 안에 원상을 하북의 새로운 주인으로 삼으려 하는데 장군들은 어떻게 생각하시오?"

그러자 곽도가 가장 먼저 입을 열어 반대의 뜻을 밝혔다.

"참으로 뜻밖의 말씀이십니다. 예로부터 형을 내치고 동생을 세워 종가의 안태安泰를 얻은 예는 없습니다. 말씀대로 하신다면 하북 전체가 곧 어지러워져 백성들이 도탄에 빠지게 될 것입니다. 게다가 아직 조조의 침략이 계속되고 있습니다. 부디 가정을 어지럽히지 마시고 오로지 국방에만 힘써주시기를 눈물로 아뢰옵니다."

저수와 전풍과 같은 충신들을 잃은 이후 원소의 귓가에 그들의 말이 종종 맴돌았다. 그런 탓에 원소는 편치 않은 얼굴을 하면서도 반대 의견에 귀를 기울였다.

그로부터 며칠 뒤, 병주에 있던 조카 고간高幹이 관도에서 대패했다는 소식을 듣고 군사 5만 명을 이끌고 달려왔으며, 그와 동시에 장남 원담도 청주에서 5만여 기를 이끌고 달려왔다. 얼마 후 차남 원희도 역시 6만 명의 대병을 이끌고 달려와 성 밖에 머물렀다. 기주성 내외가 그와 같은 아군들의 깃발로 가득 넘쳐나자 한때 기력을 잃었던 원소도 크게 기뻐하며 다시 마음을 놓는 듯했다.

"역시 무슨 일이 있을 때 가장 든든한 것은 아들과 가족들이로구나. 이처럼 새로운 병마가 내게 더해졌으니 먼 길을 오느라 지친 조조 따위를 두려워할 필요가 어디 있겠는가."

한편 조조의 군대는 대승을 거둔 후 원소군을 뒤쫓아 함부로 깊이 들어오지도 않고, 황하 유역에 전군을 머물게 하여 장비를 점검하는 등 병마를 쉬게 하고 있었다.

어느 날, 조조의 진영으로 그 지방의 나이 많은 노인 수십 명이 찾아왔다. 머리가 새하얀 노인, 염소와 같은 수염을 기른 노인, 지팡이를 쥔 노인, 동안의 노인 등이 줄줄이 찾아와 보초병에게 말했다.

"승상께 축하의 말씀을 올리러 왔습니다."

병사가 그 말을 전하자마자 조조가 바로 나왔다. 그리고 사람들에게 자리를 내주며 물었다.

"어르신들은 연세가 어떻게 되십니까?"

한 명은 백 살이라고 대답했다. 한 명은 백두 살이라고 했다. 그중 나이가 어린 사람도 팔구십 살은 되었다.

"복 받은 분들이십니다."

조조가 술을 대접하고 비단도 내주었다. 그리고 이어 말했다.

"저는 노인을 좋아합니다. 또한 노인을 존경합니다. 다난한 인생을 그 나이까지 살았다는 것만 해도 참으로 대단한 일 아니겠습니까. 살아왔다는 것만으로도 충분히 존경을 받을 만합니다만, 또한 악행을 저질렀다면 그렇게까지 무사히 지내실 수도 없었을 것입니다. 그러니 고령자는 모두 선민先民이자 사람 중의 사람이라고 할 수 있습니다."

조조의 말에 노인들이 매우 기뻐했다. 그 가운데서 백 몇 살의 노인이 공손히 대답했다.

"지금으로부터 50년 전, 환제께서 천하를 다스리던 때의 일입니다.

요동 사람으로 은규殷馗라는 예언자가 마을에 와서 이렇게 말했습니다. 요즘 건방乾方의 하늘에 황성黃星이 보입니다. 저것은 50년 뒤, 이마을에 희세의 영걸이 찾아올 것이라는 뜻입니다. 그 후 마을은 원소의 다스림을 받게 되었는데, 늘 악정에 시달린 사람들이 언제까지 이런 세상이 계속되나 싶어 깊은 시름에 잠겨 있었습니다. 그런데 올해로 은규의 예언이 있은 지 50년이 되었습니다. 이에 모두가 기뻐하며 찾아온 것입니다."

그들은 들고 온 멧돼지와 닭 등을 바치고 음식을 내어 환영의 뜻을 표한 뒤 돌아갔다.

조조가 다음과 같이 군령을 내려 각 군에 전달토록 했다.

1. 농가의 경작지를 망치는 자는 참수하겠다.
1. 개나 닭 한 마리라도 훔치는 자는 참수하겠다.
1. 부녀자를 희롱하는 자는 참수하겠다.
1. 술에 취해 난폭한 행동을 하고 불로 장난을 치는 자는 참수하겠다.
1. 노유老幼를 애호하고 덕을 베푸는 자는 상을 내리겠다.

"선정善政이 시작되었다!"

"태평이 왔다!"

말할 것도 없이 백성 모두가 조조를 칭송했다. 그 덕분에 조조군은 그 후에도 군량과 마초에 어려움을 겪지 않았으며, 백성들로부터 유리한 정보도 얻을 수 있었다.

그 무렵 원소가 권토중래捲土重來하여 4개 주의 30만 병사를 이끌고 다시 창정倉亭(산동성 양곡현) 부근까지 진출했다는 소식이 전해졌다. 조조도 전군을 이끌고 가서 전서戰書를 교환한 뒤 당당히 맞섰다.

첫째 날, 원소가 조카와 세 아들을 데리고 진 앞으로 나와 조조에게 큰 소리로 싸움을 걸었다. 경쾌한 북소리와 함께 모습을 드러낸 조조가 외쳤다.

"세상에 참으로 쓸모없는 늙은이구나. 아직도 조조의 칼을 번거롭게 할 참이냐!"

화난 원소가 좌우를 돌아보며 말했다.

"세상에 해가 되는 저 도적놈의 목을 베어라!"

아버지에게 자신의 실력을 보여주고 싶었던 셋째 아들 원상이 말을 몰아 조조에게로 달려들었다. 달려오는 적의 나이가 어린 것을 보고 조조가 뒤를 돌아보며 물었다.

"저 애송이는 누구인가?"

"원소의 셋째 아들인 원상입니다. 제가 맞서겠습니다."

그렇게 대답한 뒤 창을 꼬나들고 달려나간 자가 있었다. 서황의 부하인 사환이었다. 그의 날카로운 창끝에 쫓겨 원상은 곧 달아나기 시작했다. 놓치지 않겠다는 듯 사환이 뒤를 쫓았다. 그러자 원상이 몸을 뒤로 비틀어 거리를 재더니 화살을 한 발 날렸다. 화살은 사환의 왼쪽 눈에 가서 박혔다. 그가 말 위에서 털썩 떨어지자 흙먼지가 피어올랐고, 동시에 원소의 장병들이 소리를 높여 원상의 솜씨를 칭찬했다.

아들의 무용을 자신의 눈으로 직접 본 원소는 부쩍 힘이 났다. 장비에 있어서나 병사의 숫자에 있어서나 하북군은 여전히 압도적인 우위를 차지하고 있었다. 접전 첫째 날도, 둘째 날도, 그리고 그 이후에도 하북군은 연전연승이었다.

연일 패색이 짙어가자 조조가 곁에 있던 정욱에게 물었다.

"정욱, 어찌하면 좋겠는가?"

그러자 정욱이 십면매복계十面埋伏計를 권했다.

그 후 갑자기 퇴각한 조조군은 곧 황하를 등에 지고 새로이 포진했다. 그리고 부대를 열 갈래로 나누어 각각 긴밀한 연락을 취하며 다가올 적의 대군을 기다리고 있었다.

원소는 정찰병들을 끊임없이 앞으로 보내며 30만 명의 대군을 천천히 이동시켰다. 하북군도 적이 배수진을 쳤다는 말을 듣고 쉽게 다가가지 않았다.

어느 날 밤, 조조의 중군 전위대인 허저의 부대가 어둠을 틈타 야습을 감행해왔다.

"적을 포위하라!"

진채를 다섯으로 나누어 적의 야습에 대비하고 있던 원소군이 비로소 행동을 일으켜 허저의 부대를 감싸고 천지를 울렸다. 허저는 미리 세워둔 계책이 있었기에 싸우다가 달아나고, 다시 싸우다가 달아나 마침내 황하까지 적을 유인하여 원소군의 진형을 어느 정도 변형시키는 데 성공했다.

"등 뒤는 황하다. 강을 등진 적은 죽기를 각오하고 덤벼들 것이다.

너무 깊이 들어가서는 안 된다."

원소 부자가 전선의 장병들에게 전령을 보내 알리려 했지만 이미 그들 사령 본부가 진형의 중심에서 상당히 위치를 옮긴 뒤라 앞뒤의 연락이 수월하지 않은 상황이었다. 그때 갑자기 사방 20리에 걸친 들판과 산과 물가에서 조조가 미리 배치해두었던 10개 부대의 병사들이 일제히 함성을 지르며 일어났다.

"걱정할 것 없다."

"당황하지 않아도 된다."

원소 부자는 끝까지 적과 총사령부 사이에 수많은 아군이 있고, 적과의 거리도 상당히 떨어져 있다고 믿었다. 하지만 그가 그토록 믿고 있던 진형은 이미 허점투성이가 되어버리고 난 뒤였다. 머지않아 십방의 어둠 속에서 아군의 함성이 아닌 적의 함성이 그곳으로 다가오기 시작했다.

"우익 제1대 하후돈."

"제2대의 대장 장료."

"제3대를 맡은 것은 이전."

"제4대는 악진이다."

"제5대에 있는 자는 하후연."

"왼쪽의 제1대 조홍."

"2대 장합, 3대 서황. 4대 우금. 5대 고람."

그와 같은 목소리들이 차례차례로 귓가를 때렸다.

"아아, 낭패로구나."

원소의 총사령부는 당황했다. 어째서 그렇게 적이 가까이까지 온 것인지, 30만 명의 대군은 대체 어디서 싸우고 있는 것인지, 도무지 알 길이 없었다.

원소는 세 아들과 함께 정신없이 달아났다. 뒤따라오던 장병들은 적의 서황과 우금의 병사들에게 협공을 받아 대부분 목숨을 잃었다. 뿐만 아니라 원소 부자도 몇 번이나 적에게 둘러싸여 잡병들의 손에 잡힐 뻔했다. 말을 버리고 달아나다 다시 주워 타고 달아나기를 네 번 한 후 간신히 창정까지 달아나 남겨두었던 아군 부대와 합류했다. 하지만 숨 돌릴 틈도 없이 이번에는 조홍, 하후돈의 부대가 질풍처럼 달려와 벼락처럼 공격을 퍼부었다. 차남 원희가 그곳에서 깊은 상처를 입었으며, 조카 고간도 중상을 입었다. 밤새도록 백 리를 도망쳤고, 이튿날 살아남은 아군을 헤아려보니 만 명도 채 되지 않았다.

달아나도 쫓기고, 멈춰서면 더욱 쫓기고, 밤낮으로 달아나야 하는 발걸음만큼 고통스러운 것도 없을 것이다. 게다가 만 명의 잔병들 중에 3분의 1 정도가 부상을 입고 있어 하나둘 낙오하고 말았다.

"아버지, 무슨 일이십니까?"

셋째 원상이 자꾸만 발걸음이 늦어지는 아버지 원소를 문득 돌아본 후 깜짝 놀라 그의 곁으로 다가갔다.

"형님! 큰일입니다. 잠시 멈추십시오."

그가 다시 큰 소리로 앞서 가는 두 형을 불러 세웠다. 원담, 원희 두 아들도 무슨 일인가 싶어 곧 아버지 곁으로 달려왔다. 전군도 혼란에 빠진 채 발걸음을 멈추었다. 늙은 원소는 밤낮으로 수백 리 길을 도망쳐왔기에 심신의 피로가 극에 달해 말갈기에 엎드린 채 언제부턴가 입에서 피를 토하고 있었다.

"아버지!"

"대장군!"

"정신을 차리십시오."

세 아들과 수하의 부장들이 그의 몸을 말에서 내려 급히 응급조치를 했다. 원소가 창백한 얼굴을 들어 억지로 눈을 크게 뜨고 입술의 피를 셋째 아들에게 뿜으며 말했다.

"걱정할 것 없다."

그 순간 아무것도 모른 채 훨씬 앞쪽을 달려가고 있던 전위대가 갑자기 발걸음을 돌려 몰려왔다. 강력한 적의 부대가 어느 틈엔가 앞쪽으로 우회하여 길을 막고 다가오고 있다는 것이었다. 장남 원담이 아직 충분히 의식을 회복하지 못한 아버지를 말에 태운 후 끌어안고 수십 리를 샛길로 달아났다.

"안 되겠구나. 견딜 수가 없어. 나를 말에서 내려라."

원담의 품에서 원소의 희미한 목소리가 들려왔다. 언제부턴가 하얀 달이 떠 있었다. 형제와 장병들은 숲의 어둠 속으로 몸을 숨겼다. 그러고는 풀 위에 전포를 깔고 원소를 눕혔다. 흐릿한 눈에 저녁 해가 비치고 있었다.

"셋째야. 첫째, 둘째도 다 있느냐? 이제 나의 천명도 다한 듯하구나. 너희 형제는 각자 영지로 돌아가 병사를 길러 조조와 다시 자웅을 겨뤄야 한다. 겨, 결단코 아비의 원한을 풀어주기 바란다. 얘들아, 알겠느냐?"

원소가 말을 마치자마자 검은 피를 토하며 사지를 부르르 떨었다. 마지막 몸부림이었다. 형제들은 울며 유해를 말 등에 싣고 다시 기주로 발걸음을 서둘렀다. 그리고 기주로 가서는 원소가 진중에서 병을 얻어 돌아온 것이라 알렸다. 그리고 셋째 원상이 임시로 집정했으며, 심배와 그 외의 중신들이 그를 보좌했다. 둘째 원희는 유주로, 첫째 원담은 청주로 각각 돌아갔으며, 조카 고산도 재기를 약속한 뒤 일단은 병주로 물러났다.

대승을 거둔 조조는 거칠 것 없이 기주 영내로 들어갔다. 그때 각 장군들이 조조에게 간언을 했다.

"지금은 벼가 익을 시기입니다. 논을 짓밟아 백성들의 업을 방해하는 것은 옳지 않은 일입니다. 또한 아군도 먼 길에 지쳤으며, 후방과의 연락, 군량의 보급 등이 더욱 어려워졌습니다. 그리고 원소가 병들었다고는 하나 심배, 봉기 등과 같은 명장들이 있으니 더 이상 깊이 들어가는 것은 적잖이 위험할 듯합니다."

조조도 그들의 말을 흔쾌히 받아들였다.

"백성은 나라의 근본이다. 이 논도 곧 나의 것이 될 터! 어찌 어여삐 여기지 않을 수 있겠는가?"

그러고는 병마를 되돌려 허도로 향하고 있는데, 연달아 달려온 전령들이 소식을 전했다.

"지금 여남에 있는 유현덕이 유벽, 공도 등과 꾀하여 허도가 빈틈을 이용해 수만 명의 병력을 이끌고 공격할 준비를 하고 있는 듯한 정황이 포착되었습니다. 심상치 않습니다!"

***

오랜만에 허도로 돌아가는 도중이었으나 조조는 곧바로 방침을 정했다.

"조홍은 황하에 남도록 해라. 나는 지금부터 바로 여남으로 가서 유비의 목을 이 안장에 걸어 허도로 돌아가겠다."

일부를 제외한 전군이 방향을 틀었다. 그처럼 조조의 용병은 언제나 막힘이 없었다.

이미 여남을 출발했던 유비는 조조의 대군이 신속하게 남하를 시작했을 뿐만 아니라 공격군과 같은 기세로 다가오고 있다는 보고를 받고 무척 당황해했다.

"양산穰山의 지형적 유리함을 취해야겠다."

유비는 유벽과 공도의 병사를 합쳐 50여 리에 포진하고, 선봉을 세 갈래로 나누어 방어에 나섰다. 동남의 진은 관우, 서남에는 장비, 남쪽의 중심부는 유비와 조운의 부대가 맡았다.

지평선 너머에서 새카맣게 들판을 덮으며 달려온 조조군은 하룻밤 사이에 양산에서 2, 3리쯤 떨어진 곳에 팔괘진八卦陣을 펼쳐 맞섰다.

날이 밝자 요란한 북소리와 함께 양군이 싸움을 시작했다. 그리고 잠시 뒤 중군이 열리더니 조조가 모습을 드러냈다.

"유비에게 한마디 하겠다."

유비가 깃발을 앞세우고 말을 달려 조조의 앞으로 나왔다. 조조가 큰 목소리로 질타했다.

"예전의 은혜를 잊은 것이냐? 배은망덕한 놈! 무슨 낯짝으로 이 조조에게 활을 겨누려 하는 것이냐?"

유비가 빙그레 웃으며 대답했다.

"너는 한나라의 승상을 자처하지만 그것은 황제의 뜻이 아니다. 따라서 네가 은혜를 베풀었다는 것은 온당치 못한 말이다. 이 유비는 한실의 종친임을 기억하라!"

"닥쳐라! 나는 천자의 칙명을 받아 반역자를 치고 문란한 자를 칠 뿐이다. 너 역시 그런 자가 아니고 무엇이겠느냐?"

"언제까지 천하를 속일 셈이냐? 너처럼 패도를 행하려는 간웅에게 천자께서 어찌 칙명을 내리셨겠느냐? 진짜 칙명은 바로 여기에 있다."

유비는 그렇게 말하며 예전 허도에 머물 때 동 국구가 받은 밀서의 필사본을 꺼내 큰 소리로 읽어 내려갔다. 그 침착한 모습과 낭랑한 목소리에 일순 적과 아군 모두가 귀를 기울였다. 그리고 유비가 다 읽고 나자 유비의 병사들이 '와아' 하며 정의의 군으로서의 자부심으로 함성을 내질렀다. 언제나 조정의 군대임을 선언하고 전쟁에 임했던 조조군이 그날 처음으로 유비에게 관군이라는 이름을 빼앗긴 형국이 되어 버리고 만 것이었다. 조조가 분노한 것은 말할 필요도 없었다. 그는 눈썹을 곧추세우고 안장을 두드리며 명령했다.

"거짓 밀조로 사사로이 조정을 칭하는 괘씸한 놈. 여봐라, 저 유비를 사로잡아 와라!"

"이놈!"

허저가 울부짖으며 달려나갔다. 그를 맞아 싸운 사람은 조운이었다. 흙먼지 속에서 창과 검이 번쩍번쩍 불꽃을 튀기며 맞부딪쳤다. 쉽게 승부가 날 것 같지 않자 관우의 부대가 측면에서 공격해 들어갔다. 장비의 수하들도 맹렬하게 함성을 지르며 측면을 공격했다. 조조의 팔괘진은 세 방향이 어지러워져 마침내 5, 60리나 퇴각을 하고 말았다.

"첫 싸움을 잘 치렀구나."

그날 밤 유비가 기쁨의 빛을 내보이자 관우가 고개를 흔들며 말했다.

"조조는 꾀가 많으니 아직 기뻐해서는 안 됩니다."

"아니다. 그가 퇴각한 것은 무리해서 먼 길을 온 피로 때문이지 계략은 아닐 거다."

"그렇다면 조운을 내보내 싸움을 걸어보시기 바랍니다."

이튿날 조운이 조조군 가까이 나아가 싸움을 걸어보았으나 조조의 진은 벙어리처럼 소리를 죽인 채 움직이려 하지 않았다. 7일, 10일이 지나도 싸울 뜻이 전혀 없는 것처럼 보였다.

'흠…… 평소 조조의 전법과는 전혀 다른 수세守勢로구나. 그는 이처럼 소극적인 전법을 즐기지 않는 성격인데.'

관우가 속으로 생각했다. 관우보다 더 조조를 잘 아는 사람은 없었다. 얼마 후 역시나 이변이 일어났다.

"여남에서 전선으로 군량을 수송하던 공도의 부대가 도중에 조조의 매복을 만나 전멸할 위기에 처했습니다!"

후방에서 비보가 날아든 것이었다. 그다음 또 다른 전령이 말을 달려와서 고했다.

"강력한 적군이 우회해서 여남성을 급히 들이치는 바람에 성을 지키는 병사들이 고전을 면치 못하고 있습니다."

유비는 낯빛을 잃고 말았다.

"빈 성에는 내 가족뿐 아니라 다른 사람들의 처자도 있지 않은가."

유비는 그들을 구하기 위해 관우를 성으로 급히 달려가게 했으며, 동시에 장비에게는 군량 수송대를 구원하라 명했다. 하지만 장비의 부대는 목적지에 도착하기 전에 적의 포위망에 걸려들었다는 소식이 들려왔고, 관우 쪽은 그 이후 아예 연락이 끊겨버렸다. 유비의 본진은 마침내 고립된 형국이 되었다.

"나아가야 하느냐, 물러나야 하느냐!"

유비는 망설였다. 조운이 앞으로 나아가 전면의 적과 자웅을 겨뤄야한다고 비장한 각오로 말했으나 유비는 고개를 내저었다.

"아니다, 그것은 목숨을 버리는 일과 다를 바 없다. 지금은 가벼이 목숨을 버릴 때가 아니다."

유비는 자중하기로 결정하고 일단은 양산으로 군대를 물리려 했다. 하지만 안전한 퇴각은 진격보다 더 어려운 법이었다. 낮 동안 진지를 굳게 지키고 사기를 끌어올리며 은밀하게 준비를 해두었다. 그리고 이튿날 밤, 어둠을 틈타 기마를 선두로 하고, 수송부대와 보병을 뒤따르게 하여 천천히 퇴각을 시작했다. 그렇게 5, 6리쯤 전진하여 양산 아래까지 나아갔을 때였다. 갑자기 절벽 위에서 목소리가 들려왔다.

"유비를 잡아라!"

그에 답하는 함성과 함께 산 위에서 굵직한 불의 비가 쏟아져 내렸다. 수많은 횃불이 꼬리를 길게 늘이며 병마 위로 떨어졌다. 산은 울부짖고 북소리는 요란했다. 돌덩이들이 끊임없이 쏟아져 내렸다. 유비의 병사들은 갈팡질팡할 수밖에 없었다.

"여기에 조조가 있다. 항복하는 자는 용서할 것이다. 약장弱將 유비를 따르다 개죽음을 당하고 싶은 어리석은 자는 그대로 죽어라. 살아서 즐기고 싶은 자는 칼을 버리고 나의 군문으로 오라!"

쏟아지는 불비, 퍼붓는 돌덩이 속에서 죽을힘을 다해 아우성을 치며 퇴로를 찾던 병사들이 그 말을 듣자마자 앞다퉈 칼을 버리고, 창을 내던지고 조조군에 투항했다.

조운이 유비의 곁에서 혈로를 뚫으며 유비를 격려했다.

"이 조운이 곁에 있는 한 걱정하실 것 없습니다."

산 위쪽에서 우금, 장료의 부대가 우르르 쏟아져 나와 길을 가로막았다. 조운이 창을 휘둘러 적들을 쓰러뜨리고 유비도 양손에 칼을 쥐어 한동안 그들과 맞섰다. 하지만 이전의 부대가 뒤쪽에서 공격해오자 그는 조운과도 떨어져 산속으로 달아나게 되었다. 결국 유비는 말마저 버린 채 몸 하나만을 산속 깊은 곳에 숨겼다.

날이 밝자 한 부대가 남쪽에서 고갯길을 넘어왔다. 유비는 놀라 몸을 숨겼으나 자세히 보니 아군인 유벽이었다. 그 속에는 손건과 미방 등도 있었다. 그들은 여남성을 더는 지킬 수가 없어 유비의 부인과 일족들을 데리고 그곳까지 도망쳐온 것이었다.

유비는 관우, 장비와 합류하여 다시 일어설 날을 꾀하기로 하고, 우선은 여남의 잔병 천여 기를 데리고 산길을 따라 3, 4리쯤 갔다. 그런데 적인 고람, 장합의 두 부대가 갑자기 숲 속에서 붉은 기를 흔들며 돌격 해왔다. 유벽이 고람과 맞섰으나 한 번 휘두른 창에 목숨을 잃었다. 그 것을 본 조운이 한칼에 고람을 베어버렸다. 하지만 유비군은 천여 명 밖에 되지 않는 병사로는 한시도 버틸 수가 없었다. 유비의 목숨은 폭 풍 앞에서 흔들리는 한 줄기 등불과도 같았다.

용맹에도 한계가 있는 법이다. 조운 자룡도 결국 싸움에 지쳤으며, 유비도 진퇴양난에 빠져 자결을 각오하고 있을 때였다. 저 멀리 험한 길 끝으로 관우의 깃발이 보였다. 그는 양아들 관평과 부하 주창 등을 데리고 3백여 기와 함께 달려 내려오고 있었다.

관우군은 장합의 부대에 맹공을 퍼부어 그들을 흩어놓고 조자룡과 협력하여 결국 적장 장합의 목숨을 끊어놓았다. 유비가 기뻐하며 하늘 을 향해 외쳤다.

"아아, 하늘이 아직 나를 버리지 않았구나!"

그사이 적에 둘러싸여 고전을 면치 못하고 있던 장비도 산의 한쪽 기슭을 돌파한 후 산 위로 도망쳐 올라왔다. 그리고 유비를 보자마자 무릎을 꿇고 고했다.

"아군의 수송부대를 맡았던 공도는 적의 웅장 하후연을 만나 안타 깝게도 목숨을 잃고 말았습니다."

"어쩔 수 없는 일이로구나."

유비는 험한 산에 의지하여 마지막 방어전을 준비했다. 하지만 갑자 기 만든 진채라 비바람도 견디지 못할 정도로 약했고, 군량과 물의 공급에도 어려움을 겪었다.

"조조가 직접 대군을 지휘하여 기슭에서부터 총공세에 나섰습니다."

정찰을 나갔던 병사들이 유비에게 급보를 전했다. 유비는 두려움에 떨었다. 그리고 부인과 일족들을 어떻게 하면 좋을지 근심에 빠졌다.

"손건을 남겨 부인과 일족을 지키게 하고 나머지는 모두 나가 결전을 펼치기로 합시다."

모든 사람들이 그와 같이 말했다. 유비도 결심했다. 관우, 장비, 조자룡 등이 아래쪽의 대군을 향해 돌격해 들어갔다. 한나절에 걸친 사투와 끔찍한 혈전 이후 산 어깨에서는 하얀 달이 반짝였다.

"더 이상 몰아붙일 필요도 없겠다."

그날 밤 조조는 패장 유비를 무력화시킨 것을 확인한 뒤 큰 바람이 떠나듯 허도로 돌아가버렸다.

그나마 얼마 되지도 않던 병력의 대부분을 또다시 잃은 유비는 나머지 장병들을 이끌고 여기저기로 떠돌아다녔다. 그러다 큰 강을 만났다. 유비는 도강할 배를 구해 맞은편으로 건너갔다. 그리고 그는 어부에게 물었다.

"이곳은 어떤 곳이냐?"

"한강(호북성)입니다."

어부는 강기슭의 조그만 마을과 농가에서 양고기와 술과 채소 등을 한 아름 가져와 유비에게 바쳤다.

"유 황숙께 바치겠습니다."

모두 강가의 모래밭에 둘러앉아 그 술을 마시고 고기를 뜯었다. 유비는 물가의 잔잔한 물결을 보며 자신의 불우함을 한탄했다.

"관우와 장비, 그리고 조운과 그 외의 장군들 모두 왕을 보좌할 만한 재주와 희세의 무용을 지니고 있으면서도 나처럼 부족한 사람을 주인으로 둔 탓에 매번 어려움만 겪고 있네. 그것을 생각하면 이 유비는 여러분을 볼 낯도 없네. 그럼에도 불구하고 하나같이 좋은 주인을 찾아가 부귀를 얻을 생각도 않고 이처럼 함께 고생을 해주니……."

유비가 낮은 목소리로 말하자 각 장군들 모두 침울한 표정으로 고개를 숙인 채 흐느꼈다. 관우가 잔을 내려놓고 진심으로 유비를 위로했다.

"옛날 한나라의 고조는 항우와 천하를 다툴 때, 매번 싸움에서 졌으나 구리산九里山의 일전에서 승리하여 마침내는 4백 년의 기초를 닦았습니다. 제가 황숙과 형제의 의를 맺고 군신의 맹세를 굳게 한 지 벌써 20년이 되었습니다. 그동안 부침흥망과 함께 한없는 어려움을 극복해왔으나 결코 큰 뜻은 아직 꺾이지 않았습니다. 훗날 천하에 이상을 펼칠 날이 있을 것이라 생각하면 백난百難 따위는 조금도 두렵지 않습니다. 마음 약한 소리 하지 마십시오."

관우가 계속해서 말을 이었다. 유비의 낙담을 어루만지는 것도 필요했지만, 패멸敗滅의 밑바닥에 있는 장병 모두에게 지금 이 순간이 가장 중요한 때라고 생각했기 때문이다.

"병가兵家에 승패는 언제나 있는 일입니다. 사람의 성패成敗에는 늘 때가 있기 마련입니다. 때가 오면 자연스럽게 개화할 것이며, 때를 얻지 못하면 아무리 몸부림쳐도 소용없습니다. 긴 인생을 살면서 일이 뜻대로 될 때에도 자만하지 않고, 절망의 늪에 빠졌다 할지라도 실의에 잠기지 않고, 흔들림 없이 나아가고 물러난다는 것은 어려운 일 아니겠습니까?"

그가 물이 말라버린 강 가운데의 모래톱을 둘러보다 한쪽을 가리키며 다시 말했다.

"저기를 좀 보십시오. 저쪽 물가에 흙 범벅이 된 벌레 같은 것들이 여럿 보이지 않습니까? 저것은 벌레도 아니고 두더지도 아닙니다. '이어泥魚'라는 물고기입니다. 이어는 스스로가 살아가는 법을 잘 알고 있어서 가문 날이 계속되어 강물이 마르면 저처럼 머리부터 꼬리까지 온몸에 진흙을 발라 며칠이고 누운 채 지냅니다. 그러면 먹이를 찾는 새에게 잡아먹히는 일도 없으며, 물이 마른 강바닥을 몸부림치며 돌아다닐 필요도 없습니다. 그리고 몸 가까이에서 물이 자연스럽게 배어나오면 곧 진흙 옷을 벗어버리고 찰싹찰싹 헤엄을 치기 시작합니다. 일단 헤엄을 치기 시작하면 그들 세계에 강물이 있고, 또 빗물이 있기에 자유로이 노닐며 더는 궁함을 알지 못하게 됩니다. 참으로 재미있는 물고기 아닙니까? 이어와 인생, 인간에게도 이어처럼 인내를 해야 할 시기가 몇 번씩은 찾아오는 법이 아니겠습니까."

관우의 말에 모두들 자신이 겪은 패전을 다시 생각하게 되었다. 그리고 인생의 깨달음을 얻었다.

손건이 갑자기 입을 열었다.

"형주가 여기서 멀지 않은데, 그 태수인 유표는 9개 군을 다스리고 있는 당세의 영웅이자 한 지역의 중진重鎭입니다. 우선은 형주로 가셔서 그에게 몸을 의지하는 것이 어떻겠습니까? 유표도 기뻐하며 반드시 도움을 줄 것입니다."

유비가 잠시 생각하다 대답했다.

"형주는 강한江漢의 땅에 면해 있으며, 동쪽은 오회吳會와 연결되어 있고, 서쪽은 파촉巴蜀과 통하고, 남쪽은 해외海隈에 접해 있다고 들었소. 또한 군량은 산더미처럼 쌓여 있고, 정병만 수십만이라고 들었소. 특히 유표는 한실의 종친이기도 하니 같은 한실의 후예인 나와는 먼 친척이 되기도 하는 셈이나…… 일찍이 연락을 주고받은 적도 없는데 갑자기 패장의 몸으로 일족을 이끌고 가면 받아줄지 모르겠소."

유비는 유표의 마음을 알 수 없어 망설이는 듯했다. 손건이 자신이 먼저 형주로 가보면 될 것이라고 말하자 모두가 찬성했고, 이에 손건은 말을 달려 형주로 향했다.

손건을 성안으로 맞아들인 유표는 유비의 처지를 직접 듣고 그 자리에서 청을 수락했다.

"한실의 계보에 따르면 우리는 종친으로, 촌수는 멀지만 그는 나의 아우와 다를 바 없는 사람이오. 지금 9개 군, 11개 주의 주인인 내가 종친 한 사람을 돌아보지 않는다면 천하의 사람들이 비웃을 것이오. 바로 형주로 오라고 전하시오."

그러자 곁에 있던 채모가 나서며 반대를 했다.

"안 될 일입니다. 다시 생각해보시는 것이 좋을 듯합니다. 유비는 의를 모르고 은혜를 저버린 사람입니다. 처음에는 여포와 친밀하게 지냈으며, 후에는 조조를 섬겼고, 얼마 전부터는 원소에게 몸을 의지했으나 전부 등을 돌렸습니다. 그러한 일들로 그의 사람됨을 헤아려야 할 것입니다. 만일 유비를 우리 성으로 맞아들인다면 조조가 화를 내며 형주를 공격할 우려가 있습니다."

그 말을 듣고 손건이 정색을 하며 다그치듯 말했다.

"여포가 인도人道에 있어서 올바른 사람이었소? 조조가 참된 충신이오? 원소가 세상을 구하기에 부족함이 없는 영웅이었소? 공은 어째서 왜곡된 말로 쓸데없는 참언을 하는 것이오?"

유표도 화를 내며 큰 소리로 외쳤다.

"쓸데없는 참견 마시오!"

이에 채모는 얼굴을 붉히며 입을 다물었다.

52
자멸을 부르는 투쟁

다시 한 번 조조에게 도전장을 던지나 뜻을 이루지 못하고 형주로 달아난 유비.
한편 하북에서는 원소의 후계자 자리를 놓고 한바탕 소용돌이가 이는데……

유비가 자신의 일족과 함께 유표를 의지하여 형주로 향한 것은 건안
6년(201년) 9월의 일이었다. 유표가 성곽 밖 30리까지 마중을 나가 서로
소원했던 정을 이야기한 뒤 성안으로 맞아들여 매우 정중하게 대접했다.

"앞으로는 입술과 이처럼 친밀한 정을 오래도록 나누며 한실 종친
으로서 천하에 모범을 보입시다."

그 사실은 조조의 귀에도 들어갔다. 조조는 여남에서 허도로 돌아가
는 도중이었다.

"아뿔싸, 그가 형주로 간 것은 소쿠리 안의 물고기를 강에 놓아준 것

이나 다를 바 없는 일이다. 지금 당장…….”

조조가 군대의 방향을 바꾸어 형주로 공격해 들어가려 했으나 휘하의 장군들이 모두 반대했다.

“지금 치는 것은 이롭지 못합니다. 내년 봄을 기다렸다가 공격해도 늦지 않습니다.”

이에 조조도 생각을 바꾸어 곧장 허도로 돌아갔다.

이듬해가 되자 사방의 정세가 다시 미묘하게 변해갔다. 건안 7년(202년)의 이른 봄, 허도의 군부가 바쁘게 돌아가고 있었다. 조조는 형주를 적극 공략하겠다던 방침을 바꾸어 하후돈, 만총 두 장군만을 형주로 보냈다. 그리고 조인과 순욱에게 승상부를 지키라 명하고, 나머지 군 전부를 끌어모아 기북 정벌에 나섰다.

“북쪽으로 향하라! 관도로 전진하라!”

조조군은 작년보다 더 증강된 장비로 다시 하북 원정길에 오른 것이었다. 그 후 기주는 동요하기 시작했다.

“적이 여기까지 들어온다면 우리에게 승산은 없다.”

청주, 유주, 병주의 군마가 여양으로 가서 방어전에 나섰다. 하지만 조조군은 성난 파도와 같은 기세로 곳곳에서 하북군을 격파하며, 서서히 기주의 영토를 잠식해 들어가고 있었다. 원담, 원희, 원상 등 젊은 장군들이 뼈아픈 패배를 맛본 뒤 속속 기주로 달아났기에 본성의 혼란은 이만저만한 것이 아니었다. 게다가 원소의 미망인인 유씨는 아직 남편의 상을 알리지도 않은 때에 원소가 생전에 총애하던 다섯 측실들을 후원에서 내쫓은 후 무사들을 시켜 은밀히 살해하도록 했다.

"죽은 뒤 구천에서 영혼과 영혼이 다시 만나게 해서는 안 된다."

유 부인은 그녀들의 시체를 토막 내 따로따로 묻으라 했다. 그때 셋째인 원상이 가장 먼저 도망쳐 성으로 돌아오자 유 부인이 그에게 권했다.

"이번에 네가 나서서 아버지의 상을 알린 후 유서를 받았다고 선포하여 기주성을 차지하여라. 네 형들이 이 성을 차지하면 나는 몸을 둘 곳이 없어지고 만다."

얼마 후 장남 원담이 성 밖에 이르렀을 때 원소의 상이 발해졌다. 그와 동시에 셋째 원상은 봉기를 원담의 진중으로 보냈다. 봉기가 원담에게 인수를 주며 말했다.

"도련님을 거기장군에 봉한다 하십니다."

원담이 화를 내며 말했다.

"이건 뭔가?"

"거기장군의 인수입니다."

"무슨 소리를 하는 게냐? 나는 원상의 형이다. 동생이 형에게 관작을 내리는 법이 어디 있느냐?"

"셋째 도련님께서는 이미 선친의 유언을 받들어 기주의 주인이 되셨습니다."

"유서를 봐야겠다."

"유 부인께서 가지고 계셔서 저희는 볼 수가 없습니다."

"알겠다. 성안으로 들어가 유씨와 확실히 얘기를 해봐야겠구나."

곽도가 급히 간하여 그의 발걸음을 멈추게 했다.

"지금은 형제간에 다투고 있을 때가 아닙니다. 누가 뭐래도 적은 조조입니다. 그 문제는 조조를 깨고 난 뒤에 논하시기 바랍니다. 그 후에도 취할 수 있는 조치는 얼마든지 있습니다."

"알겠네. 집안싸움은 나중에 하기로 하지."

원담은 병마를 재편성하여 다시 여양으로 향했다. 그리고 조조군에 용맹하게 맞서 얼마 전의 대패를 만회하려 했으나 병력에 손실만 입고 말았다.

그러한 때에 봉기는 어떻게 해서든 원담과 원상의 사이를 회복시켜야겠다고 생각했다. 그는 혼자만의 판단으로 기주의 원상에게 사람을 보내 구원 요청을 했다. 하지만 원상 쪽에 있던 모사 심배가 반대를 했다. 그사이 원담은 더욱 고전을 하게 되었으며, 봉기가 독단으로 기주에 편지를 보냈다는 사실도 알게 되었다.

"괘씸한 놈!"

원담이 그의 참람스러움을 꾸짖으며 목을 베어버렸다. 그러고는 자포자기한 듯 말했다.

"일이 이렇게 되었으니 어쩔 수 없다. 차라리 조조에게 항복하여 함께 기주성을 짓밟아야겠다."

그 사실을 기주의 원상에게 급히 밀고한 사람이 있었다. 원상과 심배는 놀라지 않을 수 없었다.

"그렇게 되면 저희도 버틸 수 없을 것입니다. 얼른 대군을 보내 구원하시기 바랍니다."

심배가 권하자 원상은 심배와 소유蘇由 두 사람을 성에 남긴 채 직접 3만여 명의 병력을 이끌고 달려갔다. 그러자 원담도 생각을 바꾸었다.

"내가 진심으로 조조에게 항복하려 했던 것은 아니다."

그 후 원담과 원상의 군은 두 갈래로 나뉘어 조조군과 대치했다. 그 사이 둘째인 원희와 조카 고간도 한편에 진지를 구축했다. 그렇게 삼면에서 조조군을 막자 조조군도 약간 주춤하지 않을 수 없었다. 예상보다 싸움이 길어져 이듬해인 건안 8년(203년) 봄까지 교착상태에 빠진 듯 보였다. 하지만 2월 말부터 조조군이 갑자기 맹공을 퍼붓자 하북군의 일각이 무너져버리고 말았다. 조조군이 기세를 몰아 기주성 밖 30리 부근까지 밀고 들어갔으나, 그곳은 역시 하북 제일의 요해지였다. 수많은 희생을 감수하면서까지 맹공을 퍼부었지만 그 철옹성은 꿈쩍도 하지 않았다.

"이는 호두껍데기를 손으로 두드리고 있는 것과 다를 바 없습니다. 바깥쪽의 껍데기는 참으로 견고합니다. 하지만 알맹이는 벌레가 갉아 먹고 있는 듯합니다. 형제간의 다툼에 신하들의 마음이 여럿으로 갈려 있습니다. 곧 그 균열이 시작될 테니 그때까지 병사를 잠시 거두고 가만히 기다리는 것이 좋을 듯합니다."

곽가가 조조에게 권했다. 조조도 그 말을 받아들여 퇴각하라는 명령을 내렸다. 물론 다시 정벌에 나설 때를 대비하여 여양과 관도 등의 요지에는 강력한 부대를 남겨두었다.

기주성은 안도의 한숨을 내쉬었다. 하지만 전쟁이 소강상태로 접어들어 평시와 다름없는 날들이 찾아오자 후계자 자리를 놓고 내부의 갈등이 일어났다. 여전히 성 밖의 수비를 맡고 있던 원담은 자신을 성안으로 들이라고 말했다. 하지만 원상이 그의 말을 받아들이지 않아 형제간의 다툼이 시작되었다.

그러던 어느 날, 원담이 갑자기 고집을 꺾고 원상을 주연에 초대했다. 형이 먼저 고집을 꺾자 원상도 거절하지 못하고 고민을 했다. 그러자 모사 심배가 와서 말했다.

"장군을 기름 바른 막사로 초대하여 불을 지를 생각이라는 말을 어떤 자에게서 얼핏 들었습니다. 가실 생각이라면 충분히 무장을 하고 가시기 바랍니다."

원상은 5만 명의 병사들을 이끌고 성 밖으로 나갔다. 그 말을 들은 원담이 갑자기 북을 울려 싸움을 걸었다.

"귀찮구나. 저들을 쳐라."

진 앞에서 형제가 얼굴을 마주했다.

"형에게 칼을 들이댈 셈이냐?"

원담이 꾸짖자 원상도 맞섰다.

"아버지를 돌아가시게 한 것은 바로 너다."

형제간에 추한 언쟁을 벌이다 결국 형제는 칼을 빼들고 불꽃을 튀기며 싸웠다. 얼마 후 원담은 패해 평원으로 달아났고, 원상은 병력을 증강하여 그들을 포위하고 식량 보급로를 끊었다.

"곽도, 어떻게 하면 좋겠는가?"

"잠시 조조에게 항복하여 기주를 치게 하면 원상은 급히 돌아갈 것임에 틀림없습니다. 그때 뒤에서 공격하면 포위에서 벗어날 수 있을 뿐만 아니라 대승을 거두게 될 것입니다."

곽도가 원담에게 권했다.

"조조를 만나 그 뜻을 전할 사자로 누구를 보내면 좋겠소."

"평원의 영으로 있는 신비辛毗를 보내시면 될 것입니다."

"신비라면 나도 알고 있소. 말솜씨가 뛰어난 자 아니오. 얼른 데려오도록 하시오."

원담의 명에 곽가가 곧 사람을 보내 신비를 불러오게 했다. 곧바로 신비가 와서 흔쾌히 원담의 편지를 받아들었다. 원담은 사자가 가는 길을 경호하라며 3천 기의 병사를 붙여주었다.

한편 조조는 형주를 공략할 계획으로 마침 하남의 서평西平까지 와 있었다. 진중으로 갑자기 원담의 사자가 왔다는 말을 듣고, 그는 위용을 갖춘 뒤 신비를 맞아들였다. 신비가 편지를 바치며 원담이 항복할 생각이라는 말을 전했다.

"곧 회의를 열어 논한 뒤 답하겠소."

조조가 가볍게 답했다. 그리고 신비를 진중에 머물게 한 후 부하들을 불러 모아 의견을 물었다. 그러자 순유가 대답했다.

"유표는 광활한 영토를 거느리고 있으면서도 그저 지키기에만 급급할 뿐, 이처럼 어지러운 시대에 적극적인 태도를 보인 적이 한 번도 없었습니다. 이는 곧, 포부가 크지 못한 인물로 천하에 뜻이 없다는 증거입니다. 그러니 그곳은 잠시 내버려두어도 크게 문제될 것이 없습니다. 오히려 기북 4개 주 쪽이 더 귀찮은 존재입니다. 원소가 죽고 패전이 계속되고 있기는 하나 여전히 세 아들이 있고 정병 백만 명과 재물 또한 산더미처럼 쌓여 있습니다. 만일 좋은 모사가 있어 형제들을 단합시키고 복수를 꾀하게 하면 그때는 우리가 맞서도 쉽게 이길 수 없을 것입니다. 지금 원담이 항복을 청해온 것은 하늘이 준 기회라 할 수 있습니다. 모쪼록 원담의 청을 받아들여 원상을 단번에 멸한 뒤, 상황의 변화에 따라 원담 및 그 외의 일족을 차례로 처리해나간다면 쉽게 뜻을 이룰 수 있을 것입니다."

조조는 순유의 탁견을 채용했다. 그리고 신비를 다시 불러 물었다.

"원담의 항복이 진실인가, 거짓인가? 솔직히 말해보시오."

그러고는 형형한 눈으로 신비를 가만히 바라보았다. 신비의 눈동자는 조조의 눈빛을 잘도 견뎌냈다. 그것은 '거짓이 없는 내 눈을 잘 보라'는 듯한 태도였다. 그는 잠시 뒤 시원시원한 목소리로 대답했다.

"승상께서는 실로 천운을 타고난 분이십니다. 원소 장군께서 이미 돌아가셨다고는 하나 기북의 강대함은 2대나 3대만에 쇠할 정도의 것이 아닙니다. 하지만 밖으로는 전쟁에 패했고, 안으로는 현명한 신하들이 전부 주살당했을 뿐만 아니라 후계자의 자리를 놓고 형제가 골육상잔하다 보니 백성들은 한탄하고 병사들의 원망은 하늘을 찌르고 있습니다. 이에 하늘도 외면한 것인지 작년부터 기근과 메뚜기 떼에 의한 피해까지 극심합니다. 그러하니 예전의 금성탕지金城湯池와 백만 대군도 내일을 기약할 수 없으며, 암운 밑에서 가을바람에 휩싸인 나뭇잎처럼 몸을 떨고 있습니다. 이러한 때에 형주로 들어가지 않는다는 것은, 평탄한 길을 버리고 아무런 이익도 없는 험로를 선택하는 것과 다를 바 없는 일입니다. 단번에 달려가 업성을 치시기 바랍니다. 아마도 추풍낙엽처럼 나가떨어질 것입니다."

"……."

아무 말도 없이 귀 기울이고 있던 조조가 그에게 다시 물었다.

"신비, 어째서 자네를 좀 더 일찍 만나지 못했는지 한스럽소. 자네의 말과 나의 뜻이 일치하오. 즉시 원담을 도와 업성鄴城을 치도록 하겠네."

"만일 승상께서 기북 전토를 평정하신다면 그것만으로도 천하는 진동하게 될 것입니다."

"아니, 이 조조는 원담의 영토까지 빼앗을 생각은 없소."

"하늘이 승상께 허락한 일이니 사양하지 않으셔도 됩니다."

"음, 한 발을 헛디뎠다가는 나의 목숨을 남에게 넘겨주어야 할지도 모를 커다란 도박이 아닌가. 사양하는 것은 어리석은 일일 터, 사태의 추이를 봐가며 모든 일을 결정하기로 하겠네. 건곤의 뜻을 사람이 어찌 알겠는가?"

그날 밤은 모든 장군이 동석하여 술잔을 나누었다. 그리고 이튿날 진채를 뜯어 대군이 전부 기주로 방향을 틀었다.

* * *

10월의 겨울바람과 함께 조조군이 공격해온다는 이야기가 서평 쪽의 마른 들판을 휩쓸며 들려왔다. 놀란 원상은 갑자기 평원의 포위를 풀고 업성으로 퇴각하기 시작했다. 원담은 성에서 나와 그 뒤를 추격했다. 그리고 후미의 대장인 여광呂曠과 여상呂翔을 설득하여 아군으로 만든 뒤, 조조를 만나 항복을 청했다.

"자네의 무용은 아버지의 이름에 부끄럽지 않은 것일세."

조조가 원담의 가려운 곳을 긁어주었다. 그 후 조조는 자신의 딸을 원담에게 시집보냈다. 원담은 허도의 깊은 규방에서 자란, 이제 겨우 열대여섯 살밖에 되지 않은 신부를 아내로 맞으며 무척 기뻐했다. 하지만 곽도는 앞날이 걱정되었고, 어느 날 원담에게 주의를 주었다.

"듣자하니 조조는 여광과 여상에게도 열후의 위계를 내리는 등 무척 좋은 대우를 해준다고 합니다. 짐작컨대 이는 하북의 장군들을 회유하기 위한 술책입니다. 또한 장군께 자신의 사랑하는 딸을 시집보낸 것도 깊은 속셈이 있기 때문입니다. 그 본심은 원상을 제거한 뒤 기북 전체를 집어삼키겠다는 뜻입니다. 그러니 여광과 여상에게 장군의 숨은 뜻을 전해 언제라도 이변이 생기면 내응하도록 대비해두는 것이 좋을 듯합니다."

"참으로 옳은 말이오. 그런데 조조는 지금 여양까지 물러났으며, 여광과 여상도 함께 데리고 갔소. 무슨 좋은 수가 없겠소?"

"두 사람을 장군으로 임명하여, 직접 인수를 만들어 보내면 될 것입니다."

원담이 알겠다는 듯 고개를 끄덕였다. 그리고 사람을 불러 장군의 인수 두 개를 만들게 했다.

며칠 후 원담이 인수 두 개를 들고 있자, 철없는 신부가 어깨너머로 보며 물었다.

"그게 뭔가요?"

원담이 손바닥 위의 인수 두 개를 만지작거리며 신부에게 미소를 지어 보였다.

"이거 말이오? 사자에게 주어 장인의 진지로 보낼 것이오."

"비취나 백옥이었다면 내 노리개를 만들었을 텐데."

"기주성으로 돌아가면 그런 것들은 얼마든지 있소."

"하지만 기주는 작은 도련님의 성이 아닌가요?"

"아니, 내 성이오. 아버지의 유산을 동생이 가로챈 거요. 장인께서
곧 빼앗아주실 거요."

장군의 인수는 곧 여양에 머물고 있는 여광과 여상 형제에게로 보내
졌다. 두 사람 모두 이미 원담에게서 마음이 떠난지라 조조에게 그것
을 내보이며 말했다.

"원담이 이런 것을 보내왔습니다."

조조가 웃으며 말했다.

"저쪽에서 보낸 물건이라면 가만히 받아두게. 원담의 마음일랑 훤히
꿰뚫어보고 있으니. 때가 오면 자네들을 내응케 하여 이 조조를 해하
기 위한 사전 준비를 하려는 것이겠지. 아하하하, 참으로 생각이 깊지
못한 자가 할 만한 일이오."

그때부터 조조는 남몰래 원담에 대한 살의를 품게 되었다. 그렇게
싸움도 없이 겨울이 지나버렸다. 하지만 그사이 조조는 수만 명의 인
부를 동원하여 기수와 백구白溝를 연결하기 위한 운하 건설에 힘을 쏟
아부었다.

이듬해인 건안 9년(204년) 봄, 운하가 개통되어 수많은 군량선이 운
하를 따라 내려갔다. 허도에서 그 군량선을 타고 온 허유가 조조에게
말했다.

"승상께서는 원담과 원상이 벼락에라도 맞아 자연히 죽기를 기다리고 계신건가?"

"하하하, 그렇게 비꼬지 말게. 지금부터 시작이니."

그즈음 원상은 업성에 있었다. 그의 오른팔인 심배는 끊임없이 조조군의 동정을 살폈다. 그는 기수와 백구를 연결하는 운하가 완성된 것을 보며 생각했다.

'조조의 야망이 참으로 크구나. 그는 곧 기주 전체를 삼키기 위한 행동에 들어갈 것이다.'

이에 심배는 원상에게 자신의 생각을 밝혔다. 원상은 심배의 말에 따라 무안武安에 있는 윤해尹楷에게 편지를 보내 병사들과 함께 모성毛城을 지키며 군량을 모으게 하고, 한편으로는 저수의 아들 저곡沮鵠을 대장으로 삼아 한단의 들판에 포진하게 했다. 그리고 그는 뒤에 심배를 남긴 채 본군의 정예를 이끌고 급히 평원의 원담을 공격했다.

공격을 받은 원담은 조조에게 급히 구원 요청을 했다. 원담의 편지를 받은 조조가 허유를 돌아보며 회심의 미소를 지었다.

"바로 이런 편지가 올 날을 기다리고 있었기에 지금부터 시작이라고 한 걸세."

"조홍은 업성을 공격하라."

조조는 병사의 일부를 떼어 업성으로 보낸 뒤 모성을 공격하러 갔다. 그리고 대장 윤해를 베어버렸다.

"항복하는 자는 살려주겠다. 어떠한 적이든 오늘 항복하는 자는 어제의 죄를 묻지 않겠다."

그 말에 달아나던 병사들이 살길을 찾은 듯 항복해왔다. 큰 강물과도 같은 조조의 군은 싸울 때마다 세력을 더해 그 폭을 넓혀갔다. 그리고 한단의 적과 만나 일대 격전을 펼쳤다. 결국 저곡의 포진은 무너지고 말았다.

"업성으로 돌진하라!"

소용돌이치는 조조군의 흐름은 앞서 업성을 포위하고 있던 조홍의 부대를 만나 더욱 기세가 높아졌다. 하지만 성벽을 피로 물들이고, 횃불을 집어 던지고, 요란한 북소리와 함성을 올리며 7일 동안이나 총공세를 퍼부었으나 성은 떨어지지 않았다. 땅굴을 파서 문 하나를 돌파하려 했지만 그것도 적에게 발각되어 병사 천 8백 명이 산 채로 땅에 묻혀버렸다.

"아아, 심배는 참으로 명장이로다."

조조는 어찌해야 좋을지 난감해하면서도 적의 뛰어난 방어전에 감탄하지 않을 수 없었다. 그야말로 평시의 명신이자 난세의 들보와 같은 웅재雄才란 심배와 같은 인물을 두고 하는 말이었다.

한편 심배는 멀리 전선에서 패하여 퇴로를 차단당한 원상과 그 군대를 탈 없이 성안으로 들어오게 할 방법을 찾느라 고심을 하고 있었다. 원상의 군대는 이미 양평陽平까지 와서 통로가 열리기만을 기다리고 있는데, 그 통로를 성안에서 열어주지 않으면 안 되었다. 주부主簿 이부李孚가 심배에게 계책 하나를 들려주었다.

"이러한 때 밖에 있는 조조군이 성안으로 들어오면 곧 군량이 떨어지고 말 것입니다. 그런데 성안에는 아무런 도움도 되지 않는 노약자와 아녀자들이 수만 명이나 있습니다. 그들을 성 밖으로 내몰아 조조에게 항복하게 하고, 바로 뒤에 성안의 병사들을 내보내십시오. 병마가 모두 나간 순간 성안에 쌓아두었던 마른풀과 장작에 불을 붙여 양평에 계신 원상 장군께 신호를 보내고, 안팎에서 호응하여 혈로를 뚫는다면 별 어려움 없이 성안으로 맞아들일 수 있을 것입니다.”

“좋은 생각이오. 그 계책밖에 없을 듯하오.”

심배는 곧 준비에 착수했다. 그리고 준비가 끝나자마자 성문을 열어 수만 명에 이르는 노인과 아녀자를 성 밖으로 내몰았다. 백성들은 하얀 헝겊조각이나 하얀 깃발을 손에 들고 해일처럼 밖으로 쏟아져 나왔다. 그들은 항복의 뜻을 밝히며 조조의 진지로 우르르 몰려갔다.

“내가 있는 곳에서는 단 한 명도 굶겨 죽일 수 없다.”

조조는 후진을 열어 그들을 전부 받아들였다. 곳곳에 걸어놓은 커다란 솥에서 죽이 끓고 있었다. 굶주림에 시달려온 백성들은 옆으로 화살이 날아도, 앞쪽에서 격전을 치르는 함성이 일어도 솥 주위를 떠나려 하지 않았다.

조조는 심배의 계략을 꿰뚫어보고 있었다. 그는 수만 명에 이르는 굶주린 백성들이 성문 밖으로 나오자마자 대군을 곳곳에 매복케 했다. 그리고 백성들 뒤를 따라 나온 병사들을 협공해 하나도 남김없이 섬멸해버렸다. 성안에서는 횃불을 하늘 높이 피워 올려 신호를 보냈지만 성을 빠져나간 병사들은 시체가 되어 호를 가득 메웠고, 살아남은 병사들은 당황하여 성안으로 다시 달려 들어갔다.

“지금이다. 적들의 뒤를 쫓아라.”

조조는 그 기세를 몰아 달아나는 병사들과 함께 성안으로 뛰어들었다. 그 와중에 그는 투구에 두 번 정도 화살을 맞았다. 그리고 말에서 한 번 떨어졌지만 다시 말에 뛰어올라 아무 일도 없었다는 듯 장병들의 선두에 섰다. 그래도 심배는 물러나지 않고 여전히 방어전을 펼쳤다. 그 덕분에 외성의 문은 떨어졌으나 내성의 문만은 굳게 닫힌 채 열리지 않았다.

"이와 같은 난공불락은 나도 일찍이 본 적이 없소."

조조마저도 감탄을 하지 않을 수 없었다.

"방법을 바꿔야겠군."

조조는 임기응변에 능했다. 온몸으로 밀어붙여 성벽에 부딪치는 우를 범하지 않았다. 그날 밤, 조조군은 완전히 방향을 바꾸어 부수滏水 경계에 머물고 있던 양평의 원상을 공격했다. 우선은 언변이 좋은 사람을 보내 원상의 선봉인 마연馬延과 장의張顗 두 사람을 아군으로 끌어들였다. 두 장군이 배신을 하자 원상은 한시도 버티지 못하고 달아나야만 했다. 원상은 남구濫口까지 물러난 후 그곳의 험한 지세를 이용해 맞설 생각으로 진을 쳤다. 하지만 조조군이 사방에서 화공을 퍼부었다. 더는 달아날 곳이 없어진 원상은 결국 조조에게 항복하고 말았다. 조조는 그의 항복을 흔쾌히 받아들였다.

"내일 만나기로 하세."

조조는 전군의 무장을 해제하고 항복한 사람들을 한곳에 모아둔 뒤, 그날 밤 서황과 장료 두 장군을 보내 원상을 살해하려 했다. 원상은 위기일발의 순간을 간신히 모면하여 중산中山으로 달아났다. 인수와 기치까지 버리고 달아난 그는 조조 측 장병들의 웃음거리가 되었다.

한쪽을 처리한 조조는 다시 성을 대대적으로 공격하기 시작했다. 이번에는 내성 주위 40리에 걸쳐서 장하漳河의 물을 끌어다 수공을 가했다. 얼마 전 원담의 사자로 와서 조조의 진중에 머물고 있던 신비가 원상이 버리고 간 의복과 인수, 기치를 창끝에 걸어 진 앞으로 가지고 나가 성안의 사람들에게 권했다.

"무익한 항전은 그만두고 이제 항복하시오."

그러자 심배가 성안에 인질로 잡혀 있던 신비의 처자와 가족 40명 정도를 망루로 끌어내 목을 치고 일일이 그것을 성 밖으로 내던졌다.

"너는 우리 주공의 은혜를 잊었단 말이냐?"

그 자리에서 정신을 잃은 신비는 병사들에게 안겨 후진으로 물러났다. 하지만 그는 그 원한을 갚기 위해 심배의 조카 심영審榮에게 화살로 글을 날려 보냈다. 이윽고 심영에게 내응하겠다는 약속을 받아내고, 결국 심영의 손으로 서문을 열게 했다.

그렇게 해서 기주의 본성도 무너지고, 조조군은 도도한 탁류를 넘어 성안으로 들어갔다. 심배는 마지막까지 선전했으나 힘이 다하여 사로잡히고 말았다. 조조는 그의 사람됨을 아까워했다.

"나와 함께 일을 해보지 않겠느냐?"

그러자 심배에게 자신의 처자와 가족 40여 명의 목숨을 빼앗긴 신비가 그의 목을 자신에게 달라고 간곡하게 청했다. 두 사람의 말을 들은 심배가 의연히 말했다.

"살아서는 원씨의 신하, 죽어서는 원씨의 귀신이 되는 것이 나의 바람이다. 아첨을 좋아하는 신비와 같은 인간으로 취급되는 것조차 불쾌하다. 어서 나의 목을 쳐라!"

그는 그렇게 호통치고 7보를 걸었다. 조조의 눈짓을 받은 무사가 칼을 치켜든 채 달려들자 그가 다시 외쳤다.

"잠시 기다려라!"

그러고는 조용히 원씨의 묘지廟地에 절한 뒤 가만히 칼을 받았다.

***

망국의 최후를 장식하는 충신만큼 비장하고 슬픈 것도 없는 법이다. 심배의 충성은 조조의 마음을 크게 감동시켰다.

"하다못해 그 시신이라도 옛 주인의 성터에 묻어주도록 해라."

조조는 심배를 위해 기주성 북쪽에 무덤을 만들어주고 제사를 지내주었다.

건안 9년(204년) 7월, 그처럼 강성했던 하북도 결국은 조조에게 평정되고 말았다. 기주의 본성은 조조의 군마로 넘쳐났다. 조조의 큰아들인 조비曹丕는 당시 열여덟 살이었는데, 이번 전쟁에 아버지를 따라 출정한 상태였다. 조비는 적의 본성이 떨어지자마자 바로 자신의 병사들을 이끌고 원소의 집 안으로 들어가려 했다. 성이 떨어진 직후였기에 아직 아무도 그곳으로 들어갈 수 없었다. 그곳을 지키고 있던 병사가 가로막으며 소리를 질렀다.

"기다려라! 어디를 가려는 것이냐. 승상의 명령이다. 아직 그 누구도 이곳을 지날 수 없다."

그러자 조비의 부하가 병사를 야단쳤다.

"도련님의 얼굴도 모르는 것이냐."

그리고는 원소의 집 안으로 조비를 안내했다. 원소의 집 안에서는 아직도 흙먼지가 모락모락 피어오르고 있었다. 조비는 혹시라도 잔병이 뛰쳐나올까 봐 검을 빼든 채 신기하다는 듯 이곳저곳을 둘러보았다. 그러다 후당에 들어서니, 한 부인이 딸인 듯한 여인을 끌어안은 채 떨고 있었다. 구슬과 금비녀까지 떨려왔고, 그 붉은 기운이 여인의 눈을 스치고 지나갔다. 조비가 발걸음을 멈추고 물었다.

"누구냐?"

부인이 가련한 눈빛으로 들릴 듯 말 듯 대답했다.

"첩은 원소의 후실인 유씨입니다. 이 아이는 원희의 처인데, 원희는 멀리 달아났습니다."

조비가 불쑥 다가가 젊은 여자의 앞머리를 쓸어 올렸다. 그리고 자신의 옷소매로 그 여자의 눈물을 닦아주었다.

"아아! 야광석으로 깎은 구슬 같구나."

조비는 검을 주워들고 펄쩍 뛸 듯이 기뻐했다. 그리고 자신은 조조의 큰아들이라는 것을 밝히며 말했다.

"구해드리겠소! 반드시 구해드릴 테니 이젠 떨 필요 없소!"

그때 아버지 조조가 당당하게 성안으로 들어왔다. 그런데 조조의 어렸을 적 친구인 허유가 갑자기 앞으로 나서더니 채찍을 들어 우쭐거리며 말했다.

"어떤가, 아만. 만일 이 허유가 황하에서 계책을 주지 않았다면 아무리 자네라 할지라도 오늘 이 성에 들어오지는 못했을 걸세."

조조가 껄껄 웃으며 우쭐해하는 그를 더욱 치켜세웠다.

"그래, 자네의 말대로 일세."

그들이 성문을 지나 원소의 집 안으로 들어갈 때, 조조가 어떻게 알았는지 문을 지키던 병사에게 물었다.

"나보다 먼저 이곳으로 들어간 자는 누구냐? 어떤 놈이냐!"

병사가 벌벌 떨며 사실 그대로 고했다.

"세자世子께서 들어가셨습니다."

조조가 노한 표정으로 호통을 쳤다.

"나의 세자라 할지라도 군법을 어겼으니 결코 용서할 수 없다. 순유, 곽가 너희가 가서 조비를 당장 끌어내도록 하라. 목을 치고 말리라!"

"세자가 아니면 누가 능히 성안을 진정시키겠습니까?"

곽가가 말하자 조조는 그제야 얼굴의 노기를 풀었다.

"흠, 그 말에도 일리가 있소."

조조는 더는 묻지 않기로 하고 말에서 내려 집 안으로 들어갔다. 유부인이 조조의 발밑에 절한 뒤, 기쁨의 눈물을 흘리며 조비의 온정을 고했다. 조조는 문득 나이 어린 진甄씨의 얼굴을 보고, 그녀의 아름다움에 놀라지 않을 수 없었다.

"뭣이, 조비가 그런 온정을 베풀었다고? 그것은 틀림없이 이 여인을 아내로 맞고 싶어서였을 것이다. 조비의 은상으로는 이 여인 하나면 충분하겠군. 참으로 철딱서니 없는 놈이로구나."

풍류를 아는 아버지 조조는 기주 공략에 대한 행상行賞으로 조비에게 진씨를 주었다.

그렇게 해서 기주 공략도 일단락 지어졌다. 조조는 가장 먼저 원소와 원씨 집안의 무덤에 제사를 지냈다. 조조가 원소의 무덤에 눈물로 분향하며 말했다.

"예전에 낙양에서 함께 쾌담快談을 나누었을 때, 원소는 하북의 부강함에 의지하여 남쪽을 꾀하겠다고 말하고, 나는 빈손으로 천하의 새로운 사람들을 규합하여 시대의 혁신을 꾀하겠다고 말하며 서로 크게 웃은 적도 있었는데, 그것도 지금은 옛날 이야기가 되어버렸소."

승자의 눈물은 적국 사람들의 마음을 사로잡았다. 그 후 조조는 백성들에게 그 해의 세금을 면해주고, 옛 문관이나 현자를 남김없이 자신의 진영으로 받아들였으며, 토목과 농사의 부흥에 힘을 쏟았다.

그러던 어느 날, 허저가 말을 탄 채 동문으로 들어섰다. 그런데 허유가 그곳에 서 있다가 허저를 보고 흰소리를 해댔다.

"이보게, 허저. 뭘 그렇게 거드름을 피우며 지나는 겐가. 이 허유가 없었다면 자네들이 이 성문을 오가는 날도 오지 않았을 걸세. 나를 봤으면 예의 정도는 취하고 가는 게 어떻겠나?"

허저는 조조가 성에 처음 발을 들여놓았을 때 그가 했던 흰소리를 떠올렸다. 그날 그는 여러 장군들에게 빈축을 샀다. 허저는 얼굴 가득 화난 표정을 지었다.

"필부 놈! 길을 비켜라."

"뭣, 나보고 필부라고?"

"소인배가 하찮은 공을 자랑하는 것만큼 듣기 싫은 소리도 없다. 계속 길을 막으면 네놈을 짓밟고 가겠다."

"할 수 있으면 해봐라."

"어려울 것 없다."

설마 그렇게까지 하겠는가 싶었으나 허저는 정말로 말의 앞다리를 들어 허유를 짓밟았다. 뿐만 아니라 차고 있던 검을 뽑아 허유의 머리를 베고 바로 조조에게 가서 앞뒤 사정을 고했다. 그 말을 들은 조조는 한동안 눈을 감은 채 말이 없다가 이내 허저를 꾸짖었다.

"그가 다루기 어려운 소인배임에는 틀림없으나 나와는 어렸을 때부터의 친구 아닌가. 또한 공이 있는 것도 사실이고. 그런데 사사로운 감정을 억누르지 못해 목숨을 빼앗다니 그냥 넘어갈 수는 없네."

그러고는 허저에게 7일 동안의 근신을 명했다.

허저가 물러난 후 한 고사高士가 정중한 안내를 받으며 들어왔다. 그는 하동 무성에 숨어 살던 최염崔琰이었다. 얼마 전부터 조조는 그를 맞아들이기 위해 그의 집으로 사람을 여러 차례 보냈었다. 기주의 호적戸籍을 바로잡으려면 아무래도 최염에게 자문을 구하여 정리를 할 수밖에 없었기 때문이다. 최염이 난잡한 민부民簿를 잘 정리하여 조조의 군정 및 경제에 도움이 되도록 했다. 조조는 그를 별가종사別駕從事에 임명하고, 원소의 아들들과 기주의 잔당들이 달아난 곳의 소식도 빈틈없이 알아보게 했다.

그 후 원소의 장남 원담은 감릉甘陵, 안평安平, 발해, 하간河間(하북성) 등의 각 지방을 휩쓸고 다니며 병사들을 모았고, 셋째 원상이 중산

(하북성 보정)에 있다는 소식을 듣고 공격하여 그곳까지 빼앗았다. 원상은 중산에서 유주로 달아났다. 그곳에 둘째 원희가 있었는데 두 형제가 합류하여 큰형을 막는 한편, 아버지의 영지를 빼앗아야 한다며 기주에 있는 조조를 향해 칼을 갈았다.

그 사실을 안 조조가 어찌나 보려고 원담을 불러들였다. 하지만 원담은 꺼림칙해하며 거듭되는 부름에도 응하지 않았다. 조조는 그것을 구실로 삼아 곧 단교를 알리는 글을 보내고, 그를 치기 위한 대군을 파견했다. 두려움을 느낀 원담은 중산과 평원 모두를 버리고 결국 유표에게 사자를 보내 도움을 청했다.

하지만 유표는 사자를 돌려보낸 뒤 유비에게 그 일을 상의했다. 유비는 원씨 형제들이 머지않아 조조에게 정벌당할 것이라고 말한 뒤 유표에게 주의를 주었다.

"그냥 모르는 척하고 계십시오. 다른 사람의 일보다는 이곳의 방비에 더욱 힘써야 할 것입니다."

원담은 형주에 의지하려 했으나 유표로부터 점잖게 거절을 당하고 어쩔 수 없이 남피南皮(하북성 남피)로 달아났다. 건안 10년(205년) 정월, 조조의 대군이 영하永河 설원을 넘어 그곳으로 공격해 들어갔다. 원담은 남피성의 여덟 문을 굳게 걸어 잠그고 벽에 노궁弩弓을 늘어놓은 뒤 호에 가시나무 울타리를 짜놓는 등 단단히 방어를 했다. 하지만 조조군이 몰려왔다가는 물러나고, 또다시 몰려왔다가는 물러나며 밤낮으로 맹공을 퍼붓자 원담은 밤에도 쉴 수가 없어 심신이 모두 지쳐버렸다. 게다가 대장 팽안彭安마저 목숨을 잃고 말았다. 이에 원담은 신평을 사자로 보내 조조에게 항복을 청했다. 조조가 신평에게 말했다.

"자네는 일찍이 내 밑으로 들어온 신비의 형이 아닌가? 나의 진중에 머물며 동생과 함께 공을 세워 가문의 앞날을 빛나게 하는 것이 어떻겠나?"

"예로부터 주인이 귀해지면 신하는 영화롭지만 주인에게 근심이 있으면 신하는 욕된다 했습니다. 동생에게는 동생의 주공이 있고, 제게는 저의 주공이 있습니다."

신평은 뜻을 이루지 못하고 헛되이 돌아가야만 했다. 조조가 항복을 받아들인다고도, 받아들이지 않는다고도 대답하지 않았던 것이다. 그는 이미 기주를 빼앗았기에 원담을 살려둘 생각이 없었던 것이다.

"화의和議는 이미 틀려졌습니다. 이제 남은 길은 결전을 펼치는 것밖에 없습니다."

신평이 사실 그대로를 고하자 원담은 뜻을 이루지 못하고 온 그가 불만이라는 듯 잔뜩 비꼬는 투로 말했다.

"아아, 그런가? 자네의 동생은 이미 조조의 신하가 되었지. 그 형을 강화를 위한 사자로 보내다니, 내가 실수를 했군."

"어찌 그런 말씀을!"

신평은 울분이 치밀어 올라 원망스럽다는 듯 외쳤다. 그러고는 이내 그대로 땅에 쓰러져 숨이 끊기고 말았다. 원담은 크게 후회하고 곽도에게 차후의 대책을 물었다.

"아무리 팽안이 죽었다고는 하나 자신의 이름을 아끼지 않는 대장은 아직 여럿 있습니다. 그리고 적은 극한極寒에 시달리고 있는 원정군이니, 남피의 백성들을 전부 징병하여 죽음을 각오로 방어전에 나선다면 우리가 이기지 말라는 법도 없습니다."

원담은 곽도가 강경한 자세로 용기를 북돋자 대결전의 준비에 들어갔다. 성의 모든 병사들이 사방의 문을 활짝 열고 갑자기 공격에 나섰다. 그들은 눈에 잠긴 조조의 진채에 맹렬한 공격을 퍼부었다. 그리고 민가를 불태우고 책문에 불을 지르는 등 온갖 방법으로 조조군을 괴롭혔다. 흩날리는 눈발을 뒤집어쓴 채 달리는 만 기의 발굽, 노궁弩弓이 나는 소리, 철궁의 외침, 창과 창이 부딪치는 소리, 번쩍번쩍 불꽃을 내뿜는 칼…… 모든 게 뒤섞였다. 마침내 칼과 창이 부러지고, 깃발이 찢기고, 사람과 가축이 울부짖었다. 시체는 산을 이루었으며, 피는 눈을 가르고 강물이 되었다.

조조군은 한때 매우 어지러운 모습을 보였으나 조홍, 악진 등이 잘 싸워 적을 막아냈다. 그러고는 곧 전세를 회복하여 성의 병사들을 호 근처까지 밀어붙였다. 조홍은 난군 속에서 원담을 찾아 돌아다녔다. 마침내 조홍은 목표로 삼았던 원담을 발견하고는 말에 탄 채 칼을 휘둘러 그를 베었다.

"원담의 목을 쳤다! 조홍이 원담의 목을 쳤다."

조홍의 목소리가 날리는 눈발처럼 사방으로 전해지자 성의 병사들이 전의를 잃고 성안으로 달아나기 위해 문 앞의 다리로 한꺼번에 몰려들었다. 그 가운데 곽도의 모습도 보였다. 조조군의 악진이 그를 보고 뒤쫓아갔으나, 눈덩이처럼 밀려드는 적과 아군 병사들에게 가로막혀 더 이상 다가갈 수가 없었다. 그러자 악진은 허리에 차고 있던 철궁을 들어 그 자리에서 화살을 메긴 뒤 인파 위로 날렸다. 화살이 곽도의 목덜미를 꿰뚫었고, 곽도는 안장 위에서 거꾸로 떨어져 호 속으로 빠져버리고 말았다. 악진이 가까이 다가가 곽도의 목을 벤 후 그것을 창끝에 걸고 큰 소리로 외쳤다.

"곽도의 목이 여기에 있다. 원담도 이미 목숨을 잃었으니 성의 병사들은 누구를 믿고 계속 싸울 것이냐!"

남피성마저 떨어지자 곧 부근에 있는 흑산黑山의 강도 장연張燕, 기주의 옛 신하였던 초촉焦觸, 장남張南 등과 같은 무리들이 각각 5천 명, 만 명의 수하들을 이끌고 차례로 찾아와서 항복을 맹세했다. 그런 사람들이 날마다 꼬리에 꼬리를 물었다.

악진과 이전의 부대에 항복한 장연을 더해 새롭게 10만 기의 대부대가 편제되었다. 조조가 다시 그들에게 명령을 내렸다.

"병주로 가서 고간의 숨통을 끊어놓아라!"

그리고 조조는 유주로 가서 원희, 원상 두 사람을 주벌할 준비를 했다. 또한 그사이 원담의 목을 성의 북문에 걸어두게 하고, 군현郡縣의 모든 사람들에게 다음과 같은 포고령을 내렸다.

이것을 보고 우는 자가 있으면 삼족을 멸하겠다.

그러던 어느 날, 두건을 쓰고 검은 상복을 입은 한 처사處士가 병사들에게 붙잡혀 조조의 앞으로 끌려 나왔다.

"승상의 포고령에도 불구하고 이놈이 원담의 목에 절을 하고 옥문

밑에서 통곡을 했습니다."

그의 인품이 범상치 않음을 본 조조가 직접 물었다.

"그대는 어디의 누구인가?"

"북해 영릉營陵(산동성 유현) 사람으로 자는 숙치叔治, 이름은 왕수王修입니다."

"군현에 내건 방을 보았느냐?"

"눈은 병들지 않았습니다."

"그렇다면 자신뿐만 아니라 죄가 삼족에까지 미친다는 사실도 알고 있었겠구나."

"기쁨을 기뻐하고 슬픔을 슬퍼하는 것이 인간의 자연스러운 감정이니 어쩔 수가 없습니다."

"그대는 전에 무슨 일을 했었는가?"

"청주의 별가로 일하며 원소 장군의 커다란 은혜를 입었습니다."

"내 앞에서도 입을 조심하지 않는 놈이로구나. 그 말투, 마음에 들었다. 그처럼 커다란 은혜를 입은 원소 밑에서는 무슨 일로 나온 것이냐?"

"간언을 했으나 주공이 받아주지 않았고, 벗의 참언으로 직에서 물러나 초야에 묻혀 산 지 3년이 지났으나, 어찌 옛 주인의 은혜를 잊을 수 있겠습니까? 지금 주인댁은 기울어가고, 큰아드님의 목을 저자에서 보니 울지 않으려 해도 울지 않을 수가 없었습니다. 만약 저 목을 제게 주시어 장례를 치를 수 있게 해주신다면 제 한 몸은 물론, 죄가 삼족에 미친다 할지라도 여한은 없을 것입니다."

왕수가 조금도 두려워하지 않고 말했다. 그 자리에 있던 사람들은 어떤 날벼락이 떨어질까 조마조마했으나 뜻밖에도 조조는 그들을 둘러보며 길게 탄식했다.

"이 하북에는 충의지사가 어찌 이리도 많단 말이냐. 돌아보니 원소는 이와 같은 진인을 쓰지 않고 초야로 내몰아 결국 나라를 잃게 된 것이로구나."

조조는 곧 왕수의 청을 받아들이고, 그에게 사금중랑장司金中郞將이라는 벼슬까지 내린 뒤 상빈上賓의 예를 취했다.

한편 유주에도 곧 조조군이 온다는 소문이 퍼져 일대 혼란이 일었다. 원상은 어차피 이길 수 없는 적이라며 발 빠르게 요서遼西(열하 지방)로 달아났다. 그리고 주의 별가인 한형韓珩은 성문을 열어 조조에게 항복했다. 조조는 항복을 받아들여 한형을 진북장군鎭北將軍에 명했다. 그리고 악진과 이전 등을 돕기 위해 직접 대군을 이끌고 병주 방면으로 달려갔다.

원소의 조카 고간이 병주의 호관壺關(하북성 경계 부근)을 사수하니 성이 쉽게 떨어지지 않았다. 이윽고 두 장수가 겨우 수십 기만을 이끌고 성문 앞까지 와서는 고간을 부르며 도움을 청했다.

"고간 장군, 고간 장군. 문을 열어주시오."

고간이 누대에 올라 내려다보니 옛 동료인 여광과 여상이었다. 두 사람이 큰 소리로 고간에게 말했다.

"한때는 옛 주인을 배반하고 조조에게 항복했으나 그들은 우리를 포로 취급하며 박대했소. 역시 구관이 명관이오. 앞으로는 협력하여 조조에 맞서겠소. 옛정을 생각해주시기 바라오."

그래도 고간은 의심을 풀지 않고 그들의 병사들을 문밖에 남긴 채 두 사람만 성안으로 들어오게 했다.

"조조는 이제 막 유주에 도착했소. 아직 진용도 갖추지 못했을 뿐만 아니라 먼 길을 오느라 지쳤으니 오늘 밤 야습을 감행하면 틀림없이 이길 것이오."

어리석게도 고간은 두 사람의 계책을 받아들였다. 그러자 그처럼 견고하던 호관이 한순간에 떨어지고 말았다. 간신히 목숨만을 건진 고간은 북적北狄의 경계를 넘어 오랑캐인 좌현왕左賢王에게 의지하기 위해 떠났다. 하지만 도중에 부하의 칼에 맞아 목숨을 잃었다.

* * *

이제 조조의 기세는 떠오르는 해와도 같았다. 북쪽으로는 북적이라 불리는 몽고蒙古와 경계를 맞대고, 동쪽으로는 이적夷狄이라 불리는 열하熱河의 산동 방면과 이웃하고, 원소가 다스리던 옛 영토를 완전히 장악하기에 이르렀다. 조조가 펼친 새로운 시정施政과 위령威令은 오래도록 침체된 구태를 일소하여 문화와 산업에 이르기까지 그 면모가 일신되었다.

그래도 조조는 만족할 줄 몰랐다. 그의 가슴속은 광활한 대륙만큼이나 그 끝을 알 수 없었다.

"지금 원희, 원상 형제가 요서의 오환烏丸에 있다고 하오. 이번에 그들을 제거하지 않으면 훗날 반드시 화근이 될 것이오. 요서와 요동을 함께 평정하지 않는다면 기북과 기동冀東 땅도 영원히 다스릴 수 없을 것이오."

그의 장대한 계획에 따라 다시 대군이 출동 준비에 들어갔으나, 거기에는 조홍 이하 많은 장군들의 반대가 있었다.

"이곳은 이미 원정의 땅입니다. 원정에서 다시 원정으로, 그처럼 끝도 없이 제패制霸에만 매진하는 동안 멀리 허도에서 변이 일어나면 어찌합니까? 또한 형주의 유표, 유비 등이 빈틈을 노려 허를 찌르면 어찌한단 말입니까?"

장군들의 반대는 참으로 당연한 것이었다. 하지만 곽가만은 조조의 큰 뜻을 지지했다.

"모험임에는 틀림없으나 천 리 길의 원정도, 제패라는 커다란 사업도 그처럼 간단히 두 번, 세 번 거듭할 수 있는 일이 아닙니다. 이미 허도를 떠나 여기까지 왔으니 천 리를 가든 2천 리를 가든 크게 다를 바 없습니다. 게다가 원소의 아들들을 살려두면 머지않아 어딘가에서 반란을 일으킬 것이 뻔합니다."

요서와 요동은 이적의 땅이었다. 한 번도 경험해본 적이 없는 외정外征이었다. 그렇기 때문에 군의 장비와 군량 등에 만전을 기해야 했다. 전차, 군량을 옮기는 수레만도 수천 대에 이르는 치중대가 편제되었다. 그 외에 순수한 전투 병력만 10만 명이었고, 기마 및 보병도 있었으며, 수레도 있었고, 또 노궁부대, 경궁부대, 철창부대, 공구만을 짊어지고 가는 부대까지 실로 어마어마한 행군이었다.

조조군은 노룡채盧龍寨(하북성 유가영)까지 진출했다. 오랑캐와의 경계가 가까워지자 산천의 풍광이 달라졌고, 매일 광풍이 불어댔으며, 황막한 사막의 모래바람이 개미처럼 줄지어 나가는 기다란 행렬을 감쌌다. 그렇게 역주易州에 이르렀을 때 조조에게는 뜻밖의 걱정거리가 생겼다. 언제나 그를 도와 힘을 보태주던 곽가가 풍토병에 걸려 가마를 타고 가는 것조차도 견디지 못하게 된 것이었다. 곽가는 고열에 시달리면서도 조조에게 다시 계책을 올렸다.

"행군 속도가 너무 느린 듯합니다. 이래서는 천 리 길의 원정에서 공을 세워도 시간을 너무 많이 빼앗기게 됩니다. 또한 적의 방비도 견고해질 것입니다. 그러니 승상께서는 날랜 경기병들만 이끌고 지금보다 세 배를 빨리 달려나가 이적을 불시에 공격하도록 하십시오. 그 나머지 병사들은 부족하나마 제가 인솔하여 병을 다스리며 기다리고 있겠습니다."

그의 말을 받아들인 조조는 처음의 대군을 개편한 후 뇌정대雷挺隊라 칭하는, 기마와 수레만으로 구성된 대부대를 꾸려 요서의 경계 부근으로 부지런히 달려갔다. 길 안내는 원래 원소의 부하였던 전주田疇가 맡았다. 진흙으로 가득한 강, 늪지, 절벽 등 온갖 험한 지형이 그들을 가로막고 있었다. 전주가 없었다면 조조의 대군은 진퇴양난에 빠졌을지도 몰랐다.

이윽고 조조군은 이적의 대장 묵돌冒頓이 지키고 있는 유성柳城(요녕성)에 접근했다. 조조는 유성의 서쪽에 위치한 백랑산白狼山을 점령한 뒤 그곳에 서서 적을 내려다보았다. 그러고는 이렇게 말했다.

"여러 가지로 잘 정비를 해놓기는 했으나 오랑캐는 역시 오랑캐로구나. 저 포진은 병법을 전혀 모르는 어린아이의 장난과 같은 것이다. 단번에 짓밟도록 하자."

곧 장료를 선봉으로 우금, 허저, 서황 등이 3천 명의 병사들을 이끌고 삼면에서 공격하여 성 밖의 적을 하나하나 짓밟았다. 마침내 오랑캐의 대장 묵돌까지 제거하여 7일 만에 유성을 점령했다.

원희와 원상은 그 성에 숨어 싸움을 독려했으나, 의지할 곳이 없어지자 이번에도 겨우 수천 명의 병사들만 이끌고 요동 쪽으로 발 빠르게 달아났다. 그 외의 오랑캐 병사들은 전부 조조에게 항복했다. 조조가 전주의 공을 인정하여 상을 내리고 유정후柳亭侯에 봉했으나 전주는 끝내 그것을 받지 않았다.

"저는 예전에 원소를 섬기던 몸으로, 아직 이렇게 살아 옛 주인의 아드님들을 쫓는 부대의 길잡이를 맡고 있으나, 그 공으로 작록을 받는다는 것은 의義에 어긋나는 일입니다."

"자네의 고충은 짐작하고도 남음이 있소."

조조는 그를 배려하여 유정후 대신 의랑議郞이라는 자리를 내주고 유성을 지키라 명했다.

질서 정연한 조조군의 모습과 문화적인 장비, 시정施政 등은 변방의 백성들을 크게 감화시켰다. 또한 근린의 오랑캐들이 속속 공물을 들고 찾아와 조조에게 공순할 것을 맹세했다. 개중에는 준마 만 필을 바친 호족도 있었다. 그렇게 해서 조조의 군대는 더욱 크게 증강되었다.

날마다 조조는 역주에 남겨두고 온 총신 곽가의 용태를 걱정했다.

"아무래도 상태가 좋지 않아 거의 가망이 없는 듯합니다."

어느 날 조조의 근신近臣이 걱정스럽다는 듯 조조에게 고했다. 그러자 조조가 말했다.

"전수에게 이곳을 맡기고 돌아가야겠다."

이미 때는 겨울로 접어들었다. 대군의 행군은 고난의 연속이었다. 때로는 2백여 리를 가는 동안 물이 한 방울도 없어 지하를 30척을 파서 물을 얻기도 했으며, 식물이라고는 풀 한 포기 없어 말을 잡아먹기도 했다. 병에 걸리는 사람들도 끊이지 않았다.

간신히 역주에 도착한 조조가 가장 먼저 한 일은, 오랑캐 땅으로의 원정을 반대한 장군들에게 은상을 내린 일이었다.

"장군들의 말이 참으로 옳았소. 다행히 승리하여 무사히 돌아오기는 했으나 이는 그야말로 기적이 아니면 신의 도움이라 하지 않을 수 없소. 얻은 바는 적고 위험은 실로 컸소. 앞으로도 내가 그릇된 생각을 하면 기탄없이 좋은 말을 들려주기 바라오."

다음으로 그는 곽가의 병상을 찾았다. 곽가는 조조가 무사한 것을 보자 마음이 놓였는지 그날 바로 숨을 거두었다.

"나의 패업은 아직 끝나지 않았는데, 여태 고난을 함께해온 젊은 곽가가 먼저 세상을 떠나고 말았구나. 여러 장군들 가운데서도 가장 나이 어린 그가 말이다."

조조는 마치 가족을 잃은 사람처럼 눈물을 흘리며 슬퍼했다. 진중에서 치러진 장례식의 뿔피리 소리와 징소리가 3일에 걸쳐 겨울 하늘의 구름을 통곡하게 했다.

제사가 끝나자 곽가의 병상을 지키던 한 사람이 가만히 조조를 찾아와 글 한 통을 건네주었다.

"이것은 세상을 떠난 곽가의 유언입니다. 죽음이 가까워지자 그가 붓을 들어 이 글을 쓴 뒤 자신이 죽고 나면 주공께 바치라고 제게 건네주었습니다. 여기에 적힌 대로 하면 요동은 자연히 평정될 것이라는 말도 남겼습니다."

조조가 유서를 높이 치켜든 후 절을 했다.

며칠 후 각 장군들 사이에서 요동을 두고 언쟁이 벌어졌다. 요동으로 달아난 원희, 원상 두 형제가 태수 공손강公孫康의 세력을 등에 업고 다시 전쟁을 일으킬 조짐을 보이고 있었기 때문이다.

"그냥 내버려두도록 하게. 머지않아 공손강이 그 형제의 목을 보내올 테니."

조조는 매우 차분하게 말했다.

한편 태수 공손강은 요동 땅까지 도망쳐온 원희, 원상 두 형제를 도와야 할지 말아야 할지 고민에 빠졌다. 부하들 중에서 도울 필요가 없다고 이론을 제기하는 사람들이 있었기 때문이다.

"저들의 아버지 원소는 늘 우리 요동을 공략할 기회만 엿보고 있었습니다. 다행히 실행에 옮기기 전에 먼저 목숨을 잃었으니, 원한은 있으나 은혜는 없습니다."

또 다른 사람이 말했다.

"비둘기는 까치의 둥지를 빌리면 어느 틈엔가 까치를 내쫓고 그곳을 자신의 둥지로 삼습니다. 망부의 유지遺志를 받들어 원씨 형제도 언제 비둘기로 화할지 알 수 없는 일입니다. 차라리 이번에 그들의 목을 조조에게 보내면 조조는 요동을 공략할 구실을 잃게 되니 요동도 이대로 평화를 유지할 수 있을 뿐만 아니라, 조조는 태수를 중히 여기게 될 것입니다."

공손강은 그들의 말을 받아들이고, 사람을 보내 조조의 동정을 살피게 했다. 그는 조조군이 공격해 들어올 태세를 보이지 않는다는 사실을 확인한 뒤, 원씨 형제에게 사람을 보내 그들을 술자리에 초대했다.

"드디어 출정에 대한 이야기를 하려나 보다. 조조군의 위협을 받고 있으니 아무래도 우리의 협력이 필요하겠지."

원희와 원상은 그런 말을 주고받으며 공손강을 만나러 갔다. 그런데 안내를 받은 방으로 들어가보니 엄동설한에도 불을 피워놓지 않았으며 의자 위에는 방석도 깔려 있지 않았다. 두 사람이 얼굴을 붉히며 거만한 소리로 말했다.

"우리의 자리는 어디인가?"

공손강이 큰 소리로 웃으며 대답했다.

"이제 너희 두 사람의 목은 만 리의 먼 길을 떠나야 하거늘 어찌 따뜻한 자리가 필요하겠느냐?"

그는 말을 마치자마자 장막 뒤를 돌아보며 가만히 신호를 보냈다. 우르르 몰려나온 10여 명의 무사들이 두 사람에게 달려들어 단검으로 옆구리를 찔렀다. 그리고 아주 간단히 원희와 원상의 목을 베었다.

그 무렵 조조군은 역주에 머문 채 언제까지고 움직일 생각을 하지 않았다. 하후돈, 장료와 같은 장수들이 몇 번이고 조조에게 간언했다.

"혹시 요동을 칠 생각이 없으시다면 한시라도 빨리 허도로 돌아가시는 것이 어떻겠습니까? 일도 없이 이런 곳에 오래 머무는 것은 무의미한 일입니다."

그러자 조조가 웃으며 대답했다.

"결코 헛되이 날만 보내고 있는 것이 아닐세. 곧 요동에서 원희와 원상의 목을 보내올 테니 그때까지만 기다리기로 하세."

장군들은 조조의 마음을 이해할 수가 없어 조소를 금치 못했다. 그런데 보름쯤 지나자 태수 공손강의 사자가 찾아와서 글 한 통과 함께 소금에 절여 상자에 넣은 목 두 개를 헌상했다. 얼마 전까지 조소를 금치 못했던 장군들은 모두 크게 놀랐다. 조조가 껄껄 웃으며 모든 사실을 털어놓았다.

"곽가의 헤아림에서 벗어나지 못하고, 고인의 유서대로 되었구나. 그도 지하에서 만족하고 있을 게야."

곽가는 유서를 통해 움직이지 않으면 곧 앉은 자리로 원씨 형제의 목이 저절로 찾아올 것이라며 진공進攻을 극력으로 말렸다.

즉, 그는 요동의 군신이 원소의 압력에 대해 반감과 숙원만을 품고 있을 뿐 아무런 호의와 은혜도 받지 못했다는 사실을 이미 꿰뚫어보고 있었던 것이다. 곽가는 그와 같은 선견지명을 지녔으면서도 역주의 진중에서 병에 걸려 세상을 떠나고 말았다. 당시 그의 나이 38세에 지나지 않았다.

한편 조조는 요동의 사자를 후하게 대접했으며, 공손강에게는 양평후襄平侯 좌장군左將軍의 인수로 보답했다. 그리고 곽가의 유발遺髮을 정중하게 허도로 보냈으며, 전군에 영을 내려 기주로 물러났다.

53
단계檀溪를 뛰어넘다

북방을 완전히 평정한 조조의 세력은 점점 커져만 가고,
자신의 땅 한 조각 없는 유비는 형주의 내홍에 휘말리게 되는데……

　북방은 이제 완전히 평정되었다. 다음으로 조조가 가슴속에 품은 일은 말할 필요도 없이 남방 토벌이었다. 하지만 조조는 기주성이 매우 마음에 들었는지 그곳에 한동안 머물렀다. 그리고 1년여의 공사를 거쳐 장하 강변에 동작대銅雀臺를 쌓았다. 그 웅대한 건물을 중심으로 양쪽에 누대와 고각高閣을 세워 한쪽 편의 각을 옥룡玉龍, 다른 한쪽의 누를 금봉金鳳이라 이름 붙이고, 그 난간과 난간 사이에 무지개와도 같은 홍교 일곱 개를 놓았다.

　"노후에 한가로움을 얻으면 여기서 시나 지으며 살고 싶구나."

조조는 차남 조자건曹子建에게 그렇게 말하곤 했다. 조조의 일면성인 시적 재능을 물려받은 자식은 많은 아들 중에서도 차남 조자건뿐이었다. 그랬기에 조조는 평소 그를 특히 사랑했다. 하지만 그는 곧 허도로 돌아가야 할 몸이었다.

"형을 잘 따라 이 아비가 북방을 평정한 업을 헛되이 하지 말라."

조조는 그렇게 말한 뒤 조자건을 형 조비와 함께 업성에 남겨두었다. 그렇게 해서 조조군은 약 3년 동안에 걸친 파괴와 건설의 원정을 마치고 구름 떼처럼 유유히 허도로 돌아갔다.

오랜만에 궁궐로 들어간 조조는 천자에게 표를 올리고 조묘에 특별한 변화가 없었음을 확인한 뒤, 이어 대대적인 논공행상을 발표했다. 또한 곽가의 아들 곽혁郭奕을 돌봐주는 등 허도에 돌아온 이후 재상으로서 정무에 힘쓰느라 진중에서보다 더 바쁜 날들을 보냈다.

* * *

식객은 천하 곳곳에 있었다. 주인은 기꺼이 손님을 돌봐주었고, 손님은 주눅 들지 않고 대가大家에 머물며 함께 천하를 논하면서 훗날을 기약했다. 그러한 풍조는 당시의 사회적 관습이었기에 별로 이상히 여길 만한 일도 아니었다. 3천 명의 병사, 수십 명에 이르는 부장, 두 명의 형제, 거기에 처자와 권속들까지 데리고 있다 할지라도 자신의 땅을 잃고 타인의 비호를 받으며 살아가면 그도 역시 '거대한 식객'이었다. 지금 형주에 머물고 있는 유비가 바로 그런 처지에 놓여 있었다. 하지만 식객이라고 해서 그저 무위도식하는 것만은 아니었다. 그를 돌봐주는 사람 또한 식객을 그렇게 내버려두지는 않았다.

강하에서 난이 일어났다. 장호張虎와 진생陳生이 약탈과 폭행을 일삼다 마침내 반란의 횃불을 올린 것이었다. 유비가 자청하여 그들을 토벌하기 위해 나섰다. 얼마 후 그는 그 지방의 난을 진압한 뒤, 그 싸움에서 얻은 적장 장호의 명마를 타고 형주로 돌아왔다.

"당분간 그 지방에 대해서는 걱정하지 않으셔도 될 듯합니다."

유비가 장호와 진생의 목을 바치며 고했다. 유표는 그의 공을 치하하며 매우 기뻐했다. 그리고 며칠 뒤 유표는 다시 유비를 불러 한탄하며 의견을 물었다.

"참으로 근심의 싹은 끊이지 않는 모양이오. 귀공과 같은 웅재雄才가 우리 형주에 있는 한, 크게 걱정할 필요는 없겠으나 한중漢中의 장로와 오의 손권은 언제나 골칫거리가 아닐 수 없소. 게다가 남월南越은 수시로 경계를 넘나들며 우리를 괴롭히고 있소. 어떻게 해야 이러한 근심을 제거할 수 있겠소?"

"사람이 사는 땅에 완전함이란 있을 수 없으나 조금이나마 평안하기를 바라신다면 제 부하 세 명을 쓰는 게 어떨까 싶습니다. 장비에게 남월과의 경계를 지키게 하고, 관우에게 고자성固子城을 지켜 한중에 대비토록 하고, 조운에게 병선을 지배하도록 하여 삼강의 수비를 엄히 하도록 하시는 것이 어떻겠습니까? 그들이 굳게 지키면 그 어떠한 적도 형주에 발을 들여놓지 못할 것입니다."

유비가 자신의 생각을 있는 그대로 말했다. 유표도 유비의 말에 동의했다. 자신의 영토를 위해 유비의 웅장들을 그처럼 유효하게 쓸 수 있다니, 유표의 기쁨은 이만저만한 것이 아니었다. 이에 그 기쁨을 대장 채모에게 밝혔다.

"하하, 그렇습니까?"

채모는 그렇게 대답했을 뿐 크게 반가워하는 기색은 안 보였다. 그는 유표의 부인인 채씨의 오빠였는데, 곧 후각으로 들어가 자신의 동생과 무슨 말인가를 주고받았다. 물론 내용은 유비에 관한 것이었다.

채모가 주공의 부인이자 자신의 동생에게 속삭였다.

"네가 넌지시 말씀을 드리는 게 좋겠다. 내가 말씀을 드리면 아무래도 대립각을 세우게 될 테니."

채 부인이 고개를 끄덕였다. 그 후 남편 유표와 단둘이 있을 때, 그녀는 여성 특유의 섬세한 관찰력과 바늘을 품은 솜과 같은 말로 은근히 유비를 헐뜯었다.

"조금은 조심하시는 게 어떻겠어요? 장군은 세상 사람들의 마음이 다 장군처럼 결백한 줄 알고 쉽게 믿음을 주시지만 유비와 같은 사람에게는 결코 방심을 해서는 안 돼요. 그 사람, 원래는 멍석을 팔던 자였다면서요? 아우인 장비는 얼마 전까지 여남의 고성에 틀어박혀 강도짓을 했다고 하고. 그 사람들이 우리 성에 온 뒤로 왠지 성안의 분위기도 문란해진 것 같은 느낌이 들어요. 대대로 우리 집안을 섬겨오던 신하들 역시 마음이 상한 듯하고."

유표는 그 말 전부를 곧이곧대로 믿을 만큼 아내에게 무른 사람은 아니었으나, 유비에 대해 왠지 모를 일말의 불안감을 품게 되었다.

열병을 위해 성 밖의 마장馬場으로 나간 날의 일이었다. 유비가 탄, 털이 기름지고 그 모습이 당당한 말을 보고 유표가 감탄하며 말했다.

"참으로 훌륭한 준족이오."

유비가 안장에서 내려 입에 물린 재갈을 유표에게 넘겨주며 말했다.

"그렇게 마음에 드신다면 이 말을 바치도록 하겠습니다."

유표는 기뻐하며 그 말을 받았다. 그러고는 그 말로 바꿔 타고 성안으로 들어가는데, 문 옆에 서 있던 괴월蒯越이 중얼거렸다.

"앗, 적로的盧다."

그 말을 듣고 유표가 물었다.

"괴월, 왜 그리 놀라는 겐가?"

괴월이 절하고 자신이 놀란 이유를 설명했다.

"제 형님은 마상馬相을 잘 보기로 유명했습니다. 그래서 저도 자연히 마상에 대해 배우게 되었습니다. 네 다리 모두 하얀 것을 사백四白이라 하며, 흉마凶馬로 여깁니다. 게다가 이마에 하얀 점이 있는 적로는 더욱 흉한 말이라 여겨지고 있습니다. 그 말을 타는 자에게는 반드시 재앙이 내린다는 말이 있어 예로부터 꺼려왔는데, 장호가 목숨을 잃은 것도 적로 때문이라 할 수 있습니다."

"흠……."

유표는 불쾌하다는 표정을 지으며 안으로 들어갔다.

이튿날, 술자리에서 그가 유비에게 잔을 권하며 말했다.

"어제는 내가 참으로 몹쓸 짓을 했소. 그 명마를 다시 돌려드리도록 하겠소. 성안의 마구간에 묶어두기보다는 귀공과 같은 웅재가 늘 타고 다니는 것이 말에게도 더 좋을 것이오."

유표는 그렇게 은근슬쩍 마음의 부담감을 털어낸 뒤, 다시 말을 이었다.

"귀공이 시가지의 관관館에서만 머물고 기껏해야 성안의 잔치에나 참석하며 무료한 나날을 보내면 자연히 무예에 대한 뜻도 줄어들 것이오. 우리 하남의 양양 옆에 신야新野(하남성 신야)라는 곳이 있소. 그곳에 여러 가지 무기와 군량도 비축해두었으니 부하들을 데리고 신야로 가보는 건 어떻겠소? 그 지방을 좀 지켜주셨으면 하오."

유비는 마다할 이유가 없었기에 그 자리에서 수락을 했다. 며칠 후 유표는 성 밖까지 배웅을 나왔고, 유비 일행은 형주성 밑에서 인사를 한 뒤 신야로 떠났다. 몇 리쯤 갔을 때 한 고사가 유비의 말 앞에 길게 읍揖한 후 고했다.

"얼마 전 성안에서 괴월이라는 자가 유표에게 적로는 흉마라며, 그 말을 타는 자에게는 재앙이 내린다고 말했습니다. 그러니 그 말을 버리시기 바랍니다."

누군가 가만히 보니 그 사람은 유표의 빈객賓客으로 자는 기백機伯, 이름은 이적伊籍이었다. 유비가 말에서 내려 그 사람의 손을 잡고 웃으며 말했다.

"선생님, 말씀은 고맙습니다만 걱정하실 것 없습니다. 생사에는 명命이 있으며 부귀는 하늘에 있습니다. 어찌 말 한 마리가 제 생애를 방해할 수 있겠습니까?"

유비는 그에게 작별 인사를 한 뒤 다시 신야로 길을 떠났다.

신야는 일개 지방의 조그만 성이었다. 하지만 하남의 봄은 평화로웠으며, 그곳으로 온 뒤 유비에게 참으로 기쁜 일이 생겼다. 정실 감 부인이 득남을 한 것이었다. 아이를 낳던 날 새벽에는 학 한 마리가 관아의 지붕 위로 날아와 40여 번을 울고 서쪽으로 날아갔다고 한다. 또한 임신 중이던 부인이 북두성을 마시는 꿈을 꾸었기에 아명을 '아두阿斗'라고 지었다. 그리고 곧 유선劉禪 아두라 칭했다.

때는 건안 12년(207년)의 봄이었다. 그때 조조의 원정은 기주에서 요서까지 이르러 있었기에 허창은 거의 빈 성이나 다름없었다.

"지금이야말로 뜻을 천하에 펼칠 때입니다."

유비가 몇 번이고 권했으나 유표의 대답은 언제나 똑같았다.

"형주 9개 군을 지키고만 있으면 집안은 더욱 부유해지고 영토는 더욱 번성할 걸세. 여기에 무엇을 더 바라겠는가?"

유비는 실망했다. 유표는 천하에 대한 야망보다 개인적인 일에 더 마음을 쓰고 있었다. 유비는 예전에 유표가 털어놓은 가정사를 가만히 생각해보았다. 유표에게는 두 아들이 있었다. 장남인 유기劉琦는 전처인 진陳 부인이 낳았으며, 차남인 유종劉琮은 채 부인이 낳았다. 장남인 기는 총명하기는 했으나 몸이 약했다. 이에 유표가 차남인 종을 후계자로 세우려 했다. 하지만 주변에서 장남을 폐하는 것은 어지러움을 자초하는 일이라며 갑자기 논쟁이 분분했다. 유표는 어쩔 수 없이 예에 따라 차남을 배제하려 했다. 그러자 채 부인과 채모 등의 세력이 은근히 배후에서 압박을 가하여 그를 혼란스럽게 했다.

유비는 때때로 유표를 찾아가 천하의 형세와 풍운을 이야기했지만,

이처럼 맥 빠지는 불평만 돌아올 뿐이었다. 그러다 보니 유비도 내심 유표를 포기하고 있었다. 그러던 어느 날, 술자리에서 유비가 화장실에 다녀오더니 한동안 말도 없이 시무룩한 표정으로 고개를 숙이고 있었다. 이를 이상히 여긴 유표가 유비에게 물었다.

"왜 그러시오? 내가 마음 상하는 말이라도 했던 게요?"

유비가 머리를 흔들며 대답했다.

"아닙니다. 이처럼 술자리에 초대를 받아놓고 수심에 잠기다니 저야말로 드릴 말씀이 없습니다. 지금 막 측간에 가서 문득 제 몸을 살펴보니, 오랫동안 좋은 옷과 좋은 음식에 길들여진 탓인지 허벅지에 살이 붙기 시작했습니다. 전에는 늘 몸을 말 위에 두고 온갖 고난과 역경 속에서 지냈는데 언제부터 이렇게 군살이 붙었는지. 아아, 세월의 흐름은 유수와 같으니, 나도 결국은 이렇게 덧없이 늙어가는 걸까, 문득 그런 생각이 들자 부끄러운 마음이 일어 저도 모르게 눈물이 나왔을 뿐입니다. 너무 마음에 두지 마십시오."

그러면서 손가락으로 눈가를 가볍게 문질렀다. 유표가 문득 떠올랐다는 듯 말했다.

"예전에 귀공과 조조가 허창의 관부에서 푸른 매실에 데운 술을 마시며 함께 영웅을 논했을 때, 누가 한 말인지는 모르겠으나 '지금 천하의 군웅 중에 두려워할 만한 자는 없다. 참된 영웅이라 할 수 있는 자는 자네와 나 정도밖에 없다'고 했다는 말을 들었소. 그중 한 사람인 귀공이 얼마 전부터 형주에 머물러주니 이 유표는 얼마나 마음이 든든한지 모르오."

198

"조조 따위가 뭐 그리 대수겠습니까. 만일 제가 빈약하나마 1개 주를 가지고 있고, 그에 상응하는 병력만 가지고 있다면……."

그날 유비는 유독 감상적인 기분이 들었고, 자신도 모르게 그런 말을 했다. 그러다 문득 유표의 안색이 변했다는 사실을 깨닫고 뒷말을 웃음 속에 감추었다. 그러고는 일부러 거듭 술을 마시고 크게 취한 척하며 그 자리에서 잠들어버리고 말았다. 유비는 큰 소리로 코를 골았고, 침까지 흘리며 잠을 잤다.

"……."

유표는 의심 가득한 눈길로 그의 잠든 얼굴을 살펴보았다. 그는 두려운 마음이 들었다. 마치 자신의 집 안에 커다란 용이 누워 있는 것만 같았기 때문이다.

"역시, 무서운 인간이로구나!"

그는 서둘러 자리에서 일어났다. 그러자 병풍 뒤에 숨어 있던 아내 채 부인이 다가와 속삭였다.

"조금 전 유비가 한 말을 어떻게 생각하세요? 평소에는 숨기고 있으나 술을 마시면 본성이 드러나는 법이에요. 속에 품고 있던 말을 한 거예요. 저는 무서워서 소름이 다 돋았어요."

"흠……."

유표는 크게 숨만 내쉬다가 말없이 안채로 들어갔다. 남편의 우유부단한 태도에 채 부인은 조바심이 났다. 하지만 남편이 유비에게 깊은 의심을 품게 된 것만은 틀림없는 사실이었기에 그녀는 오빠 채모를 급히 불러 일을 논의했다.

"어떻게 하면 좋겠어요?"

"내게 맡겨두어라."

채모는 자신의 가슴을 두드리며 대답하고 황급히 밖으로 나갔다. 그는 저물녘까지 한 무리의 병사들을 극비리에 소집한 후 밤이 깊기를 기다렸다.

유비는 이튿날 신야로 돌아갈 예정이었다. 한시라도 빨리 일을 처리할 필요가 있었으나 그 객사를 초저녁에 습격하는 것은 좋은 방법이 아닌 듯했다. 늦은 밤이나 새벽, 깊은 잠에 빠져 있을 때 습격하는 것이 안전하다고 판단한 것이었다. 그런데 평소 유비에게 호의를 품고 있던 빈객 이적이 우연히 그 사실을 알게 되었다.

'이건 예삿일이 아니로구나.'

그는 당장 과일에 밀봉한 글 한 통을 숨겨 유비의 객사로 보냈다. 그것을 본 유비는 깜짝 놀랐다. 한밤중에 채모의 병사들이 객사를 포위할 것이라는 내용이었다. 그는 저녁도 먹다 만 채 객사의 뒷문으로 빠져나갔다. 그의 부하들도 하나둘 그곳에서 빠져나와 유비의 뒤를 따랐다. 그런 줄도 모르고 채모는 오경쯤이 되자 징을 울리고 북을 두드리며 객사로 뛰어들었다. 물론 빈껍데기뿐 아무것도 없었다. 그는 발을 동동 구르다 급히 추격을 했다. 하지만 헛수고였다. 이에 그는 한 가지 꾀를 냈다. 모사模寫에 능한 부하에게 자신이 지은 시를 객사의 벽에 쓰게 한 것이다. 그리고 유표에게로 급히 달려가 천연덕스럽게 고했다.

"큰일입니다. 평소 유비와 그 부하들이 우리 형주를 빼앗으려고 성에 들어올 때마다 지형을 살펴 공격할 방법을 생각하고 불온한 밀회를 갖는다는 말을 들었습니다. 그래서 제가 어젯밤 약간의 병사들을 움직여 그 반응을 살펴보게 했는데, 자신들의 계획을 들킨 것이라 생각한 것인지 벽에 시 한 수를 남긴 채 바람처럼 신야로 달아났다고 합니다. 태수의 은혜도 잊고 어떻게 그럴 수 있는지 모르겠습니다."

그의 말이 전부 끝나기도 전부터 유표의 얼굴이 창백해져 있었다. 유표는 급히 말을 대령케 하여 직접 객사로 가서 유비가 남기고 갔다는 벽의 시를 바라보았다.

> 어려움에 처해 형양荊襄에 머물기를 이미 수년
> 헛되이 옛 산천을 바라보네
> 교룡이 어찌 연못 속의 물건이랴
> 엎드려 있다 풍뢰風雷를 들으면 하늘로 날아오르리

유표의 머리털과 수염이 떨렸다. 바로 지금이라는 듯 채모가 말을 끌고 와 유표에게 말했다.

"이미 병사들을 대기시켜놓았습니다."

하지만 유표는 머리를 흔들었다.

"시는 장난삼아 쓸 수도 있는 일 아닌가. 그를 조금 더 지켜보기로 하세."

그러고는 그냥 성안으로 들어가버렸다.

* * *

채모와 채 부인의 음모는 그 후에도 계속되었다. 한 번의 실패가 오히려 그들을 더욱 자극한 듯했다. 그들은 무슨 일이 있어도 유비를 제거하겠다고 혈안이 되어 있었다. 하지만 유표가 그것을 허락하지 않았다. 같은 한실의 후예이자 친족이기도 한 유비를 죽이면 천하의 평판이 나빠질 것을 우려했기 때문이다. 또 그는 평판 때문에 후계자 문제로 분쟁이 있다는 사실이 세상에 알려지는 것도 극력으로 피하고 있었다. 대체로 그는 무사안일주의를 최고의 방침으로 삼았다. 채 부인은 남편의 그러한 태도에 조바심이 났다. 그런 그녀는 오빠 채모에게 일을 급히 서두르라고 자꾸만 재촉했다. 규문閨門과 식객이 원만한 관계를 유지하지 못하는 것이야 늘 있는 일이지만 그녀가 유비를 미워하는 마음은 참으로 집요한 것이었다.

"내게 맡겨둬라."

그녀를 달래가며 때가 오기만을 기다리던 채모가 하루는 유표를 찾아가 말했다.

"지난 몇 년 동안 오곡이 잘 익어 풍작이 계속되고 있습니다. 특히 올가을에는 작황이 좋아 각지에서 풍악 소리가 울려 퍼지고 있으니, 이러한 때 각지의 관리를 양양으로 불러 사냥으로 그들을 위로하는 것이 어떻겠습니까? 그리고 커다란 잔치를 열어 위세를 백성들에게 내보이고, 관리들을 빈객으로 맞아 태수께서 직접 격려를 하시면 형주의 부강함이 만세에 이를 것입니다."

유표는 바로 머리를 흔들었다. 그러더니 찡그린 얼굴로 왼쪽 허벅다리를 쓰다듬으며 말했다.

"좋은 생각이기는 하오만, 나는 갈 수가 없소. 대신 유기나 유종을 보내도록 하겠소."

채모는 최근 유표의 신경통이 심해져 밤에도 잠을 자지 못한다는 사실을 채 부인으로부터 들어 잘 알고 있었다.

"글쎄요. 도련님들은 아직 나이가 어려 대리로 참석케 하면 빈객들에게 오히려 실례가 될 듯합니다."

"그렇다면 신야에 있는 유비는 나와 동종이기도 하고, 또 아우뻘 되는 사람이기도 하니 그에게 청하여 잔치를 주관해달라고 하는 게 어떻겠소?"

"참으로 좋은 생각이십니다."

채모는 속으로 쾌재를 불렀다. 그러고는 곧 '양양의 모임'을 알리는 글을 각지에 돌리고, 유비에게 유표의 뜻이라며 모임을 주관하라고 명했다.

유비는 객사에서 뒷문으로 도망친 이후 신야에 와서도 마음이 편치 않은 듯 우울한 표정을 짓고 있었다. 그런데 그 명을 받자 예전의 불쾌한 기억이 가슴속에 되살아났다.

"아아, 아무 일도 없으면 좋으련만."

자세한 이야기를 들은 장비는 아주 간단하게 유비를 말렸다.

"군이 갈 필요 뭐 있겠수? 그런 데 가봐야 좋을 거 하나 없수. 그냥 거절해버리는 게 최고요."

손건도 비슷한 의견이었다.

"거절하시는 것이 좋을 듯합니다. 어쩌면 채모의 계략일지도 모릅니다."

하지만 관우와 조운 두 사람은 의견이 달랐다.

"지금 명을 거절하면 더욱 유표의 의심을 사게 될 것입니다. 그러니 이번에는 눈을 꾹 감고 간단히 임무만 수행한 뒤 얼른 돌아오는 것이 좋을 듯합니다."

"나도 그러는 게 좋을 듯싶구나."

유비는 결국 3백여 기의 병사들과 함께 조운 한 사람만을 데리고 양양의 모임에 참석하기 위해 떠났다. 양양은 신야에서 꽤 멀리 떨어진 곳에 있었다. 약 80리쯤 가자 채모와 유기, 유종 형제들과 왕찬王粲, 문빙文聘, 등의鄧義, 왕위王威 등 형주의 장군들까지 모두 나와 줄을 지어 유비를 맞이했다.

그날 모임에 참석한 사람은 수만 명에 이르렀다. 빈객으로 참석한 문관과 군리軍吏 들이 화려하게 차려입고 가을 하늘의 별처럼 식장에 가득 들어차 있었다. 낭랑한 음악 소리가 흐르는 가운데 유비가 대리인 자격으로 주인의 자리에 앉았다. 관 안의 평화로운 분위기를 보고 유비는 마음이 놓였다. 그의 뒤에는 두 눈을 부릅뜨고 커다란 칼을 찬 채 '우리 주공에게 손가락 하나라도 대는 자는 용서하지 않겠다'는 듯한 얼굴로 시립해 있는 조운 자룡이 있었다. 또 그의 부하 3백 명이 있었기에 오히려 유비의 경호가 지나치게 엄중한 것처럼 보였다.

드디어 식이 시작되었다. 유비가 유표를 대신하여 태수의 '풍요로움을 함께 경하하는 글'을 읽었다. 그런 다음 여러 손님들을 위로하는 커다란 잔치가 시작되었는데, 요란한 음악 속에서 요리와 술이 홍수처럼 사람들의 식탁에 차려졌다.

그러는 사이에 채모가 자리에서 가만히 일어나 괴월에게 속삭였다.

"이보게, 잠깐 할 말이 있네."

두 사람은 아무도 없는 방으로 가서 문을 닫아걸고 얼굴을 마주했다.

"괴월, 자네도 유비라는 독毒을 조심하게. 그런 자가 참된 군자라면 세상에 악인은 아무도 없을 걸세. 그는 흑심을 품고 있는 효웅梟雄일세."

"글쎄요……."

"장남 유기를 부추겨 훗날 형주를 집어삼키려는 속셈을 품고 있다는 사실을 모른단 말인가? 그를 살려두면 우리 형주에 커다란 화근이 될 게야."

"그렇다면 장군께서는 오늘 그를 해할 생각이십니까?"

"사실 양양의 모임은 그 일을 위해 개최한 것이나 다를 바 없네. 훗날의 평안을 위해 그를 제거하는 일이 1년의 풍요로움을 기꺼워하는 것보다 더욱 중요한 일이라 믿고 있네."

"하나 유비라는 인물에게는 이상하게도 숨겨진 인망이 있습니다. 이 형주에 온 지는 얼마 되지 않았으나 항간에서는 그를 우러르고 있습니다. 그런데 죄도 없이 그를 살해하면 백성들의 신망을 잃게 되지나 않을지."

"우선 살해하기만 한다면 죄는 그 후에라도 얼마든지 만들어낼 수 있네. 이 모든 일을 주공께서 내게 일임하셨으니 자네도 내게 힘을 보태기 바라네."

"주공의 명령이라면 모르는 척할 수 없습니다. 생각할 것도 없이 힘을 보태겠습니다만, 귀공께서는 어떤 준비를 해두셨습니까?"

"사실 동쪽의 현산에 채화蔡和의 수하 5천여 기를 숨겨놓았고, 채중蔡仲에게 3천 기를 주어 남쪽의 외문 밖 일대에 매복하라고 지시해놓았다네. 그리고 북문은 채훈蔡勳의 수천 기가 지키고 있어 개미 한 마리 빠져나가지 못할 걸세. 단, 서문 밖의 길은 단계檀溪로 이어져 있어 배가 없는 한 건널 수 없을 테니, 그곳에는 병사를 배치하지 않았네."

"참으로 잘 준비하셨습니다. 그 안에 놓인다면 제아무리 귀신이라 해도 벗어날 방법이 없을 것입니다. 그런데 귀공께서는 주공의 명령을 받으셨을지 모르겠으나 저는 직접 명령을 받지 않았으니 훗날 탈이 없도록 가능한 한 그를 생포해서 형주로 끌고 갔으면 합니다만."

"그건 아무래도 상관없네."

"그리고 무엇보다 주의해야 할 인물은 유비 뒤에 붙어 한시도 긴장을 늦추지 않는 조운이라는 무장입니다. 그가 눈을 부릅뜨고 있는 한 쉽게 손을 쓸 수는 없을 것입니다."

"그놈이 있으면 일이 어려워질 수도 있지. 그 점은 나도 생각하고 있었다네."

"먼저 조운을 떼어놓아야 합니다. 문빙, 왕위 등과 같은 무장들에게 그를 다른 자리로 데려가 대접케 하고, 유비는 주州의 관아官衙에서 주최하는 원유회園遊會에 나가야 하니 그쪽으로 데려가 일을 도모하면 별 어려움 없이 성공할 수 있을 것입니다."

채모는 괴월에게 동의를 얻고 계책까지 듣자 일이 이루어진 것이나 다를 바 없다며 기뻐했다. 그들은 곧 준비에 들어갔다.

원유회는 각 지역의 관리 이하 주의 유력자들이 그날에 대한 답례를 하고 환영의 뜻을 내보이는 행사였다. 당연히 유비도 초대받아 원유회에 나섰다.

유비가 말을 후원에 묶은 뒤 미리 준비된 자리에 앉자 각 관리들과 민간의 대표들이 차례로 절을 한 뒤 각자의 자리에 앉아 술을 권했다. 술이 세 순배쯤 돌자 왕위와 문빙이 미리 지시를 받은 대로 유비 뒤에 눈을 부릅뜨고 서 있는 조운 옆으로 가서 술을 권했다.

"한잔 드십시오. 그렇게 꼿꼿이 서 있기만 하면 너무 힘들지 않습니까? 오늘은 상하 모두 하나가 되어 크게 즐기는 날로 공식 행사도 이미 끝난 셈이니 장군께서도 편히 즐기시기 바랍니다. 따로 자리를 마련하여 저희 무사들끼리 실컷 마시도록 합시다."

"저는 사양하겠습니다."

조운이 쌀쌀맞게 대답했다.

그는 아무리 권해도 그곳에서 움직이려 들지 않았다. 그때 문빙과 왕위가 화도 내지 않고 끈질기게 권하는 모습이 안쓰럽게 보였는지 유비가 조운을 돌아보며 말했다.

"이보게, 조운. 자네는 괜찮을지 모르겠으나 그렇게 서 있기만 하면 부하들도 쉴 수가 없지 않은가? 또한 저렇게 간곡히 권하는데 너무 거절하기만 하는 것도 예의가 아닐세. 두 장군의 말씀대로 잠시 가서 쉬고 오도록 하게."

조운이 참으로 무뚝뚝하게 대답했다.

"주공의 명령이시니……."

조운은 어쩔 수 없다는 듯한 얼굴로 문빙, 왕위와 함께 별관으로 물러났다. 그와 동시에 부하 3백 명에게도 자유로운 시간이 주어졌다. 부하들은 각자 멀리 흩어졌다. 채모는 마음속으로 됐다 싶어 곧 좌중의 분위기를 살펴보았다. 그때 여러 사람 속에 섞여 있던 이적이 가만히 눈짓하며 유비에게 속삭였다.

"왜 아직도 예복을 입고 계시지 않습니까? 옷을 갈아입으시는 것이 어떻겠습니까?"

속뜻을 깨달은 유비가 화장실에 가는 척하며 후원으로 가보니 역시나 이적이 먼저 나와 나무 밑에서 기다리고 있었다.

"지금 귀공의 목숨은 풍전등화와도 같습니다. 바로 달아나도록 하십시오. 한시가 급합니다."

이적의 말에 위험을 직감한 유비는 곧 말을 풀어 안장 위로 올랐다. 그런 유비에게 이적이 다시 말했다.

"동문, 남문, 북문 세 방향은 사지死地나 다름없습니다. 오로지 서문에만 병사를 숨겨두지 않은 듯합니다."

"참으로 고맙소. 훗날 다시 뵙겠소."

유비는 그 말만을 남긴 채 뒤도 돌아보지 않고 달려나갔다. 서문을 지키던 병사가 '앗!' 하며 고함을 지르는 듯했으나 말은 한 줄기 흙먼지만을 남기고 유비를 저 멀리 데려갔다.

유비는 정신없이 채찍을 휘두르며 2리쯤 달아났다. 그러던 어느 순간 그만 길이 끊어지고 말았다. 그저 단계(호북성 양양의 서쪽. 한수의 지류)의 험한 물살만이 눈에 들어올 뿐이었다. 절벽 사이로 흐르는 격류에는 하늘을 덮을 정도로 하얀 파도가 일었다. 그 성난 물결은 절벽에 부딪쳤다가 바로 유비의 옷과 말을 적셔버렸다.

유비가 말의 머리를 두드리며 외쳤다.

"적로야, 적로야. 네가 오늘 나를 해하려 하는 것이냐, 구하려 하는 것이냐. 네게도 마음이 있다면 나를 구하기 바란다!"

그리고 마음속으로 하늘에 빌며 갑자기 말을 격류 속으로 뛰어들게 했다. 거친 물살이 인마를 감싸자 적로는 머리를 높이 쳐들고 흔들며 파도와 싸웠다. 그렇게 간신히 강의 한가운데쯤 왔을 때, 갑자기 적로가 약 3장丈쯤이나 뛰어오르더니 물보라와 함께 건너편 바위 위에 내려앉았다.

유비와 말이 함께 몸을 흔들어 물을 털어냈다.

"아아! 살았구나."

무사히 뭍 위에 오른 유비가 단계의 거친 물결을 돌아보며 외쳤다.

"대체 어떻게 건넌 거지?"

그제야 그는 믿을 수 없다는 표정으로 몸을 떨었다. 그때 강 건너편에서 누군가 그를 부르는 소리가 들려왔다. 가만히 살펴보니 채모였다. 채모는 유비가 달아난 후, 보초병이 그 사실을 고하자마자 말을 급히 몰아 뒤쫓아왔다. 하지만 유비는 이미 강 건너편에 있었으며, 눈앞에는 단계만이 차갑게 흐르고 있을 뿐이었다.

"유 사군, 유 사군! 무엇이 두려워 그처럼 달아나십니까?"

채모의 외침에 유비도 큰 소리로 답했다.

"너와 나는 원수진 일이 없는데, 어찌 나를 해하려 하는 것이냐. 나는 군자의 말에 따라 몸을 피하는 것일 뿐이다.”

“이 채모가 어찌 해할 마음을 품었겠습니까? 의심을 푸시기 바랍니다.”

그는 그렇게 말하면서도 말 위에서 가만히 활을 집어 화살을 메겼다. 그 모습을 보고 유비는 그대로 남장南漳(호북성 남장) 쪽을 향해 말을 달리기 시작했다.

“쳇, 눈앞에서 놓치고 말았구나.”

채모는 그저 이를 갈 뿐이었다. 힘껏 당겼다 놓은 화살도 단계 위를 날아가다 성난 파도가 피워 올리는 안개바람에 휩싸여 한 가닥 지푸라기처럼 힘없이 떨어졌다.

“안타깝구나, 참으로 안타까워…….”

그는 분한 마음이 거듭 들었다. 하지만 한편으로는 이 거친 단계를 그처럼 무사히 건너는 것이 보통 사람이 할 수 있는 일은 아니라고 생각했다. 유비에게는 하늘의 도움이 있었던 듯했다. 하늘이 돕는다면 그로서도 어쩔 수 없는 일이었다.

‘오늘은 그만 물러나고, 훗날을 기약하기로 하자.’

채모는 그렇게 자신을 위로한 뒤 힘없이 발걸음을 돌렸다. 그 순간 멀리 앞쪽에서 흙먼지를 일으키며 달려오는 한 무리의 병마가 있었다. 가만 보니 앞쪽에 조운 자룡, 그 뒤로 3백 명의 부하들이 핏발 선 눈으로 고함을 지르며 달려오고 있었다.

“아, 조운 장군이 아니시오? 어디를 가는 길이오?”

채모가 시치미를 떼며 선수를 쳤다.

"우리 주공의 모습이 보이지 않습니다. 그래서 이처럼 팔방으로 찾아 돌아다니고 있습니다. 혹시 못 보셨습니까?"

"사실은 나도 그 점이 걱정되어 여기까지 왔소만, 어디에도 보이질 않소. 대체 어디로 가신 겐지……."

"이상한데."

"참으로 알 수 없는 일이요."

"아니, 당신의 태도 말이요!"

"내 태도가 왜 이상하다는 말이요?"

"오늘 양양의 모임에 무슨 목적으로 각 문에 그처럼 많은 병사들을 숨겨둔 것이요?"

"나는 형주 구군九軍의 대장군이오. 오늘의 잔치에 이어 내일은 각지의 무사들을 불러 사냥을 하기로 되어 있소. 병사들은 그때 쓸 몰이꾼들이오. 뭐가 이상하다는 겐지?"

"에잇, 더 물어봐야 소용없겠구나!"

조운은 계곡을 따라 달려나가기 시작했다. 부하들을 나누어 상류와 하류 모두를 찾아보게 했으나 찢어질 듯 부르는 목소리에 답하는 것은 급류의 물결 소리뿐이었다.

어느 틈엔가 해가 저물고 말았다. 조운은 다시 양양성으로 돌아가보았으나 그곳에도 유비의 모습은 보이지 않았다. 이에 풀이 죽은 그는 안타까워하며 양양성에서 나왔다.

* * *

끝없이 펼쳐진, 맑게 저물어가는 저녁 하늘은 천지의 광활함과 유구함을 생각하게 한다. 하얀 별, 옅은 저녁달 아래서 유비는 말없이 널따란 벌판을 홀로 헤매고 있었다.

"아아, 나도 벌써 마흔일곱이 되었건만, 이 쓸쓸한 그림자는 언제까지 덧없이 떠돌아다녀야 하는 건지."

그는 문득 말을 멈춰 세웠다. 그러고는 벌판에 피어오르는 저녁 안개를 망연히 둘러보았다. 그리고 과거와 미래를 연결하는 한 줄기 길에 서서 끝없는 망설임과 탄식을 자아냈다.

그 순간 저 멀리 맞은편에서 피리 소리가 들려왔다. 이윽고 저녁 안개 사이로 소를 탄 한 동자가 나타났다. 그들이 스쳐 지나가자, 유비는 동자의 신세를 한없이 부러워했다. 그때 동자가 갑자기 뒤를 돌아보더니 유비에게 물었다.

"장군, 장군. 장군께서는 혹시 예전에 황건적의 난을 평정하시고, 몇 년 전부터 형주에 와 계신다는 유예주가 아니십니까?"

유비가 놀라 눈을 둥그렇게 뜨며 대답했다.

"이처럼 외진 시골 마을의 동자가 어찌 내 이름을 알고 있는 게냐? 내가 바로 그 유비다만……."

"아, 역시 그러셨습니까? 저희 스승님께서 평소 손님과 나누는 이야기를 듣고 유예주는 어떤 분일까 마음속으로 그리며 늘 궁금해했습니다. 그런데 지금 장군의 귀를 보니, 다른 사람보다 훨씬 큰 것이 아니겠습니까. 그래서 '귀 큰 아이'라는 별명을 가진 유비 장군님이 아닐까 하는 생각이 든 것입니다."

"그렇다면 네 스승님이란 어떤 분이시냐?"

"자는 덕조德操, 사마휘司馬徽라는 분입니다. 또한 도호道號는 수경水鏡 선생이라 합니다. 영천에서 태어나셨기에 황건적의 난에 대해서도 잘 알고 계십니다."

"평소 사귀는 벗 중에는 어떤 분들이 계시냐?"

"양양의 명사들과는 전부 왕래가 있습니다. 특히 양양의 방덕공龐德公과 방통자龐統子 두 분과는 각별히 친밀하셔서 저쪽 숲 속으로 자주 찾아오십니다."

동자가 가리키는 쪽을 바라보며 유비가 물었다.

"그럼 저기 보이는 숲 속에 네가 모시는 스승님의 암자가 있는 모양이구나."

"네."

"나는 잘 모르겠다만 방덕공과 방통자는 어떤 분들이시냐?"

"두 분은 숙질叔姪간인데 방덕공의 자는 산민山民이며, 스승님보다 열 살 정도 나이가 많습니다. 방통자는 사원士元이라 불리는데, 스승님보다 다섯 살 정도 어립니다. 얼마 전에도 두 분께서 스승님의 암자에 오셨습니다. 스승님께서는 마침 뒤뜰에서 풀을 뜯고 계셨는데 그 풀로 차를 우리고 술을 데워 하루 종일 세상의 성쇠를 이야기하고 영웅을 논했습니다. 그렇게 아침부터 밤까지 이야기를 나누시고도 지루해하는 모습이 전혀 없었습니다. 아무래도 이야기를 참으로 좋아하는 분들인 듯합니다."

"그렇구나. 네 말을 듣고 나니 나도 네 스승님의 암자를 한번 찾아가

보고 싶구나. 애야, 나를 좀 안내해줄 수 있겠느냐?"

"알겠습니다. 스승님도 뜻밖의 귀한 손님이 오셨다며 기뻐하실 것입니다."

동자가 소를 몰아 길을 안내했다. 그 동자를 따라 2리쯤 가니 나무들 사이로 불빛 하나가 보였고, 그윽한 초당의 지붕이 눈에 들어왔다. 졸졸 흐르는 물소리에 귀를 기울이며 오솔길을 따라가다 싸리문 안으로 들어서니 안에서 거문고 타는 소리가 들려왔다. 동자가 외양간에 소를 묶어놓고 다시 나와 말했다.

"대인大人의 말도 안에 묶어놓았습니다. 자, 이쪽으로 오십시오."

"애야, 그 전에 우선 내가 왔다고 스승님께 말씀드리도록 해라. 허락도 없이 들어가서야 되겠느냐."

그때 거문고 소리가 뚝 그치더니 한 노인이 안에서 문을 열고 외쳤다.

"거기 온 게 누구요? 거문고의 유현幽玄하고 맑던 음색이 갑자기 어지러워지며 살벌한 음률을 띠는 것을 보니 틀림없이 피비린내 나는 전장을 헤매다 온 자겠지. 이름을 밝히시오. 대체 누구요."

유비가 놀라 그 사람을 가만히 살펴보니 나이는 쉰 살쯤 되어 보였는데, 소나무 같은 풍모에 학과 같은 기골이 언뜻 보기에도 범상치 않은 고사高士의 모습이었다.

'아아, 이분이 바로 사마휘, 도호를 수경 선생이라 하는 분이시구나.'

유비가 앞으로 나서며 정중하게 인사를 하고 사과의 뜻을 전했다.

"데리고 계신 동자의 안내를 받아 이곳까지 와서 귀하신 분을 뵙게 되었습니다. 제게는 참으로 기쁜 일이지만, 고사님의 한가로운 시간을 방해한 점 부디 용서해주시기 바랍니다."

그러자 옆에 있던 동자가 고했다.

"이분이 바로, 스승님께서 친구분들과 늘 말씀하시던 유비라는 분이십니다."

사마휘는 매우 놀란 듯한 표정이었다. 그는 황망히 인사에 답한 뒤 초당 안으로 유비를 맞아들였다. 그리고 유비에게 자리를 권하며 오늘 밤의 인연을 기뻐했다.

"참으로 뜻밖의 만남입니다."

유비가 주위를 둘러보며 속으로 생각했다.

'속세를 떠난 삶이란 이런 것이로구나.'

유비는 사마휘의 방에서 그윽함을 느꼈다. 시렁 위에는 만권의 시서와 경서가 쌓여 있었으며, 창밖에는 소나무와 대나무를 심어놓았다. 한쪽의 돌판에서는 난 한 뿌리가 은은한 향을 내뿜고 있었으며, 다른 한쪽에는 거문고가 놓여 있었다.

사마휘가 유비의 옷이 젖어 있는 것을 보며 물었다.

"오늘은 또 어떤 재난이 있었는지요? 괜찮으시다면 말씀해주십시오."

"실은 단계를 뛰어넘어 구사일생으로 목숨을 건져 달아나는 길이기에 이처럼 옷이 젖었습니다."

"그 단계를 뛰어넘었다니 참으로 큰일이 있었던 모양입니다. 오늘 있었던 양양의 모임은 역시 단순한 축하연이 아니었던 듯합니다."

"선생님께서도 벌써 그런 풍문을 들으셨습니까? 사실은 이렇게 된 일입니다."

유비가 모든 사실을 털어놓자 사마휘는 있을 법한 일이라는 듯 몇 번이고 고개를 끄덕였다. 그리고 유비에게 물었다.

"그런데 장군께서는 지금 어떤 관직에 계십니까?"

"좌장군 의성정후, 예주의 목을 겸하고 있습니다."

"그렇다면 이미 흠잡을 데 없는 조정의 번병藩屛이 아니십니까? 그런데 어째서 구차하게 타인의 영지에 머물며 하찮은 소인배의 간언奸言에 쫓겨 쓸데없이 심신을 지치게 하고, 또 인생의 중요한 때를 헛되이 보내시는 것입니까?"

사마휘가 조용히 말했다. 그러고는 혼잣말처럼 중얼거렸다.

"참으로 안타깝구나……."

유비가 부끄럽다는 듯 대답했다.

"시운時運은 어찌할 수 없는 모양입니다. 일이 제 뜻대로 되지 않아서……."

그러자 사마휘가 웃는 얼굴로 고개를 저으며 말했다.

"아니, 운명의 탓으로 돌려서는 안 됩니다. 잘 생각해보시기 바랍니다. 기탄없이 말씀드리자면 장군 좌우에 좋은 사람이 없기 때문입니다."

"뜻밖의 말씀이십니다. 제가 여러모로 부족하기는 하나 생사를 함께 하기로 맹세한 자들 중 글을 아는 자들로는 손건, 미축, 간옹 등이 있고, 무예를 아는 자들로는 관우, 장비, 조운 등이 있습니다. 결코 사람이 없다고는 생각지 않습니다."

"귀공께서는 원래 신하를 매우 아끼는 주공이십니다. 그렇기에 신하 가운데 사람이 없다고 하면 곧 이처럼 신하들을 감싸십니다. 군신의 정을 생각하면 보기 좋은 모습입니다만, 주공으로서 그것만으로는 충분하다고 할 수 없습니다. 개개인의 글재주나 용기를 사랑하는 데에만 그치시지 말고 귀공 자신까지도 포함하여, 한 집단으로서 무리들을 돌아보시기 바랍니다. 지금 각각에게 부족한 부분은 없는지 말입니다."

사마휘는 다시 말을 이었다.

"관우, 장비, 조운 등은 혼자서 천 명을 당해낼 수 있는 용맹을 가지고 있기는 하나 임기응변의 재주가 없습니다. 손건, 미축, 간옹 등은 일개 백면서생에 지나지 않을 뿐, 세상을 구할 만한 경륜지사經綸之士가 아닙니다. 그러한 사람들을 데리고 어찌 왕패王覇의 대업을 이룰 수 있겠습니까?"

유비는 말없이 생각에 잠겼다. 사마휘의 말에 공감하는 것인지 불만이 있는 것인지, 한동안 고개를 숙이고 있다가 잠시 뒤 얼굴을 들어 진지한 태도로 물었다.

"선생님의 말씀이 참으로 옳기는 합니다만, 그것은 선생님의 이상에 지나지 않을 뿐, 현실과는 너무 동떨어진 말씀이 아닙니까? 저도 오랜 세월 몸을 굽혀 산야에서 현인을 구하려 했으나 오늘의 세상에서 장량, 소하, 한신 등과 같은 인물은 바랄 수 없을 듯합니다. 그런 준걸들이 숨어 있을 리 없으니 말입니다."

그러자 사마휘가 머리를 흔들며 대답했다.

"아닙니다. 어느 시대에나 결코 인물이 아주 없는 것은 아닙니다. 단지 그들을 알아볼 줄 아는 눈을 가진 자가 없는 것일 뿐입니다. 공자께서도 '열 집의 마을에는 반드시 충신이 있다'고 말씀하시지 않았습니까? 어찌 넓은 세상에 준걸이 없다고 하십니까?"

"제가 어리석은 탓인지 그들을 알아볼 눈이 없습니다. 부디 선생님
께서 가르침을 주시기 바랍니다."

"요즘 곳곳에서 아이들이 부르는 노래를 듣지 못하셨습니까? 그 노
래는 이렇습니다."

　　8, 9년 사이에 비로소 기울려 하네

　　13년에 이르면 아무것도 남지 않으리

　　마침내 천명이 돌아갈 곳 있으니

　　진흙 속에 서린 용 하늘로 날아오르리

"귀공께서는 이 노래를 어찌 생각하십니까?"

"글쎄요, 잘 모르겠습니다."

"건안 8년(203년)에 태수 유표는 전처를 잃었습니다. 형주의 망조가
그때부터 시작되어 처음으로 유포의 집안이 어지러워지기 시작했습니
다. 13년에 이르면 아무것도 남지 않으리라 한 것은 유표의 죽음을 예
언한 것입니다. 그리고 천명이 돌아갈 곳이 있다는 말입니다. 천명이
돌아갈 곳이 있다!"

사마휘가 같은 말을 되풀이하고 유비를 똑바로 쳐다보며 다시 입을
열었다.

"돌아갈 곳은 어디? 바로 장군입니다. 장군께서는 천명에 의해 선택
받은 몸이라는 사실을 자각하고 계십니까?"

유비가 놀란 듯 눈을 둥그렇게 뜨고 말했다.

"지나친 말씀이십니다. 저 같은 자가 어찌 그런 큰일을 감당할 수 있겠습니까?"

사마휘가 고개를 저었다.

"그렇지 않습니다. 지금 천하의 영재는 전부 이 땅에 모여 있습니다. 양양의 명사 또한 남몰래 장군의 미래에 기대를 걸고 있습니다. 이러한 기운에 따르고 그러한 사람들을 써서 부디 대업의 기초를 닦으시기 바랍니다."

"어떤 사람들이 있습니까? 그 이름을 들려주시기 바랍니다."

"와룡臥龍이나 봉추鳳雛, 그중 한 명을 얻으면 틀림없이 천하가 손바닥 안에 들어올 것입니다."

"와룡이나 봉추라 함은?"

유비가 자신도 모르게 몸을 앞으로 당기며 묻자 사마휘가 갑자기 손을 흔들더니 웃으며 대답했다.

"좋구나, 좋아."

유비는 그의 갑작스러운 기언奇言에 당황했으나, 그것이 그 고사의 버릇이라는 것을 나중에야 알게 되었다. 무슨 일에나 늘 '좋구나, 좋아'라고 말하는 것이 사마휘의 버릇이었다. 한번은 지인이 찾아와 자신의 아들이 죽게 된 사연을 슬픈 목소리로 이야기하자, 사마휘가 평소와 다름없이 '좋구나, 좋아'라고만 대답했다. 지인이 돌아간 뒤 아내가 그를 나무랐다.

"아무리 당신의 버릇이라고는 하지만 자식을 잃은 사람에게까지 '좋구나, 좋아'라고 하다니, 너무하신 것 아닙니까?"

그러자 사마휘도 그런 자신이 우스웠는지 이렇게 말했다고 한다.

"좋구나, 좋아. 당신의 말도 참으로 좋구나, 좋아."

이윽고 동자가 소박하게 차린 밥상을 유비 앞에 놓아주었다. 식사가 끝날 때쯤 사마휘가 유비에게 말했다.

"피곤하실 테니 오늘은 그만 주무시도록 하십시오."

"여러 가지로 감사합니다."

유비는 잠자리에 누웠으나 좀처럼 잠이 오지 않았다. 얼마쯤 지났을까, 깊은 밤의 정적을 깨고 말이 울부짖는 소리가 들리더니 집 뒤쪽에서 사람의 기척과 문 여닫는 소리가 들려왔다.

"누구지?"

유비는 바람 소리조차 두려워하고 있었다. 그는 자신도 모르게 귀를 기울였다. 좁은 집이라 뒷문을 통해 주인의 방으로 들어가는 발소리가 뚜렷하게 들렸다.

"이거, 서원직徐元直 아닌가? 이처럼 늦은 시간에 어쩐 일인가?"

주인 사마휘의 목소리였다. 그리고 상대의 목소리가 들려왔다. 그는 장년인 듯 목소리가 굵고 차분했다.

"선생님, 사실은 형주에 다녀오는 길입니다. 어떤 자가 형주의 유표를 두고 근래 보기 드문 인걸이라고 하기에 잠시 가서 섬겨보았습니다만 듣던 것과는 달리 참으로 한심한 태수였습니다. 바로 후회가 돼서 머물던 집에 글 한 통을 남겨두고 도망쳐오는 길입니다. 하하하, 야반도주를 했습니다."

호탕한 웃음소리가 그치자 사마휘의 목소리가 들려왔다. 그는 호탕하게 웃는 사내를 엄한 목소리로 꾸짖었다.

"형주에 다녀오는 길이라고? 자네답지 않은 경솔한 행동이군. 지금과 같은 시대에는 현명함과 어리석음이 한데 뒤섞여 있어 질그릇이 귀한 그릇처럼 대접받기도 하네. 또한 옥은 진흙 속에 묻혀 그것을 손에 쥐고 있어도 사람들이 알아보지 못하며 발길에 차여도 세상은 그것을 돌아보지 않는 것이 통례 아닌가? 자네는 왕을 보좌할 만한 재주를 가졌으면서도 어찌 오늘의 시류를 깊이 살펴보지 않으며, 세상에 나가게 될 때를 기다리지 않고 유표 같은 자에게 몸을 팔아 오히려 자신을 욕되게 하고, 또 도중에 도망쳐오기까지 하는 것인가? 아무리 좋게 봐주려 해도 그럴 수가 없네. 자기 자신을 좀 더 소중히 여기도록 하게."

"면목 없습니다. 제가 참으로 경솔했습니다."

"자공子貢도 '여기에 아름다운 옥이 있으니 궤짝에 넣어두어야 하나, 좋은 값을 주는 자에게 팔아야 하나'라고 말하지 않았는가?"

"앞으로는 더욱 소중히 여기겠습니다."

잠시 뒤 손님이 돌아간 듯했다.

유비는 날이 밝기를 기다렸다가 사마휘에게 물었다.

"어젯밤에 오셨던 손님은 어디에 사는 누구십니까?"

"아아, 그자 말입니까? 그자는 아마 좋은 주인을 찾아서 벌써 다른 지방으로 갔을 겁니다."

"그렇습니까. 그런데 어제 선생님께서 말씀하신 와룡과 봉추란 대체 어떤 사람들입니까?"

"좋구나, 좋아."

유비가 갑자기 그의 발밑에 무릎을 꿇고 거듭 머리를 조아리며 말했다.

"이 유비, 여러 가지로 부족하기는 하나 선생님을 청하여 신야로 모시고 돌아가 함께 한실을 부흥시키고 백성을 구하고 지금의 어지러움을 가라앉히고 싶습니다만……."

유비의 말이 채 끝나기도 전에 사마휘가 껄껄 웃으며 대답했다.

"저는 산야에서 한가로이 지내는 자에 지나지 않습니다. 저보다 열 배, 백 배는 뛰어난 자가 곧 장군을 돕게 될 것입니다. 아니, 마땅히 그런 인물을 찾아가셔야 할 것입니다."

"그렇다면 천하의 와룡을?"

"좋구나, 좋아."

"아니면 봉추를 찾아가라는 말씀이십니까?"

"좋구나, 좋아."

유비는 무슨 일이 있어도 그 사람들의 이름과 사는 곳을 듣고야 말겠다고 다짐했다. 하지만 그때 동자가 달려 들어오더니 큰 소리로 고했다.

"수백 명의 병사를 거느린 장군이 밖에서 집을 둘러쌌습니다!"

유비가 나가보니 그것은 조운이 거느린 부대였다. 조운은 드디어 주공 유비의 행방을 찾게 된 것이었다.

54
군사의 채찍

칼 한 자루 차고 노래를 읊으며 떠도는 무사. 유비는 그를 맞아들여
군사에 관한 모든 권한을 맡긴다. 조조의 수만 대군에 맞서는 유비의 수천 병력

유비와 조운은 서로를 보고 뛸 듯이 기뻐했다.

"아아, 조운 아닌가? 내가 여기에 있는 걸 어찌 알았는가?"

"무사하셔서 참으로 다행입니다. 이 부근에 오니, 한 농부가 어젯밤 낯선 고관이 동자를 따라 수경 선생의 암자로 들어가는 모습을 보았다고 하기에, 여기까지 급히 모시러 온 것입니다."

주인 사마휘도 함께 나와 기뻐했다. 그리고 유비에게 주의를 주었다.

"농부의 눈에 띄었다니 여기에 오래 머무는 것은 좋지 않습니다. 마침 부하들께서 모시러 왔으니 속히 신야로 돌아가시기 바랍니다."

유비는 바로 인사를 한 뒤 수경 선생의 초당을 뒤로하고 길을 재촉했다. 그렇게 10여 리쯤 가는데, 맞은편에서 한 무리의 병마가 나는 듯이 달려오고 있었다. 조운과 마찬가지로 어젯밤부터 유비의 안전을 걱정해 마중 나온 관우와 장비의 부대였다.

마침내 신야로 돌아온 유비는 성안의 부하들을 한자리에 모아놓고 그간 겪은 일을 있는 그대로 들려주었다.

"여러분께 심려를 끼쳐 송구하오. 사실은 어젯밤 양양의 모임에서 하마터면 채모의 손에 모살당할 뻔했으나 단계를 뛰어넘어 구사일생으로 살아 돌아오게 되었소."

그의 부하들은 안심을 했지만, 한편으로 채모를 증오했다.

"틀림없이 유표는 그런 일이 있었는지도 모를 것입니다. 주공을 살해하는 데 실패한 채모가 자신의 죄를 덮기 위해 이번에는 무슨 말로 유표에게 참소讒訴할지 알 수 없는 일이니 저희 쪽에서도 있는 그대로의 사실을 가능한 빨리 유표에게 밝혀두지 않으면 그놈은 더욱 방자하게 날뛸 것입니다."

손건의 의견이었다. 유비를 비롯해 모두가 그의 말을 지지했다. 유비는 급히 글 한 통을 써서 손건을 형주로 보냈다. 유표는 유비의 글을 보고 양양의 모임이 채모의 음모에 이용되었다는 사실을 알게 되자 불같이 화를 냈다.

"채모를 불러오너라!"

그는 전에 없이 얼굴에 노한 빛을 띠고 있었다. 그리고 채모가 계하에서 절을 하자마자 양양의 모임에서의 일을 꾸짖고 무사들에게 그의 목을 베라고 명령했다. 오빠 채모가 불려왔다는 소리를 들은 채 부인이 후각에서 구르듯이 달려나왔다. 그리고 남편 유표에게 오빠를 살려달라고 간절하게 애원했다. 채모는 동생의 눈물 덕에 간신히 목숨을 구했다. 손건도 옆에서 채 부인을 거들었다.

"만일 부인의 오빠 되는 분을 처단하시면 저희 주공이 두 번 다시 형주에 못 오시게 될지도 모릅니다."

그러자 유표는 채모를 용서하지 않을 수 없었다. 하지만 유표의 마음은 여전히 개운치 않았다. 유표는 손건이 돌아갈 때 큰아들 유기를 함께 신야로 보내 이번 일을 깊이 사죄하도록 했다. 유비는 오히려 황송한 말씀이라며 유기에게 정중하게 답례했다. 그러자 유기도 평소의 번민을 털어놓았다.

"계모 채 부인은 동생 종을 후계자로 세우기 위해 어떻게 해서든 저를 없애려 하고 있습니다. 이 어려움에서 어떻게 벗어나야 좋을지 모르겠습니다."

"오로지 효를 다하도록 해라. 아무리 계모라 할지라도 너의 지극한 효심이 통하면 화를 면할 수 있을 게야."

이튿날 유기가 형주로 돌아갈 때 유비는 말 머리를 나란히 하여 성밖까지 배웅을 나갔다. 유기는 형주로 돌아가고 싶지 않은 듯한 모습이었다. 그런 유기를 유비가 다정하게 위로할수록 유기는 더욱 눈물을 흘릴 뿐이었다.

유비가 유기를 보내고 성안으로 들어가려 하는데, 길모퉁이에서 떠돌이 무사 하나가 대낮부터 큰 소리로 무언가를 읊으며 걸어오고 있었

다. 그는 베옷을 입고 허리에 검 하나를 차고 머리에 갈건葛巾을 쓰고
있었다.

유비가 문득 말을 멈추고 서서 귀를 기울였다. 갈건을 쓴 떠돌이 무
사는 표표히 모퉁이를 돌아서 유비 쪽으로 걸어왔다. 그의 노래는 다
음과 같았다.

천지는 뒤집히고 불은 꺼지려 하네
큰 집이 무너지려 하니 나무 하나로는 버릴 수 없네
사해에 현자 있어 밝은 주인을 섬기려 하네
밝은 주인은 현자를 찾는다더니 오히려 나를 모르는구나

"응?"

유비는 왠지 그가 자신에 대해 노래하고 있는 것 같다는 생각이 들
었다. 그리고 사마휘가 말한 와룡이나 봉추 중 한 사람이 혹시 저 떠돌
이 무사가 아닐까 싶었다. 유비는 말에서 내려 그 사람이 다가오기를
기다렸다. 베옷에 짚신 차림으로 몸을 조금도 꾸미지 않았으나 그에게
서는 어딘가 늠름한 기개가 느껴졌다. 또한 불그스름한 얼굴에 성기게
수염이 나 있었는데, 참으로 깊이가 있어 보이는 인물이었다.

"이보시오."

유비가 그를 불러 세웠다. 떠돌이 무사가 이상히 여기며 유비를 빤
히 바라보았다. 그러다 입을 열었는데 굵고 차분한 목소리였으며, 눈빛
이 날카로웠으나 그 깊은 곳에서는 따스한 인간미가 느껴졌다.

"무슨 일이십니까? 저를 부르셨습니까?"

"그렇습니다. 당돌한 말씀입니다만, 무사님과 저는 길가에서 그냥 스쳐 지나서는 안 될 사이 같다는 생각이 듭니다."

"무슨 말씀이신지?"

"어떻습니까? 저와 함께 성안으로 들어가서 술잔을 나누지 않겠습니까? 맑은 밤, 마음을 깨끗이 하고 무사님의 고담枯淡한 노래를 듣고 싶습니다."

"하하하, 제 서툰 노래는 귀를 더럽게 할 뿐입니다. 하나 그냥 스쳐 지날 인연이 아니라는 말씀에는 감사드리도록 하겠습니다. 함께 가도록 하지요."

떠돌이 무사가 가벼운 마음으로 대답했다. 그는 성안으로 들어가서야 그곳이 작은 성이기는 하나 신야의 성주라는 사실을 알았다. 그러자 가벼운 마음이었던 그도 약간 의외라는 표정을 짓게 되었다. 유비가 상빈의 예로 그를 맞아들이고 술을 권하며 이름을 물었다.

"저는 영상潁上(안휘성 영상) 사람으로 선복單福이라 하는데, 약간의 도를 듣고 병법을 배우기는 했으나, 각지를 떠돌아다니는 일개 낭인浪人에 지나지 않습니다."

선복은 그 이상은 말하지 않으려는 듯 화제를 다른 곳으로 돌렸다.

"조금 전 장군께서 타고 계시던 말을 이곳의 정원으로 끌고 와 제게 보여주실 수 있겠습니까?"

"그렇게 하겠습니다."

유비가 곧 말을 정원으로 끌어오게 했다. 선복이 유비의 말을 자세히 살펴보고는 말했다.

"이 말이 비록 천리마이기는 하나 그 주인을 반드시 해하는 말이기도 합니다. 지금까지 아무 일도 없으셨던 듯하니 참으로 다행입니다."

"다른 사람들도 종종 그런 말을 했습니다. 하지만 저를 해하기는커녕 얼마 전 단계의 급류를 뛰어넘어 간신히 목숨을 건졌는데 그것은 오로지 이 말의 힘이었습니다."

"그것은 주인을 구했다고도 할 수 있겠으나, 말이 자신을 구하기 위한 일이었다고도 할 수 있습니다. 그러니 한 번은 틀림없이 말의 주인에게 재앙이 내릴 것입니다. 하지만 그 재앙을 미연에 방지할 방법이 아주 없는 것도 아닙니다."

"그런 방법이 있다면 꼭 좀 들려주시기 바랍니다."

"그 방법은 이 말을 잠시 근신近臣에게 주어 그자가 해를 입고 난 후 다시 장군께서 타시는 것입니다. 그렇게 하면 장군께서는 해를 걱정하실 필요가 없습니다."

유비는 갑자기 불쾌한 기색을 얼굴에 드러내며 신하를 불러 무뚝뚝하게 명령했다.

"물을 데워라."

그 말은 주객酒客에게 차를 내거나 밥을 가져오라는 뜻이었다. 즉, 술자리를 그만 파하겠다는 말이었다.

"잠시 기다려주십시오. 저를 일부러 여기까지 데려오셨으면서 물을 데우라니, 무슨 일로 그러시는 것입니까? 어째서 손님을 갑자기 내쫓으려 하십니까?"

당황한 선복이 술잔을 내려놓으며 물었다. 그러자 유비가 자세를 바로 하고 선복에게 대답했다.

"그대를 이곳으로 데려와 손님으로 맞은 것은, 그대를 지조 높은 인물이라 보았기 때문이오. 그런데 지금 그대의 말을 들어보니 인의를 가르치기는커녕, 내게 오히려 남을 해하라 속삭이고 있소. 이 유비는 그런 손님을 예우할 수 없소. 얼른 돌아가도록 하시오."

선복이 참으로 유쾌하다는 듯 손뼉을 치며 웃었다.

"하하하, 과연 유현덕은 소문과 다르지 않은 인군仁君이로다. 노여움을 푸십시오. 사실은 일부러 그런 소리를 하여 장군의 마음을 시험해 본 것입니다. 부디 잊어주시기 바랍니다."

"그렇다면 나도 참으로 기쁠 따름이오. 청컨대 진실한 말을 아끼지 말고 이 유비를 위하여 인정仁政과 좋은 경륜經綸에 대해 들려주시오."

"제가 영상에서 이 땅으로 오는 동안 백성들이 부르는 노랫소리를 들었습니다. 그들은 '신야의 목牧 유 황숙이 여기에 온 뒤로 땅에 마른 논 없고 하늘에 어두운 날 없네'라고 노래했습니다. 이에 남몰래 이름을 가슴에 새기고 장군의 덕을 흠모하고 있었습니다. 만일 부족한 저를 써주신다면 어찌 수고로움을 마다하겠습니까."

"참으로 고맙소. 인생의 긴 세월 속에서 현賢을 만나는 날이 가장 길한 날이라는 말도 있지 않소. 그러니 오늘이 얼마나 길한 날인지."

유비는 매우 기뻐했다. 그가 지금 신야에 있기는 하나, 그 병력과 군비軍備는 서주의 소패에 있을 당시와 마찬가지로 매우 빈약한 상태였다. 하지만 그는 그 약소하고 부족한 병력과 군비를 한탄하지 않았다.

그가 끊임없이 구한 것은 '물건'이 아니라 '인물'이었다. 사마휘를 만난 이후 그러한 마음은 더욱 커졌다. 그가 밤낮 인재를 구했다는 사실은 지금 이 순간만 봐도 짐작할 수 있는 일이었다.

그렇다 보니 유비는 '이 사람이다' 싶으면 파격적인 등용을 했다. 그 자리에서 선복을 군사軍師로 삼아 모든 지휘권을 그에게 넘겨주었다.

"나의 병마를 그대에게 맡기겠소. 그대의 뜻대로 조련하시오."

그 후 선복은 연병練兵, 조마調馬의 지휘를 잡자마자 마치 자신의 수족처럼 그것을 자유자재로 움직였으며, 정신적으로도 그들을 단련했다. 군 장비도 과학적으로 개선해나갔기에, 그 숫자는 많지 않았으나 신야의 군대는 눈에 띄게 강해졌다.

그즈음 조조는 이미 북정을 마치고 허도로 돌아와 있었다. 그리고 은밀히 다음 원정에 대비하며 형주 쪽을 예의 주시하고 있었다. 그 전 초전으로 일족인 조인을 대장으로 그 밑에 이전, 여광, 여상 세 장수를 더해 번성樊城에 진출하게 했으며, 그곳을 거점으로 양양, 형주 지방의 경계를 수시로 넘나들게 했다.

"지금 신야에 유비가 있는데 병마를 꽤 강하게 키웠습니다. 훗날 강대해질 우려가 있으며, 또 형주를 공격할 때도 걸림돌이 될 수 있으니, 우선은 신야를 치는 게 무의미하지 않을 듯합니다."

여광과 여상이 헌책獻策하자, 조인은 두 사람의 뜻에 따라 병사 5천 명을 내주었다. 그들의 군대가 곧 경계를 넘어 신야로 쇄도해 들어갔다.

"선복, 어찌하면 좋겠는가?"

유비가 군사인 선복에게 계책을 물었다. 아직 유비군은 전투에서 승리할 수 있을 만큼 군비를 갖추지 못하고 있었다.

"걱정하실 것 없습니다. 우리가 비록 약소하기는 하나 전군을 동원하면 2천 명쯤은 될 것입니다. 적은 5천 명이라고 하니 마침 좋은 연습 상대가 될 듯합니다."

선복은 이번 싸움에서 처음으로 실전에 나서 군대를 지휘했다. 관우, 장비, 조운 등도 역전분투力戰奮鬪하기는 했으나 선복의 지휘는 참으로 놀라운 것이었다. 적을 유인하고, 적을 분산시키고, 또 그렇게 분산된 적을 하나하나 섬멸했다. 5천 명이었던 공격군이 번성으로 달아날 때는 겨우 2천 명에도 미치지 못했다. 무엇보다 선복의 용병에는 확고한 학문에서 나온 '법法'이 있었다. 결코 우연한 요행에 의한 뜻밖의 승리가 아니었다.

* * *

번성으로 달아난 잔병들이 저마다 패전의 소식을 전했다. 그런데 여광과 여상 두 장군은 아무리 기다려도 성으로 돌아오지 않았다. 그로부터 얼마 지나지 않아 드디어 그들의 소식이 전해졌다.

"두 장군은 남은 병력들을 이끌고 돌아오던 도중, 산속의 좁은 길에 매복해 있던 연인 장비와 운장 관우라는 적에게 포위되어 목숨을 잃었으며, 그 외의 병사들도 몰살당했습니다."

조인이 크게 화를 냈다.

"같잖은 유비 놈! 당장 신야로 병사들을 이끌고 가 부하들의 원한을 풀어주고 그놈에게 따끔한 맛을 보여주겠다."

출병에 앞서 그가 이전에게 의견을 묻자, 이전이 답했다.

"신야는 작은 성이고 군대의 수도 많지 않으니, 여광, 여상 두 장군이 적을 얕잡아보았을 것이고, 그래서 참패를 당한 것입니다. 어찌 장군마저 그들의 전철을 밟으려 하십니까?"

"이전 장군, 나 역시도 그들처럼 패할 것이라 생각하는 게요?"

"유비는 심상한 인물이 아닙니다. 가볍게 봐서는 안 됩니다."

"반드시 이긴다는 신념이 없으면 싸움에서 승리할 수 없소. 장군은 싸우기도 전부터 겁을 먹은 것이오?"

"적을 아는 자는 이깁니다. 두려운 적을 두려워하는 것은 결코 비겁한 마음이 아닙니다. 마땅히 허도로 사람을 보내 조 승상께 정예의 대군을 청하고 작전을 충분히 세운 뒤에 공격해야 할 것입니다."

"닭을 잡는 데 어찌 소 잡는 칼을 쓰겠소. 그런 사자를 보내면 승상께서는 나를 허수아비라 비웃으실 것이오."

"정녕 진격하실 생각이라면 장군께서는 장군의 생각대로 진격하시기 바랍니다. 하나, 저는 그처럼 무모한 싸움은 할 수 없습니다. 이곳에 남아 성을 지키도록 하겠습니다."

"이놈, 두 마음을 품고 있는 것이로구나!"

"뭣이, 내게 두 마음이 있다고!"

두 사람 사이에 돌발적으로 큰 소리가 오갔다. 하지만 조인이 이전에 대해 의심을 품기 시작해 이전은 성에 남아 있을 수도 없었다. 어쩔 수 없이 이전도 참가하게 되었고, 병력은 총 2만 5천 명이 되었다. 조인은 여광과 여상보다 다섯 배 많은 병력을 이끌고 번성을 출발했다. 우선 백하白河에 병선을 대어 수많은 군량과 군마를 실었다. 그러고는 돛대 꼭대기에 수많은 깃발을 세우고 힘차게 노를 저어 당당히 강을 가르며 신야로 향했다.

한편 유비군의 진영에서는 승리의 잔을 들 틈도 없이 전령들이 꼬리에 꼬리를 물고 다급함을 알렸다. 군사 선복이 수선을 피우는 사람들을 진정시킨 뒤 유비를 만나 조용히 이야기했다.

"이는 오히려 기다리던 자가 스스로 찾아오는 격이니 조금도 당황할 필요 없습니다. 조인이 2만 5천여 기를 이끌고 이곳으로 향했다 하니 번성은 틀림없이 비어 있을 것입니다. 비록 백하를 끼고 있어 지형적으로 유리하긴 하나 그 성을 취하기란 식은 죽 먹기와 다를 바 없습니다."

"이렇게 약소한 병력으로 신야를 지킬 수 있을지조차 의문인데 어찌 번성을 공격하여 취할 수 있겠소?"

"전략의 묘체妙諦, 용병의 재미는 바로 이기기 어려운 싸움에서 이기고, 이루기 어려운 것을 이루는 데 있습니다. 인간 생활에서 빈곤과 역경에 부딪쳤을 때도 그 이치는 같습니다. 반드시 극복하고, 반드시 이길 수 있다는 신념을 갖도록 하십시오. 그릇된 계책을 써서 자멸을 서두르는 것과 그러한 신념은 서로 다른 것입니다."

선복의 태도는 참으로 여유로웠다. 그가 유비에게 계책 하나를 속삭이자 유비의 미간이 밝아졌다.

한편 조인과 이전의 병사들은 신야성 10리 앞까지 와서 진을 쳤다.

선복은 형세가 그렇게 되기를 기다렸다는 듯, 그제야 병사들을 성 밖으로 움직여 그들과 대진케 했다.

양군의 선봉인 이전과 조운 사이에서 가장 먼저 전투가 시작되었다. 양군의 사상자가 곧 수백 명에 이르렀고, 싸움이 대등하게 진행되는 듯했다. 하지만 어느 틈엔가 조운이 적 깊숙이 돌진해 들어가 이전을 찾아 맹렬하게 몰아붙였다. 그랬더니 이전의 진형이 흐트러지며 병사들이 조인의 중군으로까지 도망쳐 들어갔다. 그러자 조인이 불같이 화를 내며 좌우의 사람들에게 소리쳤다.

"이전은 애초부터 싸울 마음이 없었다. 저놈의 목을 진문에 내걸어 군의 사기를 끌어올려라!"

하지만 다른 장군들이 조인을 말렸고, 결국 조인은 이전을 용서했다.

이튿날, 조인은 진형을 새롭게 짰다. 자신이 중군에 머물며 기치를 8방으로 포진케 하고, 이전은 후진에 머물게 했다. 조인은 얼마든지 덤벼보라는 듯 당당한 모습이었다.

그날 신야의 선복은 유비를 언덕 위로 데리고 올라갔다. 그가 채찍으로 적진을 가리키며 말했다.

"저기를 좀 보십시오. 참으로 장관입니다. 주공께서는 오늘 적이 펼친 진형을 알아보시겠습니까?"

"아니, 모르겠소."

"팔문금쇄진八門金鎖陣입니다. 그런대로 잘 포진해놓기는 했습니다만 안타깝게도 중군의 중심이 되는 부분에 결함이 있습니다."

"팔문이란 무엇을 말하는가?"

234

"휴休, 생生, 상傷, 두杜, 경景, 사死, 경驚, 개開의 여덟 부분을 말하는데, 생문, 경문景門, 개문으로 들어가면 길하나, 상문, 휴문, 경문으로 들어가면 반드시 상해를 입으며, 두문, 사문으로 들어가면 반드시 죽음을 맞이하게 됩니다. 지금 각 부의 진형을 살펴보니, 모든 병로兵路가 잘 짜여져 있어 거의 완비된 듯하나 중군에 중쇄重鎖의 기운이 없고 이전은 후진으로 물러나 조인 혼자서만 있는 형상입니다. 바로 그곳이 적의 허점으로 우리가 쳐야 할 곳입니다.

"그렇다면 어떻게 해야 저 중군의 진을 어지럽힐 수 있겠소?"

"생문으로 들어가 서쪽의 경문景門으로 나오면, 실이 빠진 것처럼 뜯어져 전군이 어지러워질 것입니다."

선복이 이론을 밝히 하고 실제를 보이며 용병의 묘를 상세히 설명했다.

"군사의 한마디 말은 천군만마와도 같구려."

유비는 곧바로 조운을 불러 병사 5백 기를 내주며 명을 내렸다.

"동남쪽의 일각으로 돌격하여 서쪽으로 적을 내몬 뒤, 다시 동남쪽으로 돌아가라."

이윽고 조운과 5백 기의 병사들은 북소리와 함성을 올리고 흙먼지를 날리며 적의 팔진 중 하나인 생문으로 돌진해 들어갔다. 유비의 본군은 멀리서 징과 북을 울리고 우레와 같은 목소리로 함성을 지르며 그들의 사기를 북돋았다.

조인의 부대는 조운의 5백 기에게 진형의 한가운데를 돌파당한 후 혼란에 빠졌다. 무너져가는 진형의 여파가 중군에까지 영향을 미치다

보니 조인은 진지를 옮겨야 할 정도로 당황했다. 하지만 조운은 철기를 이끌고 그 바로 옆을 스쳐 지나가면서도 굳이 대장 조인을 쫓지 않았다. 그리고 서쪽의 경문까지 똑바로 짓쳐나가며 앞을 가로막는 적을 쓰러뜨렸다.

"원래 왔던 동남쪽으로 돌아간다."

조운은 그렇게 외치며 적을 마음껏 유린하고 처음 들어왔던 쪽으로 다시 돌진하기 시작했다.

팔문금쇄진도 별 도움이 되지 않았다. 그로 인해 진형이 완전히 무너져버린 것이었다. 그때 선복은 유비를 향해 총공격 명령을 내리라고 했다.

"바로 지금입니다."

신야군은 비록 소수였으나 기회를 잡았다. 선전에 선전을 거듭하여 많은 적을 쓰러뜨리고 승리의 쾌감을 마음껏 맛보았다.

추태를 보인 사람은 조인이었다. 큰 손실을 입은 조인은 이전 앞에서 얼굴을 들 수도 없는 상황이었으나 여전히 억지를 부리며 호언장담했다.

"이번에는 야습을 감행하여 설욕하기로 하겠다."

이전이 쓴웃음을 지으며 충언했다.

"안 됩니다. 팔문금쇄진까지 정확히 꿰뚫어보고 그것을 깨뜨리는 법까지 알고 있는 적입니다. 유비의 진영에는 틀림없이 유능한 군사가 있어 그가 군을 지휘하고 있을 것입니다. 어찌 상투적인 수단으로 이길 수 있겠습니까?"

그래도 조인은 고집을 꺾지 않고 이전에게 비꼬듯 말했다.

"자네처럼 매번 겁을 먹고 의심할 바에는 애초부터 싸우지 않는 편이 나을 걸세. 이제 그만 무장의 직에서 물러나는 것이 어떻겠나?"

그 말에 이전은 딱 한마디만 했을 뿐, 그 후로는 입을 굳게 다물어버렸다.

"제가 두려워하는 것은 적이 먼 길을 돌아 번성을 치는 것입니다. 단지 그것뿐입니다."

조인은 그날 밤 야습을 감행했다. 하지만 이전의 생각과 다름없이 적은 처음부터 대비를 하고 있었다. 적진 깊숙이 들어간 후 퇴로를 차단당했다. 그리고 사방에서 불길이 치솟았다. 제 발로 걸어서 불구덩이에 뛰어든 꼴이었다. 조인은 철저히 짓밟히다 북쪽 강변까지 달아났는데, 홀연 강의 물결이 강변을 치고 억새가 죽음의 소리를 부르더니, 순식간에 조인 주위로 시체의 산이 쌓이고 피의 강물이 흘렀다.

"연인 장비가 여기서 기다린 지 오래다. 한 놈도 강을 건너지 못할 것이다."

숨어 있던 병사들 사이에서 커다란 목소리가 들려왔다.

조인은 진퇴양난에 빠져 이미 죽음을 각오하고 있었으나, 이전의 도움으로 간신히 강을 건널 수 있었다. 그는 번성까지 정신없이 달려갔다. 그러자 성문이 활짝 열리며 요란한 북소리와 함께 5백여 기의 적들이 우르르 몰려나왔다.

"패장 조인, 어서 오너라. 유 황숙의 아우 운장 관우가 맞으리라."

"앗!"

깜짝 놀란 조인은 지친 말에 채찍을 가하여 산을 넘고 강을 건너 벌거숭이와 다를 바 없는 모습으로 허도를 향해 달아났다. 그의 추태를 본 사람들이 '참으로 가관'이라며 비웃었다.

연전연승으로 사기가 오른 유비의 군대가 번성으로 들어갔다. 현령인 유필劉泌이 그들을 맞았다. 유비는 우선 백성들을 어루만지고 하루 종일 성안을 둘러본 뒤 유필의 집으로 갔다. 현령 유필은 원래 장사 사람으로 유비와 같은 유씨였다. 유비는 한실의 종친, 동종이라는 친밀감으로 그의 집을 찾은 것이었다.

"이보다 더한 영광도 없을 것입니다."

유필의 가족 모두가 밖으로 나와 유비를 맞이했다.

술자리에서 유필은 미소년 한 명을 거느리고 있었다. 유비는 소년을 가만히 바라보았다. 소년의 인품이 심상치 않았으며, 소년에게서 옥과 같은 기품이 엿보였다. 유비가 유필에게 물었다.

"댁의 아드님이십니까?"

그러자 유필이 약간 자랑스럽다는 듯 대답했다.

"아닙니다, 조카입니다. 원래는 구寇씨의 아들로 이름은 구봉寇封입니다. 어렸을 때 부모를 잃어 제가 아들처럼 키우고 있습니다."

유비는 구봉이 매우 마음에 들었는지 그 자리에서 구봉을 자신의 양자로 달라고 청했다.

"내 양자로 삼는 것은 어떻겠습니까?"

"생각지도 못했던 기쁨입니다. 꼭 데려가주시기 바랍니다."

유필이 뛸 듯이 기뻐하며 구봉에게도 말을 전했다. 구봉도 무척 기뻐했다. 구봉은 그 자리에서 성을 유로 고쳤다. 즉, 유봉劉封이라 이름을 고치고, 그 후 유비를 아버지로 모시게 되었다. 관우와 장비가 놀라 서로의 얼굴을 마주 보았다. 그리고 나중에 유비에게 직언을 했다.

"형님께는 친아들이 있는데 어찌 양자를 받아들여 훗날의 화근을 만드셨습니까? 참으로 형님답지 않은 일입니다."

하지만 이미 유비와 유봉은 부자의 서약을 굳게 맺었고, 유비가 유봉을 무척 사랑했기에 그냥 인정할 수밖에 없었다.

얼마 후, 번성은 지키기에 이롭지 못하다는 선복의 말에 따라 조운에게 그곳을 맡기고 유비는 다시 신야로 돌아갔다.

55
떠나는 새의 목소리

생각지도 못했던 참패의 원인을 단번에 꿰뚫어본 조조. 상대방의 장점을 제거하고, 그 장점을 자신의 것으로 만들기 위한 작업에 착수하는데……

하북의 광활한 땅을 아우르고 요동과 요서로부터 공물을 받게 된 왕성王城의 부府 허도는 해를 거듭할수록 더욱 번성하여 이제는 명실공히 중앙의 부로서의 위관과 규모를 갖추게 되었다. 다시 말해 도시는 화려했고, 그만큼 사람들의 눈도 높아졌다. 그러한 때에 벌거숭이나 다를 바 없는 모습으로 도망쳐온 조인과 몇 되지 않는 장병들을 데리고 돌아온 이전은 참으로 면목이 없었다.

"여광과 여상 두 장군이 안 보이는데."

"모두 목숨을 잃었대."

"3만 명의 병마 중 대체 몇 명이나 살아 돌아온 거야?"

"참패도 이런 참패가 없군."

"승상의 위광威光을 더럽힌 자들이군."

"두 패장의 목을 쳐서 거리에 내걸어야 해."

도읍의 참새들이 쉴 새 없이 입방아를 쪘다. 승상의 분노가 얼마나 클지 사람들은 서로 귓속말을 주고받았다.

드디어 조인과 이전이 승상부의 땅에 엎드려 몇 번의 싸움에서 패한 사실을 자세히 고하는 날이 왔다. 조조가 그들의 말을 다 듣고 나서 호탕하게 웃으며 말했다.

"승패는 병가에 늘 있는 일일세. 알겠네!"

그리고는 패전에 대한 책임도 묻지 않았으며, 그들을 탓하지도 않았다. 단 한 가지 조조가 이해할 수 없었던 것은 조인이라는 뛰어난 대장의 계책을 전부 꿰뚫어보고 그 허를 찌른 적의 평소와 다른 전략이었다.

"이번 싸움에서 지금껏 유비를 도왔던 자들 외에 새로이 가세하여 계책을 준 자는 없었는가?"

조조의 질문에 조인이 대답했다.

"있었습니다. 선복이라는 자가 신야의 군사로 참가했었다 합니다."

조조가 고개를 갸웃거렸다.

"뭐, 선복? 천하에 지혜로운 자는 많으나 아직 선복이라는 이름은 들어본 적이 없는데. 선복이라는 자에 대해 아는 사람이 없는가?"

조조가 주위를 둘러보며 묻자 정욱이 홀로 껄껄 웃기 시작했다. 조조가 그를 바라보며 물었다.

"정욱, 자네가 알고 있는가?"

"잘 알고 있습니다."

"어떤 인연으로?"

"다름 아닌 영상 사람이기 때문입니다."

"그의 사람됨은 어떤가?"

"의롭고 담대하며 마음이 곧습니다."

"학문은?"

"육도六韜를 줄줄이 외우고 있으며 경서를 즐겨 읽었습니다."

"재주는?"

"어렸을 때부터 칼 쓰기를 좋아했는데, 중평中平 말년에 지인의 청으로 그자의 원수를 찔러 쫓기는 신세가 되었던 적이 있었습니다. 그는 얼굴에 숯가루를 바르고 머리를 풀어헤쳐 광인 흉내를 내며 달아났습니다. 결국 관리의 손에 붙잡히게 되었는데, 이름을 물어도 답하지 않았습니다. 이에 그를 수레 위에 묶어 거리로 끌고 다니며 아는 자가 없는지 물었으나 사람들 모두 그의 의심義心을 장하게 여겨 안다고 나서는 자가 없었다고 합니다."

"음……."

조조는 열심히 듣고 있었다. 상당한 흥미를 느낀 듯, 정욱의 입만 가만히 바라보고 있었다.

"그러던 어느 날 밤, 그와 사귀던 친구들이 결속하여 옥에서 그를 빼내 밧줄을 풀어주고 멀리로 도망치게 했습니다. 그 후 그는 이름을 바꾸고 더욱 높은 뜻을 세워 홑옷에 갈건을 쓰고 허리에 검을 두른 채 각지를 돌아다니며 식자를 따르고 선배에게 학문을 배웠습니다. 몇 해를 그렇게 보내고 마침내 사마휘를 찾아가 그와 교류가 있는 풍류연학風流研學의 무리와 교제하고 있다고 들었습니다. 그는 영상 태생으로 자는 원직, 이름은 서서徐庶이며, 선복이란 세상을 속이기 위한 가명에 불과합니다.”

정욱은 서서에 대해 자세하게 이야기를 했다. 조조는 그의 말이 끝나기를 기다리고 있었다는 듯 바로 질문 하나를 던졌다.

“그렇다면 선복이란 서서의 가명이었단 말인가?”

“그렇습니다. 영상의 서서라 하면 아는 사람이 꽤 많으나 선복이라 하면 아는 사람이 많지 않을 것입니다.”

“들으면 들을수록 끌리는 인물이군. 한 가지 더 묻겠는데, 그대의 재주와 서서의 재주를 비교하자면 어떤가?”

“저 같은 자는 서서를 도저히 따라갈 수가 없습니다.”

“너무 겸손한 것 아닌가?”

“서서의 인물, 재식才識, 수업修業을 10이라 한다면 저는 2정도밖에 되지 못합니다.”

“흠, 자네가 그처럼 높이 치는 것을 보니 대단한 인물임에 틀림없는 모양이로군. 조인과 이전이 패한 것은 어쩌면 당연한 일이라고 할 수도 있겠어. 아아…… 참으로 안타깝구나. 그런 인물을 오늘까지 알지 못해 유비의 휘하에 들게 하다니. 훗날 그는 틀림없이 커다란 공을 세울 걸세.”

"승상, 그렇게 탄식하기에는 아직 이릅니다."

"어째서인가?"

"서서가 유비를 따르기 시작한 것은 극히 최근의 일이라 여겨지기 때문입니다."

"그렇다고는 하나 이미 군사의 임무를 맡고 있지 않은가?"

"그가 유비를 위해 커다란 공을 세우기 전에 그의 마음을 돌리는 것은 그리 어려운 일이 아닙니다."

"오, 그 이유는?"

"서서는 어렸을 때 아버지를 잃어 지금은 노모밖에 없습니다. 그 노모는 서서의 동생인 서강徐康의 집에 있었는데 그 동생마저 요절하여 지금은 노모를 조석으로 돌볼 사람이 없습니다. 그런데 서서는 어렸을 때부터 효자로 이름이 높았으니, 그의 가슴속은 지금 노모에 대한 걱정으로 가득할 것입니다."

"그렇군."

"그러니 사람을 보내 노모를 정중하게 모셔온 후 승상께서 직접 노모를 설득해 노모에게 아들을 부르게 하는 것입니다. 그러면 효심이 깊은 서서는 밤을 낮 삼아 이곳으로 달려올 것입니다."

"음, 참으로 재미있는 생각이로군. 바로 노모에게 편지를 보내도록 하지."

며칠 후, 서서의 어머니가 허도에 도착했다. 사자가 정중한 태도로 안내를 하고 극진히 대접을 했다. 하지만 노모는 시골의 평범한 일개 노파에 지나지 않았다. 참으로 소박하기 짝이 없는 모습이었다. 여러

자식들을 낳은 조그만 몸은 허리가 굽기 시작했기에 더욱 조그맣게 보였다. 노모는 사람을 경계하는 산비둘기와 같은 눈으로 머뭇머뭇 귀빈각으로 올랐다. 그리고 호화롭고 찬란한 사방의 벽 가운데 놓이자 가벼운 두통이라도 느끼는 것인지 당혹스러운 표정을 지었다.

잠시 뒤, 조조가 신하들을 데리고 그곳에 모습을 드러냈다. 그리고 노모를 보자 마치 자신의 어머니에게 하듯 살갑게 대했다.

"아드님 서원직이 지금 선복이라는 가명을 쓰며 신야의 유현덕을 섬기고 있다고 들었습니다. 어째서 아드님은 천하의 기재奇才를 품고 있으면서, 일정한 영지도 갖고 있지 않은 떠돌이 도적 떼를 따르는 것입니까."

조조는 일부러 속된 말을 써가며 은근히 물어보았다.

노모는 아무런 말도 하지 않았다. 여전히 산비둘기처럼 조그만 눈을 깜빡이며 조조의 얼굴을 올려다볼 뿐이었다. 조조는 노모의 태도를 이해하며 더욱 다정한 목소리로 말했다.

"서서 같은 인물이 어째서 유비 따위를 섬기는 걸까요. 설마 어머니의 뜻은 아니겠지요? 게다가 유비는 머지않아 정벌될 운명에 있는 역신입니다."

"……."

"만약 어머니의 동의를 얻어 그를 섬기고 있는 것이라면, 그것은 손바닥 안의 구슬을 일부러 진흙 속에 던진 것이나 다를 바 없는 일입니다."

"……."

"어머니께서 서서에게 보내는 편지를 한 통 써주시지 않겠습니까?

저는 아드님의 재주를 참으로 아끼고 있습니다. 만약 아드님을 이곳으로 불러 좋은 대장이 되게 하고 싶으시다면, 이 조조가 천자께 말씀드려 틀림없이 영직榮職을 내리겠습니다. 또 허도 안의 웅장한 정원과 아름다운 저택에서 수많은 하인을 거느리며 살아갈 수 있게 해드리겠습니다……."

그러자 노모가 처음으로 입을 열었다. 조조는 바로 입을 다물고 상냥한 눈빛으로 노모의 얼굴을 바라보았다.

"승상, 보시다시피 저는 세상일을 전혀 모르는 시골의 늙은이에 지나지 않습니다만, 유현덕이라는 분에 관한 일이라면 산속의 나무꾼도 논에서 소를 끄는 노인도 곧잘 이야기합니다."

"그런가요? 뭐라고들 하던가요?"

"유 황숙이야말로 백성들을 위해 태어나신 당세의 영웅이라고들 합니다. 참된 인자라고."

조조가 일부러 큰 소리로 웃으며 말했다.

"하하하하. 시골의 어린아이나 노인이 무엇을 알겠습니까? 그는 패군의 필부로 태어나 젊어서는 멍석을 만들어 팔았는데, 마침 일어난 난에 편승하여 무뢰한 자들을 모아 무명의 깃발을 올린 것일 뿐입니다. 겉으로는 군자인 척하나 속으로는 극악한 음모를 꾀하는 불손한 자입니다. 지방민들을 속이고 괴롭히며 돌아다니는 도적의 무리와 다르지 않습니다."

"그렇습니까? 제가 들어온 세상의 평과는 달라도 너무 다릅니다. 유현덕 님은 한나라 경제의 현손으로 요순堯舜의 도를 배웠으며, 우탕禹

湯의 덕을 품고 계신 분으로, 몸을 굽혀 귀함을 부르고, 자신을 낮춰 남을 높인다며 칭송이 자자합니다."

"전부가 유비의 사술詐術입니다. 그처럼 교묘한 거짓 군자도 없을 것입니다. 그런 자에게 속아 만대에 오명을 남기기보다는, 지금 말씀드린 것처럼 서서에게 편지를 쓰는 편이 좋을 것입니다. 안 그렇습니까, 어머니."

"글쎄요⋯⋯."

"무엇을 망설이십니까? 아드님을 위해서, 또 어머니의 노후를 위해서⋯⋯. 붓과 벼루도 여기에 있습니다. 얼른 쓰도록 하십시오."

노모가 갑자기 머리를 힘껏 흔들었다.

"아니, 싫습니다. 제 아들을 위해섭니다. 설령 여기서 목숨을 잃는다 해도 어미 된 자로서 결코 붓을 들 수 없습니다."

"뭣이, 싫다고!"

"아무리 시골의 늙은이라고는 하지만 옳고 그름은 구분할 줄 압니다. 한나라의 역신이란 곧 승상 자신을 말하는 것 아닙니까? 어찌 자신의 아들을 밝은 주인에게서 떠나 어둠 속으로 가게 할 수 있겠습니까?"

"이 늙은이, 나를 역신이라 했느냐!"

"그랬습니다. 설령 세상을 떠도는 낭인의 어머니로 근근이 연명한다 할지라도 제 아들을 승상 같은 역신의 앞잡이로 만들 수는 없습니다."

노모는 단호한 어조로 분명하게 말했다. 그리고 눈앞에 놓여 있던 붓을 쥐어 정원으로 던져버렸다. 노여움에 사로잡힌 조조가 소리를 지르며 벌떡 일어났다.

"당장 이 할망구의 목을 쳐라."

그 순간 노모가 벼루를 집어 조조를 향해 던졌다.

"베어라! 할망구의 목을 비틀어 끊어 길가에 내다버려라."

조조의 불같은 호령에 무사들이 우르르 달려와 노모의 두 팔을 비틀어 쥐었다. 노모는 태연자약 아무런 말도 하지 않았다. 조조가 더욱 화를 내며 자신이 직접 검을 잡았다.

"승상, 노여움을 가라앉히십시오."

정욱이 조조의 앞으로 나와 그를 진정시켰다.

"이 노모의 태연자약한 모습을 보십시오. 노모가 승상을 욕한 것은 스스로가 죽음을 구하고 있다는 증거입니다. 승상께서 이 노모를 처단하신다면 아들인 서서는 어머니의 원수라며 더욱 마음을 다하여 유비를 섬길 것이며, 승상은 힘없는 노모를 죽였기에 천하의 인망을 잃게 될 것입니다. 그러니 노모는 속으로 '여기서 죽는 것이야말로 내가 바라는 바다'라며 가만히 미소 짓고 있을 것입니다."

"음, 그도 그렇군. 그렇다면 이 늙은이를 어떻게 하면 좋겠는가?"

"잘 보살펴주어야 합니다. 그렇게 하면 서서의 몸은 유비에게 있으나, 어머니가 계신 곳에 마음이 있어 제 뜻대로 승상을 대적하지 못할 것입니다."

"그대의 뜻대로 일을 잘 처리하게."

"알겠습니다. 노모는 제가 잘 모시도록 하겠습니다. 또 한 가지 계책이 있습니다만, 그것은 나중에……."

그는 자신의 집으로 노모를 데리고 갔다.

"예전에 동문수학할 때 서서와 저는 형제처럼 친하게 지냈습니다. 뜻밖에도 이렇게 어머니를 모시게 되니, 세상을 떠난 저희 어머니가 살아 돌아오신 듯합니다."

정욱은 친어머니 대하듯 조석으로 노모를 극진히 대접했다. 하지만 노모는 번거롭고 사치스러운 것을 싫어했으며, 정욱의 가족들을 어려워했다. 정욱은 근처 한적한 곳에 집 한 채를 따로 마련하여 그곳에서 노모를 편안하게 살도록 했다. 그리고 때때로 진귀한 음식과 옷가지 등을 보냈기에 노모도 정욱의 친절에 이끌려 감사의 뜻을 전하는 편지를 보냈다.

정욱은 그 편지들을 보며 노모의 필체를 연습했다. 그런 다음 조조와 은밀하게 일을 꾸몄고, 결국 교묘하게 위조한 노모의 편지를 만들어냈다. 말할 것도 없이 신야에 있는 노모의 아들 서서에게 보내는 글이었다.

선복, 곧 서원직은 그 후 신야에 머물며 사대부다운 소박한 집에서 살았다. 하인도 극히 적었으며, 한가로운 날에는 오로지 독서에만 힘썼다. 그러던 어느 날 저녁, 문을 두드리는 사내가 있었다. 어머니가 보낸 사람이라기에 서서는 자신이 직접 달려나가 그 사내에게 물었다.

"어머니께 무슨 일이라도 일어난 겐가?"

그 사내가 품에서 편지 한 통을 꺼내 서서에게 건네주며 말했다.

"이 글에 적혀 있습니다. 저는 다른 집의 하인이라 아무것도 모릅니다."

그는 그 말만 남기고 곧 사라졌다.

서서는 자신의 방으로 돌아오자마자 불을 밝히고 어머니의 글을 펼쳐보았다. 효심이 지극한 그는 어머니의 모습이 눈에 보이기라도 하듯 눈물을 글썽였다.

> 서야, 별일 없이 지내느냐? 나도 무사히 지내고 있기는 하다만 네 동생 강도 세상을 떠나 쓸쓸하기 짝이 없구나. 그런데 조 승상의 명으로 나는 지금 허도에 와 있다. 아들이 역신을 돕는다는 죄로 어미까지 옥에 갇힐 처지에 놓이게 되었구나. 하지만 다행히 정욱의 동정으로 도움을 얻어 지금은 편안히 지내고 있다. 네가 하루라도 빨리 어미 곁으로 와주었으면 한다. 어미에게 얼굴을 좀 보여다오.

서서는 방을 밝히고 있는 등불이 꺼질 정도로 눈물을 줄줄 흘리며 울었다.

***

다음 날, 서서는 날이 채 밝기도 전에 새들이 지저귀는 소리와 함께 집에서 나왔다. 밤새도록 한잠도 자지 못하고 뜬눈으로 밤을 새운 듯했다. 그날 아침 신야의 성문을 가장 먼저 지난 사람이 바로 그였다.

"선복 아닌가? 이렇게 일찍, 무슨 일이라도 있는 겐가?"

유비가 그의 어두운 얼굴을 보고 근심스러운 듯 물었다. 서서는 얼굴을 숙인 채 말없이 절하고 또 절을 하더니, 이윽고 얼굴을 들었다.

"주공, 오늘은 사과드릴 일이 있습니다."

"무슨 일이오?"

"사실 선복이라는 이름은 고향에서의 난을 피해 달아날 때 붙인 가명입니다. 저는 영상 사람으로 진짜 이름은 서서, 자는 원직입니다. 처음에는 형주의 유표가 당대의 현자라는 말을 듣고 그를 찾아갔었으나 함께 도를 논해보아도, 정치의 실제를 보아도 평범한 군주로밖에 보이지 않았습니다. 이에 글 하나를 남기고 형주를 떠나 사마휘의 산장으로 가서 이러한 사정을 이야기했더니, 수경 선생께서 저를 꾸짖으시며 '너는 눈이 있으면서도 사람을 알아보지 못하느냐? 지금 신야에 유예주가 있으니 가서 예주를 섬겨라'고 말씀하셨습니다."

"……."

유비는 마음속으로 수경 산장에서 묵었던 날 밤, 주인과 방에서 이야기를 나누던 심야의 손님을 떠올렸다.

"그 말씀을 듣고 저는 뛸 듯이 기뻤습니다. 당장 신야로 달려오기는 했으나 주공과는 아무런 연줄이 없었기에, 때가 되면 뵐 기회가 있겠지 하는 마음으로 매일 노래를 읊으며 거리를 돌아다녔습니다. 그러던 어느 날, 제 소망이 이루어져 마침내 주공을 섬길 기회를 얻게 되었고, 어떤 자인지도 모르는 저를 깊이 신뢰하시어 군사의 채찍까지 내리셨습니다. 그처럼 과분한 은혜는 잊으려야 잊을 수 없을 것입니다. 그날 이후 남몰래 가슴속으로 다짐한 것은, '선비는 자신을 알아주는 자를 위해서 죽는다'는 말, 그것뿐이었습니다."

"……."

서서가 어머니의 편지를 꺼내 유비에게 건네며 말했다.

"그런데…… 이 편지를 좀 보십시오. 어젯밤 노모에게서 편지가 왔습니다. 넋두리 같은 말씀입니다만, 저희 노모처럼 박명한 이도 없을 것입니다. 남편은 일찍 세상을 떠났고 다정한 아들은 요절하여 지금은 저 한 사람만을 의지하고 계십니다. 그런데 이 편지를 보면 허도에 붙잡혀 밤낮 비탄에 잠겨 있는 듯합니다. 저는 원래 어렸을 때부터 무예를 좋아하여 고향에 있을 때는 사람들과 어울려 다니며 싸움만을 일삼았고, 결국에는 죄를 지어 유랑을 하는 등 어머니에게는 걱정만 끼쳐드렸습니다. 그 때문에 마음속으로는 언제나 불효를 사죄하고 있습니다. 어머니를 생각하면 가슴이 미어집니다. 참으로…… 참으로 드리기 어려운 말씀입니다만 부디 제게 얼마간의 말미를 주시기 바랍니다. 허도로 가서 어머니를 위로해드리고 싶습니다. 어머니의 마음을 편안히 해드리고, 어머니의 여생을 지켜본 뒤 반드시 돌아오도록 하겠습니다. 주공께서 저를 버리지만 않으신다면 반드시 돌아올 테니, 그때까지만 말미를 주셨으면 합니다."

"당연히 그렇게 해야지."

유비는 흔쾌히 수락했다. 그리고 서서의 말에 눈물을 글썽였다. 유비에게도 전에는 어머니가 계셨다. 그는 세상의 어머니들을 볼 때마다 자신의 어머니를 그리워하지 않을 수 없었다.

"내가 어찌 자네의 효도를 막을 수 있겠는가? 어머니가 살아 계실 때 잘 모셔야 하네. 부디 은애恩愛의 도를 외면하지 말게."

두 사람은 하루 종일 석별의 정을 나누었다. 밤에는 휘하의 부하들을 모두 불러 모아 그를 위한 송별연을 열었다.

한 잔, 또 한 잔, 이별을 아쉬워하며 송별연은 늦은 밤까지 계속되었다. 하지만 서서는 취하지 않았다. 때때로 잔을 드는 것도 잊은 채 탄식을 했다.

"홀어머니가 허도에 잡혀 계시다는 사실을 안 이후부터는 음식을 먹어도 맛을 모르겠고, 술을 마셔도 향을 모르겠습니다. 값지고 향기로운 술도 목구멍으로 넘어가지 않습니다. 인간이란 은애의 정에 참으로 나약한 존재인 듯합니다."

"당연한 일이오. 주종 관계를 맺은 지 아직 오래되지 않았으나 지금 그대를 떠나보내려 하니 이 유비도 좌우의 팔을 잃은 것 같은 기분이오. 용의 간, 봉의 골수도 입에 달지가 않소."

어느 틈엔가 날이 밝아오기 시작했다. 각 장군들도 석별의 인사를 되풀이하며 마지막 술잔을 들고 각자 휴식을 위해 물러났다. 유비도 잠깐 침상에 기대어 눈을 붙였다. 그때 손건이 가만히 다가와서 속삭였다.

"주공, 아무리 생각해봐도 서서를 허도로 보내는 것은 우리에게 매우 불리한 일입니다. 그처럼 커다란 재주를 지닌 자를 조조에게 보낸다는 것은 어리석기 짝이 없는 일입니다. 어떻게든 그를 붙잡아두셔야 합니다. 아직까지는 그를 충분히 붙들 수 있을 것입니다."

유비는 말이 없었다. 손건이 강한 어조로 이어 말했다.

"뿐만 아니라 서서는 아군의 허실을 아주 잘 알고 있으니 그의 지혜를 얻어 조조의 대군이 밀려오면 도저히 막아낼 수 없을 것입니다."

"……."

"화를 복으로 바꾸기 위해서는 서서를 이곳에 잡아두고 방비를 더욱 튼튼히 해야 합니다. 그러면 조조는 서서를 포기하고 그의 어머니를 없앨 것입니다. 그렇게 되면 서서에게 조조는 어머니의 원수가 되니 더욱 커다란 적의를 품고 조조를 무너뜨리는 일에 평생을 바칠 것입니다."

"그만하시오."

유비가 자세를 바로 했다.

"그럴 수는 없소. 나는 그처럼 어질지 못한 일은 할 수가 없소. 생각해보시오. 다른 사람에게 그 어머니를 죽이게 하고 그 아들을 자신의 이익을 위해 쓰다니, 주인으로서 가당키나 한 짓이겠소? 설령 내가 그 일 때문에 망하는 날이 온다 할지라도 그런 불의한 짓은 결코 할 수가 없소."

유비는 옷을 갈아입고 일찌감치 침상에서 나왔다. 그러고는 말을 끌어오라고 시신에게 명령했다. 새들이 맑은 아침을 노래하고 있었다. 하지만 유비의 얼굴은 결코 그날 아침의 하늘과 같지 않았다. 관우, 장비 등이 말을 타고 유비의 뒤를 따랐다. 유비는 성 밖까지 서서를 배웅할 생각인 듯했다. 사람들은 그 깊은 정에 감탄하기도 하고, 또 서서의 영광을 부러워하기도 했다. 유비가 교외에 위치한 장정長亭까지 나오자, 서서가 너무도 황송한 나머지 행렬을 그만 돌려보내려 했다.

"이제 그만 들어가시기 바랍니다."

"그럼 여기서 마지막 점심을 들도록 하세."

그들은 정자 하나에 들어가 다시 이별주를 마셨다. 유비가 간곡한 어조로 거듭 되풀이했다.

"그대와 헤어지고 나면 더는 그대의 밝은 도를 듣지 못하게 될 것이네. 하지만 누구를 섬기든 도에는 변함이 없는 법이니, 부디 새로운 주공을 만나서도 충절을 지키고 어머니께 효를 행하여, 사도士道의 본분을 다하도록 하게."

서서가 눈물을 흘리며 대답했다.

"참으로 황송한 말씀이십니다. 재주 없고 지혜 부족한 몸으로 주공의 무거운 은혜를 입었으나 불행히도 도중에 떠나게 되어 부끄럽기 그지없습니다. 어머니를 봉양하고 싶은 마음은 크나, 어찌 조조를 만나 충절을 바칠 수 있겠습니까? 저는 그럴 수 없습니다."

"나도 그대를 잃게 되어 상심이 매우 크오. 차라리 현세에서의 뜻을 끊고 산속에라도 들어가고 싶은 심정이오."

"어찌 그런 말씀을 하십니까? 저처럼 재주 없는 자는 버리시고 보다 좋은 현사賢士를 불러들이신다면 앞길이 더욱 평탄해질 것입니다."

"지금 세상에서 그대보다 더 뛰어난 현사가 어디에 있겠소? 절대 없을 것이오."

뛰어난 현사를 얻을 수 있다면 이처럼 낙담하지는 않을 것이라는 듯, 유비가 침통한 어조로 말했다.

정자 밖에 대기하고 있는 관우, 장비, 조운 등도 모두 다정한 사람들이었다. 그들은 눈물을 참으며 고개를 숙이고 있었다. 서서가 정자 위에서 그들을 돌아보며 말했다.

"제가 떠난 뒤에도 여러분 모두가 오늘 이상으로 결속하고 서로 충의를 다하여 후세에 이름을 남기게 되기를 허도의 하늘에서 빌겠습니다."

유비가 마침내 오열하며 빗줄기 같은 눈물을 흘렸다. 그래도 여전히 헤어지기 아쉬웠는지 유비는 4, 5리만 더 가겠다며 말 머리를 나란히 하고 서서를 배웅했다.

"이제 이쯤에서……"

서서가 극구 사양했으나 유비는 듣지 않았다.

"아니, 조금만 더 가겠소. 서로 다른 하늘 아래 머물게 되었으니 언제 또 만날 수 있겠소."

그러고는 10리 정도를 더 함께 갔다. 서서가 말을 멈추고 말했다.

"서로의 인연만 있다면 이것도 한때의 이별이 될 것입니다. 부디 몸을 소중히 여기시며 이 서서가 돌아올 날을 기다려주시기 바랍니다."

그렇게 해서 다시 7, 8리 정도를 더 갔다. 이미 성에서 꽤 멀리 떨어진 시골이었다. 따르던 사람들이 돌아갈 길을 걱정하여 일제히 말을 멈추고 유비에게 말했다.

"아무리 멀리 가도 아쉬움을 달랠 수는 없을 것입니다."

유비가 말 위에서 손을 내밀었다. 서서도 역시 손을 내밀었다. 두 사람은 서로의 손을 꼭 쥐고 한동안 무언의 뜨거운 눈물을 흘렸다.

"부디 건강히……"

"주공께서도……"

"조심히 가시오."

그래도 유비의 손은 서서의 손을 굳게 쥔 채 놓지 못했다. 흐르는 눈물과 함께 손 역시 떨며 울고 있는 듯했다.

"그만 떠나겠습니다."

서서는 마침내 손을 뿌리치고 말갈기에 얼굴을 묻은 채 길을 떠났다. 각 장군들도 일제히 손을 흔들며 떠나는 뒷모습에 인사를 했다.

"안녕히 가시오."

"조심히 가시오."

그러고는 말 머리를 돌려 유비를 호위하며 성으로 돌아가는 발걸음을 서둘렀다. 아직도 미련이 남은 유비는 때때로 말을 멈추고 멀어져 가는 서서의 뒷모습을 바라보며 소리 내어 울었다.

"아아, 저 숲 뒤로 돌아 들어갔구나. 서서의 뒷모습을 가리는 나무가 원망스럽다. 할 수만 있다면 저 숲의 나무들을 전부 베어버리고 싶구나!"

절절한 군신의 정이 아무리 깊다고는 하나 푸념이 지나치다 싶었는지 각 장군들이 씩씩한 목소리로 유비를 재촉했다.

"언제까지 아쉬워하실 생각입니까. 그만 돌아가서야 합니다."

그리고 성을 향해 6, 7리쯤 갔을 때였다. 뒤에서 부르는 목소리가 들려왔다.

"잠시 멈추십시오."

돌아보니 서서가 멀리서 말에 채찍을 가하며 뒤따라오고 있었다. 서서가 되돌아오고 있었던 것이다.

'저 사람도 끝내 이별을 참지 못해 마음을 바꾼 모양이로구나.'

사람들이 웅성거리며 그를 맞았다. 그곳으로 달려온 서서가 유비의 안장 곁으로 다가가 빠른 어조로 고했다.

"어젯밤부터 마음이 난마처럼 어지러워 중요한 말씀을 올린다는 것을 잊었습니다. 양양에서 서쪽으로 20리쯤 가면 융중隆中이라는 마을이 있습니다. 거기에 대현大賢이 살고 있습니다. 주공, 덧없는 눈물은 그만 닦으시고, 그 사람을 꼭 찾아가보시기 바랍니다. 그 사람이야말로 서서가 떠나면서 드리는 선물입니다."

서서는 말을 마치자마자 왔던 길로 다시 서둘러 떠났다.

'융중. 양양에서 서쪽으로 20리 떨어진 작은 마을. 그렇게 가까운 곳에?'

유비는 믿기지 않았다. 망연히, 자신도 모르게 망연히 서 있었다. 그러는 사이에 서서의 모습은 벌써 길을 따라 멀어져가고 있었다. 번쩍 정신이 든 유비가 자신도 모르게 손뼉을 치며 큰 소리로 말했다.

"서서! 서서! 잠시만 기다리게."

서서가 다시 말 머리를 돌려 달려왔다. 유비도 말을 달려 앞으로 나갔다.

"융중에 현인이 있다는 말은 일찍이 듣지 못했네. 그 말이 사실인가?"

서서가 대답했다.

"그 사람은 명리名利를 완전히 초월하여 사귀는 사람도 한정되어 있기 때문에 그의 현명함을 아는 자 역시 극히 소수에 불과합니다. 게다가 주공께서는 신야에 머무신 지도 오래되지 않았고, 주위에는 형주의 무변武弁이나 도현都縣의 속리俗吏밖에 없으니 듣지 못하신 것도 당연한 일입니다."

"그 사람과는 어떻게 알고 지냈소?"

"전부터 알고 지내던 벗입니다."

"그대에 비해 그 사람의 재주는 어떻소?"

"저 따위와 비교할 수 있을 만한 사람이 아닙니다. 당대의 인물 중에는 그와 비교할 만한 자가 없으며, 옛사람 중에서는 주周의 태공망太公望이나 한나라의 장자방張子房 등을 그와 비교할 수 있을 것입니다."

"그대와 벗이라 하니 그보다 다행스러운 일이 어디 있겠소. 출발을 하루만 더 늦추어 나를 위해 그 사람을 신야로 데려와줄 수 없겠소?"

"안 됩니다."

서서는 너무 매정하다 싶을 정도로 고개를 옆으로 흔들었다.

"그는 저 같은 자가 찾아간다고 해서 따라올 만한 사람이 아닙니다. 주공께서 직접 그의 사립문을 두드려 맞아들여야 하실 것입니다."

그 말에 유비는 더욱 기뻐하며 말했다.

"그렇다면 그 사람의 이름을 들려주시오. 서서, 좀 더 자세히 들려주기 바라오."

"그 사람이 태어난 곳은 낭야의 양도陽都(산동성 태산의 남쪽)라 합니다. 한나라의 사예교위司隷校尉였던 제갈풍諸葛豊의 후예로 아버지는 제갈규라는 사람인데 태산군의 승丞으로 있었으나 일찍 세상을 등져 숙부인 제갈현諸葛玄을 따라 형제 모두가 이 지방으로 옮겨왔습니다. 후에 동생 하나와 함께 융중에 초막을 지어 때로는 밭을 갈고 때로는 책을 읽으며 지내는데, 양부梁父의 시를 즐겨 읊습니다. 집이 있는 곳에 언덕이 있어 사람들은 그것을 와룡강臥龍岡이라 부르며, 또 그를 가리켜 와룡 선생이라고도 합니다. 이름은 제갈량諸葛亮, 자는 공명孔明. 제가 아는 한, 당대의 대재大才라 할 만한 이는 그 사람밖에 없습니다."

"아아, 이제 생각났소."

유비가 길게 숨을 내쉰 뒤 다시 말을 이었다.

"그 말을 들으니 생각나는 일이 있소. 사마휘 선생의 산장에서 하룻밤 묵었을 때, 사마휘 선생께서 말씀하시기를 '지금 복룡伏龍이나 봉추, 두 사람 중 한 사람을 얻으면 천하를 평정할 수 있을 것이오'라고 하시기에 몇 번인가 그 이름을 물었으나 선생께서는 그저 '좋구나, 좋아'만을 되풀이하셨을 뿐, 이름을 가르쳐주지 않으셨소. 제갈공명이라는 사람이 바로 그중 한 명이 아니오?"

"그렇습니다. 복룡, 그 사람이 바로 공명입니다."

"그렇다면 봉추는 그대를 일컫는 것인가?"

서서가 당치도 않다는 듯 손을 내저으며 말했다.

"아닙니다. 봉추란 양양의 방통, 자를 사원이라 하는 자입니다. 저 같은 자의 별칭이 아닙니다."

"이제야 복룡, 봉추라는 자들을 알게 되었구려. 아아, 그런 인물들이 있을 줄이야! 지금 내가 살고 있는 이 산하와 시촌市村에 그와 같은 대현인들이 숨어 있을 줄이야!"

"그럼, 공명의 오두막을 꼭 찾아가보시기 바랍니다."

서서가 마지막으로 절하고 채찍을 휘둘러 허도의 하늘 밑을 향해 바람처럼 달려나갔다.

56
제갈씨 일가

자신의 재능을 숨기고 이른 나이부터 은거에 들어간 공명. 그를 찾아가
유비의 부름에 응할 것을 부탁하는 서서. 복룡은 과연 세상에 나올 것인지

공명의 집안, 제갈씨의 자제와 일족은 훗날 촉蜀, 오吳, 위魏 삼국으로 흩어져 제각각 나라의 중요한 지위를 차지하게 되며 한 시대를 움직이게 되니, 여기서 우선 제갈가家의 사람들과 공명의 사람됨을 알아 두는 것도 결코 무의미하지는 않을 것이다. 하지만 워낙 오래된 천 7백 년 전의 일이다. 공명의 가계와 그 주변에 대해서는 정확히 알 수 없는 부분도 상당히 많다.

거의 틀림이 없으리라 여겨지는 것은 조금 전에 서서가 유비에게도 말했던 것처럼 그의 조상 중에 제갈풍이라는 사람이 있다는 점이다.

제갈풍은 전한前漢 원제元帝 시절에 사예교위로 있었다. 그는 성품이 매우 강직하여 법률에 따르지 않는 무리는 그 어떤 특권계급이라 할지라도 용서하지 않는 경찰총장이었던 듯하다. 그 사실을 뒷받침할 만한 일화가 하나 있다.

원제의 외척 중에 허장許章이라는 총신이 있었다. 그자는 자꾸만 국법을 어기는 행동을 했다. 제갈풍은 그의 위법행위를 보고 언젠가는 반드시 법의 위엄을 보여주겠다고 맹세했다. 그러던 어느 날, 허장이 다시 국법을 어기고도 나 몰라라 하며 돌아보지 않는 일이 하나 벌어졌다. 경찰총장은 무슨 일이 있어도 잡아들이겠다며 직접 부하들을 이끌고 포박에 나섰다. 그때 허장은 궁문에서 막 나오려던 참이었는데, 제갈풍의 모습을 보더니 서둘러 금문 안으로 다시 들어가버렸다. 그는 천자의 총애만을 믿고 곤룡포의 소매에 매달려 애원했다. 그래도 제갈풍은 국법에 따라야 한다며 뜻을 굽히지 않았기에 오히려 천자의 미움을 사서 관직을 박탈당하고 성문을 지키는 일개 교위로 좌천되고 말았다. 그 후에도 그는 시시로 법을 어기는 대관들의 죄를 밝혀 용서하지 않았다. 결국 그는 그러한 대관들로부터 배척을 당해 관직을 잃고 고향으로 내려가 일개 서민으로 살았다고 한다.

제갈풍이 귀향한 곳이 낭야인지는 분명하게 알 수 없으나 공명의 아버지인 제갈규가 살아 있을 때, 지금의 산동성 낭야군의 제성현諸城縣에서 양도(기수의 남쪽)로 집을 옮겼다.

'제갈'이라는 성은, 처음에는 '갈葛'이라는 외자 성이었을지도 모른다. 전국 각지의 한인漢人을 둘러보아도 두 자 성을 쓰는 사람은 극히 드물다. 원래는 그냥 '갈씨'였는데 제성현에서 양도로 이사했을 때, 양도성 안에 같은 성을 쓰는 사람 중 꺼리는 사람이 있었기에 전에 살던 지방인 제성현의 '제' 자를 따서, 그 후부터 '제갈'이라는 두 자 성을 썼다고 하는 설도 있다.

공명의 아버지인 규는 태산군의 승이었으며, 숙부인 현은 예장의 태수였다. 그 무렵에도 가정은 매우 좋은 편이었다고 할 수 있다.

형제자매는 넷이었다. 남자가 셋이었고 여자가 하나였다. 공명은 그 남자들 중 둘째, 차남이었다. 형인 근은 일찍이 낙양의 대학에 들어가 유학을 했다. 그사이 그의 친어머니가 세상을 떠나고, 아버지는 후처를 얻었다. 그런데 그 후처를 남겨두고 이번에는 아버지 규가 세상을 떠나고 말았다. 공명은 열네 살로 어린 나이였다. 후처 장씨는 나이 어린 세 형제를 데리고 어떻게 하면 좋을지 몰랐다. 그때 마침 대학 졸업을 거의 눈앞에 둔 장남 근이 낙양에서 돌아왔다. 그러고는 낙양의 대란을 알렸다.

"앞으로는 세상이 얼마나 더 어지러워질지 알 수 없습니다. 황건적의 난이 각 주의 난이 되었으며, 결국에는 낙양에까지 불이 옮겨붙었습니다. 이 북쪽 땅도 곧 전란에 휩싸이게 될 것입니다. 우선은 남쪽으로 피하는 것이 좋겠습니다. 강동(양자강 유역의 상해, 남경 지방)에 계신 숙부께로 가면 될 것입니다."

근이 의붓어머니를 위로했다. 장남 근은 세상의 다른 수재형秀才型 인간들과는 달리 매우 근직謹直하여, 의붓어머니를 친어머니와 다를 바 없이 섬겼기에 세상 사람들로부터 칭찬을 듣는 사람이었다.

넓은 대륙에 살고 있는 중국의 백성들은 전란이 일면 전란이 없는 지방으로, 홍수나 기근이 일면 재해가 없는 지방으로 옮겨 다녔기에 떠돌이 생활에 익숙했다.

제갈씨 일가가 북쪽 지방에서 난을 피해 남쪽으로 내려갔을 때, 북쪽 지방이나 산동성 부근의 농민들 중에도 물이 낮은 곳으로 흐르듯 '남쪽으로, 남쪽 나라로' 하며 각자의 가재도구와 노약자를 업고 강동 지방으로 들어가는 사람들이 매우 많았다. 황건적의 난 이후 사회의 혼란이 언제까지 계속될지 알 수 없었기 때문이다.

아직 열서너 살밖에 되지 않았던 공명의 눈에 그 처참한 유민의 생활상이 그대로 들어왔을 테고, 그들은 소년의 청순한 영혼에 가엾은 사람들의 모습으로 깊이 각인되었을 것이다.

'인간은 어째서 이렇게 비참한 것일까? 괴로워하기 위해서 태어난 것일까? 삶을 좀 더 즐길 수는 없을까?'

공명은 그런 생각도 했을 것이다. 아니, 열서너 살이라면 벌써 사서와 경서도 읽었을 테니 소년 공명의 가슴에서는 다음과 같은 정도의 생각이 남몰래 싹트고 있었을지도 모른다.

'이건 올바른 세상이 아니다. 이 세상에 위인 한 사람만 나타나면 저 무수한 백성들도 저처럼 불안한 눈빛이나 야윈 얼굴을 하지 않아도 될 것이다. 하늘에 해와 달이 있는 것처럼 사람 가운데도 해와 달이 있어야 하는데, 그처럼 큰 인물이 나타나지 않기 때문에 소인배들이 서로 인간의 좋지 않은 성질만 드러내며 세상을 어지럽히는 것이다. 결국 아무것도 모른 채 끝도 없이 대륙을 떠도는 민초들만 가엾을 뿐이다.'

공명의 일가도 대학을 이제 막 졸업한 형 근 한 사람을 지팡이 삼아 가재도구와 계모를 수레에 싣고, 어린 동생들을 다독이며 얼마 되지 않는 하인들과 함께 광야와 강뿐인 끝도 없는 여행길을 계속 가야 하는 처지였다.

여행은 힘들고 괴롭다. 아니, 때로는 목숨에 위협을 받기도 한다. 거친 대자연의 사나움과 대륙의 모래바람과 호우와 내리쬐는 뙤약볕을 견뎌야 하며, 야수와 독충의 위험에 떨기도 해야 한다.

스무 살 전후의 가장, 아직 열서너 살밖에 되지 않은 공명, 그 밑의 동생들은 그 당시 틀림없이 '생활력'을 배웠을 것이다. 그것은 유민의 아들들도 똑같이 겪는 단련의 도장이었을 테지만, 이끌어낼 소질이 없다면 고난은 그저 의미 없는 고난에 지나지 않는다. 다행스럽게도 제갈가의 아이들에게는 하늘이 준 고난을, 이후의 삶에서 활용할 만큼의 소질이 있었다.

그렇게 해서 드디어 숙부인 제갈현의 집에 도착한 때가 초평 4년 (193년)의 가을이었다. 장안에서 동탁이 살해당하는 대란이 일어난 이듬해의 일이었다. 그곳에서 반년쯤 머물렀는데 유표와 인연이 있었던 숙부 현이 형주로 가게 되었다. 공명과 동생 균均은 숙부의 가족들과 함께 형주로 이주했으나, 그것을 기회로 장남 균은 동생들과 이별을 고했다.

"내 손으로 일가의 생계를 꾸려볼 수 있도록 하겠다."

그러고는 의붓어머니인 장씨와 함께 강을 따라 남쪽으로 내려가 오지방으로 뜻을 찾아 떠났다.

당시 중국 남부의 개발은 장래에 뜻을 둔 젊은이의 눈에도 이상을 실현하기 위한 절호의 기회로 보였을 것이다. 북부의 전란을 피해 남쪽으로, 남쪽으로 이주해온 한족은 그 천혜의 환경과 넓은 옥야로 흩어져 곧 새로운 생활을 시작했다. 유민의 대부분은 노비나 토민이 대부분이었으나 그 가운데는 제갈씨 일가처럼 사대부나 학자 등과 같은 지식인 계급도 여럿 섞여 있었다. 그들은 각자가 선택한 토지에 정주하며, 그곳에서도 필연적으로 새로운 사회를 형성하고 새로운 문화를 건설해나갔다. 그 분포는 남부 지방의 연해, 강소 방면에서부터 안휘, 절강에까지 이르렀으며, 강에 면한 형주(호남, 호북)에서 훨씬 더 거슬러 올라가 익주(사천성)로까지 흩어졌다.

제갈근이 오의 장래에 주목하여 계모를 데리고 강을 따라 남쪽으로 내려간 것은 참으로 지식인 청년다운 선택이었다고 해도 좋을 것이다. 앞서 이야기한 대로, 그로부터 7년 후 그는 오의 손책이 죽은 후 뒤를 이어 일어선 손권에게 등용되어 손권을 섬기게 되었다.

한편, 숙부인 현과 그의 가족들을 따라 형주로 간 공명과 그의 동생 균은 확실한 보호자가 있는 안전한 방향을 택한 것처럼 보였으나, 그 후 그들의 운명은 형 근과 상반되는 것이었다. 소년 공명을 시험하기라도 하듯, 또 단련하기라도 하듯 세상의 파란은 일찍부터 여러 가지 형태로 그에게 찾아왔다.

"형주는 커다란 도회지란다. 너희가 지금까지 본 적도 없는 물건들이 아주 많단다. 숙부께서는 형주의 유표 님과 친구인데, 꼭 좀 와달라는 부탁을 받고 가는 것이니 도회지 속의 성처럼 큰 집에서 살게 될 거다. 너희도 많은 하인들로부터 도련님, 아가씨라는 소리를 듣게 될 테니 몸가짐을 바로 해야 한다."

소년 공명은 숙모나 숙부의 친족들로부터 그런 말을 들을 때마다 마음이 설렜다. 그리고 형주의 문화에 큰 충격을 받았다. 그런데 형주에 머문 지 채 1년도 되지 않아 숙부 현은 유표의 명령으로 형주를 떠나게 되었다.

"예장을 좀 다스려주게. 얼마 전까지 그곳을 다스리고 있던 주술周術이 병사하고 말았다네."

그렇게 해서 숙부 현은 주술의 뒤를 이어 예장을 다스리게 되었다. 태수로 가는 것이니 영전임에는 틀림없었으나, 임지인 남창南昌에 가보니 문화는 훨씬 뒤떨어져 있었으며 지역 주민 중에는 신임 태수에게 복종하지 않는 세력이 섞여 있었다. 게다가 그를 탄핵하는 목소리는 날이 갈수록 높아졌다.

"그는 한나라 조정으로부터 임명된 태수가 아니다. 우리에게 그와 같은 지방관을 따를 의무는 없다."

실제로 조정에서 공식 임명한 주호周晧라는 자가 임지로 내려왔으나, 그보다 먼저 다른 태수가 와서 자리에 앉아 있었기에 주호는 성안으로 들어갈 수 없는 상황이었다. 당연히 전쟁이 일어날 수밖에 없었다.

"내가 예장의 태수다."

"아니, 나야말로 정당한 태수다."

착융笮融, 유요劉繇 등과 같은 호족이 주호의 뒤를 봐주었기에 현은 곧 패하여 남창성에서 쫓겨났다. 소년 공명과 동생 균은 그때 처음으로 전쟁을 직접 겪게 되었다. 공명은 숙부의 일가와 함께 난군 속에서 빠져나와 성 밖 멀리에 주둔하며 재기를 꾀했다. 하지만 어느 날 밤, 숙부 현은 토민의 반란군에게 붙잡혀 마침내 목숨을 잃고 말았다. 공명은 동생 균을 달래가며 패잔병들과 함께 도주를 계속했다. 숙모와 가족들 모두 목숨을 잃었기에 낯선 얼굴의 병사들뿐이었다.

그 무렵, 영천의 대유大儒 석도石韜가 각지를 떠돌다 형주에 와 있었다. 그 후 형주, 양양에는 호학好學의 기풍이 높았으며 낡은 유학에 대해 새로운 해석이 추구되어 실제의 군사, 법률, 문화 등에서 학설의 실현을 꾀하려는 기운이 강했다. 샘물이 있는 숲에는 짐승들이 모이기 마련으로, 자연스럽게 그 지방의 학풍을 흠모하여 찾아오는 학도와 명사들이 많았다. 영상의 서서, 여남의 맹건孟建 등도 그런 사람들이었다.

숙부 현을 잃고 의지할 사람도 없이 어린 나이에 세상의 쓴맛을 보고 있던 공명이 처음으로 석도를 찾아가 학복學僕으로 삼아달라고 청했다. 공명의 나이 17세 되던 해의 일이었다. 이듬해 석도는 근처의 여러 지방을 돌아다니며 유학을 했다. 그 무렵 스승을 따라간 제자들 중에는 백면 18세의 공명이 있었으며, 검 한 자루로 천하를 다스리겠다는 기개를 품은 서서가 있었다. 또 온후한 맹건 등도 있었다. 맹건과 서서는 공명보다 나이가 훨씬 많았으며 학문에 있어서도 선배였으나 두 사람 모두 공명을 결코 가벼이 보지 않았다.

"저 아이는 장래에 뛰어난 인물이 될 수재다."

사람들은 일찍부터 그를 주목했다. 하지만 그것은 두 사람이 공명을 잘못 본 데서 비롯된 커다란 오해였다. 그 후의 공명은 전혀 뜻밖의 길을 걸었기 때문이다. 석도를 따르는 수많은 학도들 가운데서도 공명은 단연 두각을 나타냈으나, 나이를 먹으면서 천성이 더욱 뚜렷해져 세상에서 흔히 말하는 수재와는 전혀 다른 유형의 인물이 되어갔다. 그는 20세를 전후해 학부學府를 떠났다. 학문을 위해서만 학문을 하는 학도들의 무능함과 논의를 위해서만 논의를 하며 하루하루 살아가는 곡학아세曲學阿世의 동료들로부터 달아난 것이었다.

마침내 공명은 양양 서쪽의 교외에 숨어 살며 동생 균과 반농반학자적半農半學者的 생활에 들어갔다. 청경우독晴耕雨讀, 바로 그러한 삶이었다.

"너무 노숙한 척하는 거 아닌가?"

"벌써부터 은둔자인 양하다니."

"그는 형식주의자야."

"지나치게 현학적이군."

학우들이 그를 비웃었다. 조금이나마 그를 인정하고 존경하던 사람들까지 날이 갈수록 그를 멀리했다. 그 후에도 변함없이 그의 오두막을 자주 찾은 사람은 서서와 맹건 정도밖에 없었다.

양양 시가에서 공명의 집이 있는 융중까지는 교외의 길을 겨우 20리 정도만 가면 되었다. 융중은 산자수명山紫水明의 별천지라 해도 좋은 곳이었다. 멀리 호북성의 고지에서 시작한 한수漢水가 동백산맥桐柏山脈에 꺾여 육수淯水와 합류하고, 그 강물이 다시 중부 지방의 평원을 굽이쳐 흐르다 이름이 면수沔水로 바뀌는데, 그 서남쪽 기슭에 양양을 중심으로 한 오래된 도시들이 자리 잡고 있었다.

맑은 날이면 공명의 집에서도 그 강물, 그 시가지가 한눈에 보였다. 그의 집은 융중의 야트막한 구릉에 자리했는데 집 뒤에는 낙산樂山이라는 산이 있었다.

제나라의 성문을 걸어나와

멀리서 바라보는 탕음리蕩陰里

마을 안 세 무덤, 봉긋하여 서로 비슷하구나

물노니 누구의 무덤인가

전강田疆과 고야古冶씨

힘은 남산을 밀어내고

글은 땅을 덮을 만하네

한낮의 밭 속에서 그런 노래가 곧잘 들려왔다. 노래는 그 지방의 민요가 아니라 산동지방의 옛이야기를 읊은 것이었다. 즉, 공명의 고향인 제나라 땅의 옛 역사를 노래한 것이었다. 목소리의 주인은 괭이로 밭을 가는 공명이나, 콩을 베어 멍석에 꼬투리를 터는 동생 균이었다.

융중에 있는 그의 집으로 어느 날 친구 맹건이 불쑥 찾아와 말했다.

"곧 고향으로 돌아갈 생각이야. 오늘은 인사차 들렀네."

그런 선배의 얼굴을 한동안 말없이 바라보던 공명이 알 수 없다는 표정으로 물었다.

"어쩌서 돌아가시는 겁니까?"

"딱히 이렇다 할 이유가 있는 것은 아니네만, 양양은 너무나 평화로워 명문가의 선비가 학문에 정진하거나 정치 비평을 즐기며 생활하기에는 좋을지 모르나, 우리 같은 서생에게는 적합하지 않은 땅일세. 그 때문인지 요즘 자꾸만 고향 여남이 생각난다네. 무료함을 달래기 위해 돌아갈 생각이야."

그 말을 들은 공명이 조용히 머리를 흔들며 말했다.

"이처럼 짧은 인생을 아직 반도 걷지 않았는데 형은 벌써 무료함을 느끼고 있단 말씀입니까? 양양은 지나치게 평화롭다 하셨으나 이 무사함이 백 년 동안 계속될 줄 아십니까? 특히 형의 고향인 중국(중국 북부)이야말로 유서 깊은 문벌이 많고 관리, 사대부 후보생들이 여럿 모여 있으니 아무런 배경도 없는 신인을 받아들일 여지는 적습니다. 오히려 남쪽의 신천지에서 가만히 때를 기다려야 할 것입니다."

맹건은 공명보다 나이도 많고 학문에 있어서도 선배였으나 공명의 말을 듣고 크게 깨달았다. 그는 다음과 같이 말한 뒤 집으로 돌아갔다.

"그래, 고향에는 가지 않도록 하겠네. 자네 말이 옳아. 내가 눈앞의 상황밖에 생각하지 못했군. 한閑에 머물며 동動을 살피고, 무사에 머물며 변화에 대비하는 것은 결코 쉬운 일이 아니로군."

맹건 등과 같은 사람들이 이야기를 하고 다녀서인지, 언제부턴가 양양의 명사들 사이에서 공명의 존재와 그 사람됨은 무언중에 높이 평가되고 있었다. 양양의 명사라 할 수 있는 지식계급 중에는 최주평崔州平, 사마휘, 방덕공 등과 같은 대선배들이 있었는데, 그중에서도 하남의 명사인 황승언黃承彦은 공명을 아주 높이 평가했다.

"내게도 딸이 있으나, 만일 내가 여자였다면 융중의 청년에게 시집을 갔을 것이네."

그러자 중매를 서겠다는 사람이 나타났다. 마침내 황승언의 말이 실현된 셈이었다. 물론 황승언이 시집을 간 것은 아니었다. 공명에게 시집을 간 사람은 그의 딸이었다. 그런데 신부의 얼굴은 아버지 황승언의 얼굴에서 약간 귀여울 정도의 박색薄色이었다. 정숙하고 온아했으며 명문가 자녀로서의 교양은 충분히 갖추고 있었으나 타고난 용모는 빼어나지 못했다.

"외밭의 괴짜에게는 잘 어울리는 신부야."

공명을 무능한 청년으로밖에 보지 않는 사람들은 매우 재미있어 하며 즐거워했다. 하지만 공명과 그 신부는 궁합이 참으로 잘 맞았다. 금슬상화琴瑟相和란 그들을 두고 하는 말이 아닐까 싶을 정도로 두 사람은 사이가 좋았다. 그렇게 해서 융중에서의 생활도 지난 몇 년 동안은 실로 평화롭게 지나갔다.

공명은 남들보다 유달리 키가 컸다. 몸은 마른 편으로, 얼굴이 희고 키가 큰 한인의 전형이라 할 수 있었다.

어느 날, 공명은 그 기다란 무릎을 끌어안은 채 친구들 사이에 앉아 있었다. 그를 둘러싼 친구들은 각자 시국을 논하고, 또 자신의 포부를 이야기하고 있었다. 공명이 미소를 지으며 말없이 듣고 있다가 문득 말했다.

"자네들이 전부 관계로 진출한다면 틀림없이 자사(주의 지사)나 군수(태수) 정도는 될 수 있을 걸세."

친구 중 한 명이 공명에게 반문했다.

"그럼 자네는 어떤가? 자네는 어디까지 오를 수 있을 것 같은가?"

"나 말인가?"

소이부답笑而不答, 공명은 그저 웃기만 할 뿐이었다. 그의 뜻은 그런 곳에 있지 않았다. 관리, 학자, 영달의 문 모두 그의 뜻을 담기에는 너무 좁았다. 공명은 춘추의 재상인 관중管仲, 전국의 명장인 악의樂毅를 마음속에 품고 '내 문무의 재능은 이 두 사람에 비해야 할 것이다'라며 홀로 높은 긍지를 가지고 있었다.

악의는 춘추전국시대에 연나라 소왕昭王의 신하로 5개국의 병마를 지휘하여 제나라의 성 70여 개를 함락시킨 무장이었다. 그리고 관중은 제나라 환공桓公의 신하로 부국강병책을 써서 제나라로 하여금 마침내는 패권을 쥐게 하여, 주군 환공이 '첫째도 중부(仲父, 관중), 둘째도 중부' 하며 의지했을 정도의 대정치가였다.

'지금은 춘추전국시대에도 뒤지지 않을 만큼 어지러운 시절이 아닌가.'

젊은 공명은 그렇게 보았다.

'관중, 악의가 지금은 어디에 있는가! 바로 여기에 있지 않은가. 불우하다고는 하나 거기에 비할 수 있는 자, 나 외에 누가 또 있겠는가.'

공명은 평소 수양을 게을리하지 않았다. 세상을 사랑하기 때문에 자신의 몸도 사랑했다. 세상을 생각하기 때문에 스스로를 격려했다. 입밖에 내지는 않았으나 무릎을 끌어안은 채 말없이 딴전을 부리고 있는 젊은 공명의 눈동자에는 그런 기개가 숨어 있었다.

공명은 때로는 집 뒤에 있는 낙산에 올라 끝없이 펼쳐진 대륙을 하루 종일 바라보기도 했다. 형근은 이미 오의 주인인 손권을 섬기고 있었는데, 남방에서 그 오의 기세는 참으로 강렬했다. 북쪽 하늘은 여전히 어두웠다. 원소는 세상을 떠났고 조조의 위세가 드높았다. 하지만 조조 밑으로 새로 편입된 백성들이 진심으로 그의 위세에 굴복하고 있는지는 의심스러웠다.

익주, 파촉巴蜀의 깊은 땅은 아직 태풍 권외에 있는 듯 빽빽한 구름에 둘러싸여 있었으나 장강의 흐름은 거기에서부터 시작된다. 수원지水源池가 언제까지 안전할 수 있을지 몰랐다. 뭇 물고기들의 은색 비늘이 그곳까지 거슬러 올라올 날이 멀지 않았음을 공명은 잘 알고 있었다.

"아아, 이렇게 보면 내가 서 있는 이곳은 오, 촉, 위의 세 경계가 교차하는 곳의 중심이 되는구나. 형주는 그야말로 대륙의 중앙이다. 하지만 지금 여기서 누가 시대의 중추中樞를 쥐고 있는지……. 유표는 더 이상 다음 시대의 인물이 아니다. 학림관해學林官海, 어디를 둘러봐도 큰 그릇이라 할 만한 사람은 보이지 않는다. 하늘에서 갑자기 신인神人이 내려오지는 않을까. 땅에서 갑자기 영걸이 솟아오르지는 않을까."

날이 저물면 젊은 공명은 양부가梁父歌를 낮게 읊조리며 자기 집의 등불을 향해 산을 내려갔다. 세월의 흐름은 빠르다. 어느 틈엔가 건안 12년(207년), 공명의 나이 27세가 되었다. 유비 현덕이 서서로부터 공명에 관한 이야기를 듣고, 그의 오두막으로 찾아갈 날만을 손꼽아 기다린 것은 그해의 가을이 이미 끝날 무렵이었다.

***

이쯤에서 시간과 장소를 다시 앞으로 되돌려 유비와 서서가 이별을 고한 길로 돌아가도록 하겠다.

'가족 간의 헤어짐, 서로를 사모하는 자들의 헤어짐. 전부 슬프기는 하나 군신의 헤어짐 또한 남자에게는 단장斷腸의 슬픔이로구나. 아아, 발걸음을 돌릴까 몇 번 생각했는지 모르겠다.'

서서는 여전히 유비의 정과 은혜의 마음을 뒤에 남겨둔 채 말을 급히 달려나갔다. 하지만 허도에 잡혀 있는 어머니의 일도 마음에 걸렸다. 그랬기에 쏜살처럼 길을 서둘러야만 했다. 서서는 조급했다. 그런 가운데 또 하나 마음에 걸리는 것은, 헤어질 때 자신이 천거한 제갈공명에 관한 일이었다. 주공 유비는 며칠 안에 틀림없이 공명을 찾아갈 테지만, 공명이 과연 부름에 응할지 걱정이었다.

'그는 공명이 아닌가. 아마도 쉽게 움직이지는 않을 것이다.'

서서는 책임감을 느꼈다. 유비를 떠올리면 마음이 괴로웠다.

'그래, 융중에 들렀다 가도 많이 돌아가는 것은 아니지. 인사도 할 겸 잠깐 공명의 얼굴을 보고 가자. 주공 유비의 간절한 부름이 있으면 꼭 응해달라고 잘 말해보기로 하자.'

그는 갑자기 방향을 바꿔 양양의 서쪽을 향해 내달렸다. 곧 저 멀리 와룡강이 보이기 시작했다. 용이 누워 있는 듯한 모습 때문에 그런 이름이 붙은 언덕이었다. 서서의 말이 그 언덕을 올랐다. 매우 오랜만에 가는 길이었기에 그곳의 나무와 돌들도 옛 친구처럼 반갑게 느껴졌다. 마침 늦가을이라 산 전체가 붉게 물들어 있었다.

　거의 찾는 사람이 없는 공명의 집은 단풍 한가운데 묻혀 있었다. 서서는 문 앞에 말을 세워두고 사립문을 두드려 사람이 왔다는 것을 알렸다. 하지만 집 안은 적막하여 나뭇잎 떨어지는 소리만 들려올 뿐이었다. 잠시 서 있자니 동자의 노랫소리가 들려왔다.

　　푸른 하늘은 둥그런 덮개 같고
　　물은 바둑판 같네
　　세상 사람은 흑백으로 나뉘어
　　이리저리 오가며 영욕榮辱을 다투네

“애, 동자야. 문 좀 열어라. 선생님은 안에 계시냐? 나다, 서서가 왔다고 말씀드려라.”

　서서가 열심히 불러보았으나 동자는 아직 듣지 못한 듯 노래하며 나무 위의 새집을 올려다보고 있었다.

　　영화로운 자는 스스로 평안하고
　　욕된 자는 모두 보잘것없네
　　남양에 은군隱君 있어
　　누워서도 높은 잠 부족하네

그러자 어딘가에서 동자를 부르는 목소리가 들리더니 문밖에 손님이 왔음을 가르쳐주었다.

"앗, 누가 왔나?"

동자가 날듯이 달려왔다. 그리고 안에서 사립문을 열어 손님을 보더니 활짝 웃으며 말했다.

"아아, 원식 선생님이셨습니까?"

서서가 나무에 말을 묶으며 물었다.

"선생님은 안에 계시느냐?"

"계십니다."

"서재에 계시느냐?"

"네."

"너, 노래를 꽤 잘하더구나."

"원식 선생님은 갑자기 화사해지셨습니다. 칼도 그렇고, 옷도 그렇고, 말의 안장도 그렇고."

정원의 오솔길을 따라 안으로 들어가는 서서의 뒤에서 동자가 수다스럽게 말했다. 그 말을 듣고 서서는 마음속으로 자신을 돌아보았다. 검 하나에 거친 옷을 입고 있던 예전의 가난했던 자신이 떠올랐다. 그리고 이 간소한 집의 주인을 만나기도 전부터 그에게 부끄럽다는 생각이 들었다.

동자는 차를 우리고, 주인과 손님은 서재 안에서 대화를 나누고 있었다.

"이젠 가을도 다 저물었소."

서서가 말하자 공명이 무릎을 끌어안고 답했다.

"겨울을 기다릴 뿐입니다. 장작도 넉넉하게 패놨으니."

서서는 언제까지고 말을 꺼낼 수가 없었다. 그러자 공명이 먼저 물었다.

"서 형, 오늘은 일이 있어서 오신 듯한데, 무슨 일로 오신 겝니까?"

드디어 말할 기회를 얻은 서서가 대답했다.

"아직 선생에게 말하지 않았으나 나는 얼마 전부터 신야의 유현덕을 모시고 있었다네."

"아, 그러셨습니까?"

"그런데 시골에 남겨두었던 노모가 조조의 부하에게 끌려가 지금 혼자서 허도에 잡혀 계신다네. 그 노모께서 적적함을 편지로 적어오셨기에 어쩔 수 없이 주공께 말미를 얻어 허도로 올라가는 중이었다네."

"참으로 잘하셨습니다. 출세 따위는 언제든지 가능합니다. 노모를 잘 모시기 바랍니다."

"이별에 앞서 이 서서가 간곡히 부탁하고 싶은 일이 있어 왔다네. 들어주지 않겠나?"

"우선 말씀부터 해보십시오."

"다름 아니라 오늘 주공께서 직접 멀리까지 배웅을 나오셨는데 진심으로 주공을 따르고 있었기에 헤어지기 전 융중의 언덕에 이러이러한 대현인이 있다고 선생을 극력 추천해두었다네. 그러니 참으로 실례되는 말이네만, 머지않아 현덕 공으로부터 말씀이 있으시면 마음에 들지 않더라도 부름에 응해주기 바라네. 거절하지 말기를, 벗의 호의에 기대 이렇게 청하는 바일세."

학력으로 보나 나이로 보나 서서가 공명보다 훨씬 선배였으나 그는 공명을 선생이라 부르며 진심으로 존경을 하고 있었다. 더구나 이번 일은 그리 간단한 문제가 아니었으며 공명이 단번에 승낙할 것이라 여기지도 않았다. 그런 그는 충정을 얼굴에 드러내며 그간의 경위와 자신의 의견 등을 자세하게 들려주었다. 그러자 시종 눈을 가느다랗게 뜨고 조용히 듣고 있던 공명이 자리에서 벌떡 일어서며 화난 목소리로 내뱉듯이 말했다.

"서 형께서는 이 공명을 제사의 제물로 바칠 생각이십니까?"

그러고는 소매를 흔들며 안쪽의 방으로 들어가버렸다.

서서는 놀라 낯빛을 잃었다. 제사의 제물이라면 짚이는 바가 있었다. 예전에 어떤 사람이 장자를 맞아들이기 위해 사자를 보냈더니 장자가 사자에게 이렇게 말했다고 한다.

"이보시오, 희생으로 바치는 소를 보지 못했소? 비단과 방울로 목을 장식하고 맛있는 먹이를 먹지만, 대묘의 제단으로 끌려가 바쳐질 때면 피를 흘리고 뼈가 토막 나지 않소?"

서서는 공명의 말에 부끄러움을 느꼈다. 존경하는 친구를 소로 만들어 팔 생각은 터럭만큼도 없었으나 귀한 친구와의 교우에 어색한 분위기를 만들었다는 사실 자체만으로도 적잖이 후회가 되었다.

"언젠가 사과할 날이 오겠지."

그는 어쩔 수 없이 자리에서 일어났다. 밖으로 나와 노을 진 하늘에 낙엽이 흩날리는 것을 보니, 이미 겨울이 가까워지고 있다는 게 느껴졌다.

며칠 동안의 여정 끝에 서서가 허도에 도착했을 때는 이미 겨울이었다. 건안 12년(207년) 11월이었다. 서서가 바로 승상부를 찾아가 도착을 알리자 조조가 순욱, 정욱에게 정중히 맞이하게 했다. 이튿날은 조조가 직접 그를 만났다.

"자네가 서서 원직인가? 어머니는 무탈하시니 그 점은 걱정하지 말게."

서서가 절을 하고 말했다.

"은혜에 깊이 감사드립니다. 그런데 어머니는 어디에 계십니까? 멀리서 온 아들에게 한시라도 빨리 만남을 허락해주시기 바랍니다."

조조가 몇 번이고 고개를 끄덕여 보이며 말했다.

"자네의 노모는 정욱이 조석으로 아무런 불편함 없이 잘 보살펴드리고 있네만, 오늘은 자네가 온다는 말을 듣고 저쪽 방으로 모셔왔네. 잠시 뒤 천천히 만나 뵙고 앞으로 오래도록 곁에서 모시며 아들의 도리를 다하도록 하게. 나 역시도 자네 곁에 머물며 하루하루 바른 가르침을 듣고 싶네."

"승상의 자비로움에 이 서서는 몸 둘 바를 모르겠습니다."

"그런데 자네처럼 효심 깊고 식견 높은 선비가 어찌 스스로 몸을 굽혀 유비 따위를 섬기는 것인가?"

"하루아침의 우연한 인연 때문입니다. 방랑을 하던 중 신야에서 우연히 발탁되었을 뿐입니다."

서서는 대수롭지 않다는 듯 두어 가지 잡담을 주고받았다. 그리고 드디어 조조의 허락을 얻어 노모를 만나러 안쪽 방으로 들어갔다.

"저 안에 계십니다."

안내를 맡았던 사람이 손가락으로 가리킨 뒤 곧 다른 곳으로 가버렸다. 서서는 깨끗한 정원 한쪽에 자리 잡은 건물 한 채를 보자마자 가슴이 두근거렸다. 그는 그 당하堂下에 엎드려 어머니를 불렀다.

"어머니! 서서입니다. 서서가 왔습니다."

그러자 그의 노모가 참으로 뜻밖이라는 듯한 표정으로 자신의 아들을 바라보며 물었다.

"원직이 아니냐? 요즘 네가 신야에서 유현덕 님을 모시게 되었다는 소식을 듣고 멀리서나마 기뻐했는데, 여기는 무슨 일로 온 것이냐?"

"어찌 그런 말씀을 하십니까? 어머니께서 주신 편지를 받고 주공께 말미를 얻어 밤을 낮 삼아 달려온 것입니다."

"너야말로 무슨 소리를 하는 게냐? 이 어미의 배 속에서 태어나 서른이 넘도록 겪었으면서도 이 어미가 아들에게 그런 글을 보내는 사람인지 아닌지도 모른단 말이냐?"

"하지만 여기에 편지가……."

서서가 신야에서 받았던 편지를 내보이자 노모는 더욱 화를 내며 낯빛까지 바꾸고 몸을 바로 하여 아들을 꾸짖었다.

"원직아! 너는 어렸을 때부터 유학을 배웠고 커서는 10여 년 동안 세상을 떠돌았다. 이 어미는 세상의 고난과 사람들 속의 신고辛苦를 보고 느끼는 것도 전부 살아 있는 공부라 생각하여 나의 외로움은 돌아보지도 않은 채 오로지 네가 수업에 힘쓰는 것만을 남몰래 기뻐하고 있었다. 그런데 이런 거짓 글을 보고 그 진위도 알아보지 않은 채 소중한 주공을 버리고 오다니, 이게 어찌 된 일이냐!"

"앗, 그럼…… 그 글은 어머니가 쓰신 게 아니었습니까?"

"효에는 밝은 듯하나 충에는 어둡구나. 너의 수업은 한쪽 눈만 밝힌 듯하다. 지금 유비 님은 제실의 갑옷으로 그 재주가 뛰어날 뿐만 아니라, 백성들 모두가 그분을 따르고 있다. 그런 주공을 모시게 된 것은 너의 커다란 행복, 이 어미도 자랑스럽게 생각하며 마음속으로 충의를 빌었건만…… 이 필부와 다를 바 없는……."

노모는 몸을 떨며 흐느껴 울다가 잠시 뒤 말도 없이 병풍 뒤로 들어가서는 모습을 드러내지 않았다. 서서는 부끄러움에 휩싸여 어머니의 엄한 꾸지람을 마음속으로 되새겨보고 자신의 생각이 짧았음을 후회했다. 그는 엎드려 우느라 고뇌로 어지러워진 얼굴을 들지 못했는데, 그때 병풍 뒤쪽에서 갑자기 이상한 소리가 들려왔다. 놀란 서서가 달려가보니 노모는 이미 스스로 목숨을 끊은 뒤였다.

"어머니…… 어머니!"

서서는 차가워진 어머니의 몸을 끌어안고 울부짖다 그 자리에서 혼절하고 말았다.

매서운 겨울바람 속 허도의 교외 남원南原에 훌륭한 무덤이 만들어졌다. 노모가 세상을 떠난 뒤, 조조가 서서를 위로하기 위해 만든 것이었다.

57
공명을 세 번 찾다

드디어 복룡을 찾아나서는 유비. 그러나 연못 깊은 곳에 숨어 쉽게
모습을 드러내지 않는 공명. 눈 덮인 세상처럼 유비의 마음도 얼어붙는구나

서서와 헤어진 뒤 유비는 한때 공허함에 사로잡혀 있었다. 그렇게
망연히 며칠을 보내다 문득 공명을 떠올렸다.

"그래, 공명. 그가 헤어질 때 추천한 공명을 찾아가보기로 하자."

유비는 측신들을 모아놓고 급히 그 일에 대해 의견을 물었다. 그때
문을 지키던 병사가 와서 고했다.

"한 노인이 와서 뵙기를 청합니다만……."

"풍채가 어떠한가?"

"높은 관을 쓰고 손에는 명아주 지팡이를 짚고 있습니다. 눈썹이 희

고 피부는 복숭아꽃 같아 용모가 예사스럽지 않은 듯 보입니다."

"그렇다면 공명이 아닐까?"

그렇게 추측한 사람도 있었다. 유비 역시 그런 생각이 들어 자신이 직접 문까지 나가보니 그 노인은 수경 선생 사마휘였다.

"아, 선생님 아니십니까."

유비가 기뻐하며 당 위로 데려가 예전의 은혜에 감사하고 그간 소원했음을 사죄했다.

"시간을 내서 한번 찾아뵈려 했는데 이렇게 먼저 찾아주시다니 참으로 송구스럽습니다."

사마휘가 고개를 저으며 대답했다.

"아닙니다. 저는 예의로 찾아온 것이 아닙니다. 요즘 서서가 여기 머물고 있다는 소리를 들었기에 마침 볼일이 있어 근처까지 왔다가 잠시 들른 것뿐입니다."

"아아, 서서 말씀이십니까. 실은 며칠 전에 이곳을 떠났습니다."

"떠났다고요?"

"시골에 계시던 어머니가 조조에게 사로잡혔는데, 그 어머니가 편지를 보내 부르셨습니다."

"뭐, 뭣이. 사로잡힌 어머니께서 편지를……. 알 수 없는 일이로구나."

"선생님, 무엇을 의심하십니까?"

"저도 서서의 어머니를 알고 있습니다만, 그 부인은 세상에 보기 드문 현모로 그처럼 푸념 섞인 편지를 보내 아들을 부르실 분이 아닙니다."

"그렇다면 거짓 편지란 말씀이십니까?"

"아마도 그럴 것입니다. 아아, 참으로 안타깝구나. 만일 서서가 가지 않았다면 노모도 무사했을 텐데, 서서가 가버렸으니 노모는 틀림없이 살아 계시지 않겠구나."

"사실은 서서가 떠나기 전에 융중의 제갈공명이라는 인물을 소개했습니다만, 헤어지기 직전 길가에서 말을 했기에 자세한 얘기는 들을 수가 없었습니다. 선생님께서도 그를 알고 계시는지요?"

사마휘가 웃으며 대답했다.

"하하하. 자신은 다른 하늘로 떠나면서 쓸데없는 말을 해서 벗에게 번거로움을 안겨줬구나. 참으로 실없는 사람이로다."

"번거로움이라니요?"

"공명에게는 그렇다는 말입니다. 우리 도우道友들 또한 그가 융중에서 나오면 적잖이 적적해질 것입니다."

"도우들 중에는 어떤 분들이 계십니까?"

"박릉博陵의 최주평, 영천의 석광원石廣元, 여남의 맹공위孟公威, 서서 등 손가락으로 꼽을 수 있을 정도밖에 되지 않습니다."

"전부가 명사들이십니다만, 공명이라는 이름만은 일찍이 들어본 적이 없습니다."

"그처럼 이름이 나기를 꺼리는 사람도 없을 겁니다. 가난한 자가 구슬을 아끼듯 자신의 이름을 아낍니다."

"도우들 가운데서 공명의 학식은 높은 편입니까, 낮은 편입니까?"

"그의 학문은 높지도 낮지도 않습니다. 그저 대략을 알고 있을 뿐입니다. 그는 모든 방면의 대략을 잘 파악하고 있어 통하지 않는 것이 없습니다."

그는 그렇게 말하고는 지팡이를 세우며 중얼거렸다.

"이제 그만 돌아가야겠구나."

유비가 그를 붙잡으며 다시 말을 이어나갔다.

"형주, 양양을 중심으로 이 지방에는 어찌 그리도 많은 명사와 현인들이 모여 있는 것입니까?"

사마휘가 다시 지팡이를 누이며 대답했다.

"그것은 우연이 아닙니다. 예전에 은규라는, 천문에 밝은 자가 있었습니다. 그가 뭇별의 움직임을 보고 이 땅은 반드시 현인의 연총淵叢이 되리라고 예언했지요. 그 일은 이곳의 고로故老들 모두가 잘 기억하고 있는 일입니다. 다시 말해 이곳은 대강大江의 중류에 위치하며, 촉, 위, 오 세 개 대륙의 경계이며 그 중추에 자리하고 있기 때문에 시대의 흐름이 자연스럽게 이곳으로 인재를 불러 모은 것입니다. 그 인재들은 과거와 미래 사이에서 정관靜觀하며 조용히 학문을 닦기도 하고, 때가 오기를 기다리기도 합니다."

"말씀을 듣고 나니 제가 있는 곳이 어떤 곳인지 밝히 알게 되었습니다."

"그렇습니다. 다음으로 나아가기 위해서는 무엇보다도 먼저 자신이 있는 곳, 그것을 밝히 알아야 할 것입니다. 장군께서 이 땅에 오신 것은 장군 자신이 뜻한 바도 아니며, 또 다른 이의 노력으로 그리된 것도 아닙니다. 장군께서는 커다란 자연의 힘, 시대의 흐름에 떠밀려온 일개 표류자에 불과합니다. 하늘의 뜻인지 우연인지는 모르겠으나 표류하신 곳에는 태양을 만나 개화하려 하는 양춘陽春의 기운이 가득합니다. 이 땅에 숨어 있는 그와 같은 자들의 생명력이 장군의 눈에는 보이지 않으십니까? 그 냄새를 못 맡으시겠습니까? 피에 느껴지지 않습니까?"

"느껴집니다. 그것이 느껴질 때면 제 온몸이 맥박 치는 듯하여 가만히 있을 수가 없습니다."

"좋구나, 좋아."

사마휘가 껄껄 웃고 난 뒤 다시 말했다.

"그것만 기억해두신다면 나머지는 걱정하지 않으셔도 됩니다. 아아, 너무 오래 머물렀구나."

"선생님, 잠시만 더 말씀을 들려주십시오. 실은 조만간 융중의 공명을 찾아갈 생각입니다만, 그는 자신을 관중과 악의에 비하며 매우 자중하고 있다고 들었습니다. 약간 지나친 자부심은 아닐는지요. 실제로 그에게 그와 같은 소질이 있습니까?"

"아닙니다, 그 공명이 어찌 자신을 과대평가하겠습니까? 제가 보기에 그는 주나라 8백 년 대업을 일으킨 태공망, 혹은 한나라 창업 4백년의 기초를 닦은 장자방에 비해도 결코 뒤지지 않을 것입니다."

사마휘는 그렇게 말하며 천천히 계단을 내려가 유비에게 인사를 했다. 그래도 유비가 붙들자 하늘을 올려다보고 웃으며 말했다.

"아아, 와룡 선생, 그 주인은 얻었으나 안타깝게도 때를 얻지 못했구나! 때를 얻지 못했어!"

그러고는 다시 껄껄 웃으며 그 자리를 떠났다. 유비는 깊이 감탄하며 좌우의 사람들에게 말했다.

"고사께서 저처럼 높이 평가하시니 공명은 틀림없이 깊은 연못에 숨은 교룡, 참된 은군자隱君子일 것이요. 하루라도 빨리 공명을 찾아가 그를 만나고 싶소."

마침내 유비는 하루 짬을 내어 관우, 장비와 몇 명의 하인들만 데리고 행장도 간소하게 꾸려 융중으로 향했다. 겨울의 맑고 조용한 날이었다. 한가로운 전원의 풍경을 음미하며 교외의 마을길을 몇 리 걸어가자 겨울의 논두렁과 밭 근처에서 백성들이 평화롭게 노래하는 소리가 들려왔다.

푸른 하늘은 둥글고 둥그네
땅은 좁고 바둑판 같네
세상은 검은 돌과 흰 돌같이
영욕을 다투네, 부지런히 다투네
영화로운 자는 편안하고
패한 자는 쓸데없이 몸부림치네
이 남양은 별천지
누워 높은 잠 자는 이는 누굴까
누굴까, 누워서도 아직 부족한
얼굴을 하고 있는 자는

유비가 말을 멈추고 한 농부에게 그 노래는 누가 지은 것이냐고 물었다.

"네, 와룡 선생의 노래입니다."

농부가 바로 대답했다.

"선생께서 지으셨단 말이오?"

"그렇습니다. 선생께서 지으신 노래라 들었습니다."

"그 와룡 선생의 거처가 이 부근에 있는 게 맞소?"

"저기에 보이는 산 남쪽의 띠처럼 생긴 언덕을 와룡강이라고 합니다. 그곳의 야트막한 곳에 한 무리의 숲이 있는데, 그 숲 속에 사립문, 오두막이 있습니다."

그렇게 대답한 농부는 다시 밭에 쭈그려 앉아 부지런히 일을 하기 시작했다.

유비는 좌우의 사람들과 이야기를 나누며 다시 말을 몰아 3, 4리쯤 더 갔다. 길은 이미 언덕의 밑자락에 접어들었다. 나뭇가지 사이로 파란 겨울 하늘이 보였으며 새들의 노랫소리가 맑게 들려왔다. 어디선가 '쏴아' 하는 작은 폭포 소리가 들려온다 싶어 주위를 둘러보니 커다란 소나무 사이로 바람이 지나가고 있었다. 산그늘로 접어들자 계곡이 보이더니 부근의 풍광이 부지런히 그들을 맞이했다. 꽤 긴 언덕길이었으나 지루한 줄 몰랐다.

"아아, 저곳인 듯합니다."

관우가 손가락으로 가리키며 유비를 돌아보았다. 유비가 고개를 끄덕이고는 말에서 내렸다. 대나무로 엮어 두른 청초한 울타리의 사립문 부근에서 동자 하나가 원숭이와 장난을 치고 있었다. 낯선 인마를 본

새끼 원숭이가 갑자기 소리를 지르며 울타리에서 나뭇가지 위로 올라 갔다. 그리고 그 뒤에도 여전히 요란한 소리로 울어댔다. 유비가 발걸음을 멈추고 물었다.

"얘야, 여기가 공명 선생 댁이냐?"

"네."

동자는 무뚝뚝하게 대답하고, 유비 뒤에 있는 관우와 장비의 모습을 동그랗게 뜬 눈으로 살펴보기만 했다.

"수고스럽겠지만 오두막 안에 얘기 좀 전해주면 좋겠구나. 나는 한나라의 좌장군, 의성정후, 예주의 목으로 신야에 머물고 있는 황숙 유비, 자를 현덕이라 하는 사람이다. 선생님을 뵙기 위해 직접 찾아왔다만……."

동자가 갑자기 유비의 말을 막으며 말했다.

"잠깐만요. 그렇게 긴 이름은 외울 수가 없어요. 다시 한번 말씀해주세요."

"그래, 내가 잘못했구나. 그저 신야의 유비가 왔다고만 전해주어라."

"죄송하지만 선생님께서는 오늘 아침 일찍 나가셔서 아직 들어오지 않으셨습니다."

"어디에 가셨느냐?"

"행운종적부정行雲踪蹟不定이라 하지 않습니까. 어디에 가셨는지 알 수 없습니다."

"그럼 언제쯤 돌아오시느냐?"

"어떨 때는 4, 5일, 어떨 때는 10여 일, 그것도 알 수 없습니다."

"……."

유비가 맥이 빠진 모습으로 길게 한숨을 내쉬며 멍하니 서 있자 곁에 있던 장비가 말했다.

"없다니 어쩔 수 없지 않습니까. 얼른 돌아갑시다."

관우도 유비 곁으로 말을 끌고 와서 말했다.

"훗날 사람이라도 보내 선생이 계신지 확인한 뒤 다시 오시는 것이 어떻겠습니까?"

유비는 공명이 돌아올 때까지 거기에 서서 기다리고 싶었으나, 어쩔 수 없이 동자에게 말을 전해달라 일러두고 힘없이 언덕길을 내려왔다.

수려하나 높지는 않은 산, 맑으나 깊지는 않은 물, 무성한 소나무와 대나무 숲에는 원숭이와 학이 노닐고 있었다. 유비는 이 산자수명山紫水明에도 자꾸만 미련이 남았다. 그런데 언덕 밑에서 푸른 옷을 입고 소요건逍遙巾을 쓴 사람이 지팡이를 끌며 올라오고 있었다. 가까이 다가가서 바라보니 눈언저리가 시원한 고사였다. 어딘가 깊은 계곡의 향기로운 난과 같은 느낌이 있었다. 유비가 급히 말에서 내려 대여섯 걸음 앞으로 걸어가며 생각했다.

'이 사람이 제갈량인가 보다.'

유비는 갑자기 말에서 내려 그에게 공손히 인사를 했다. 그러자 검은 두건, 푸른 옷을 두른 고사가 당황한 표정으로 지팡이를 멈추고 물었다.

"무슨 일이십니까? 어째서 제게 인사를 하시는 겝니까?"

유비가 정중하게 대답했다.

"지금 선생님의 오두막을 찾았다가 헛되이 돌아가는 길이었습니다. 뜻밖에도 여기서 만나 뵙게 되어 참으로 다행입니다."

푸른 옷의 고사가 더욱 놀라며 말했다.

"사람을 잘못 보신 듯합니다. 장군께서는 대체 어디의 누구십니까?"

"신야의 유비 현덕입니다."

"응? 장군께서?"

"공명 선생이 아니십니까?"

"아닙니다! 그와 저 사이에는 영조靈鳥와 까마귀만큼의 차이가 있습니다."

"그럼 어떤 분이십니까?"

"공명의 벗으로 박릉의 최주평입니다."

"아아, 바로 그분이셨군요."

"저도 오래전부터 장군의 성함을 들어왔습니다만, 그처럼 가벼운 차림으로 갑자기 공명의 오두막을 찾으시다니, 대체 무슨 일이십니까?"

"그 점에 대해 드릴 말씀이 있습니다. 우선은 이쪽의 바위에라도 앉으십시오. 저도 좀 앉겠습니다."

유비가 길가의 바위에 앉아 다시 말을 이었다.

"제가 공명 선생을 찾아온 것은 나라를 잘 다스려 백성을 편안히 할 길을 묻기 위해서입니다."

그러자 최주평이 큰 소리로 웃으며 말했다.

"참으로 좋은 일입니다. 하나 장군께서는 치란의 도리를 모르시는 듯합니다."

"그럴지도 모르겠습니다. 청컨대 치란의 도를 들려주시기 바랍니다."

"산촌에 사는 일개 유생의 헛된 소리라 꾸짖지 않으신다면 한 말씀 올리도록 하겠습니다. 치란治亂이란 이 세상의 두 가지 모습인지, 한 가지 모습인지. 예로부터 치(다스림)가 극에 이르면 난(어지러움)이 일어나고, 난이 극에 달하면 치에 들어가는 것은 말할 필요도 없는 사실입니다. 지금은 어떤지 살펴보면 광무제의 다스림 이후 오늘에 이르기까지 2백여 년 동안 평화가 계속되다 얼마 전부터 땅에 병란의 소리, 구름에 전고戰鼓의 울림, 다시 말해 어지러움이 시작되었습니다."

"그렇습니다. 난조亂兆가 보이기 시작한 지도 벌써 20년이 지났습니다."

"사람의 일생을 놓고 봤을 때 20년의 난은 길게 느껴지지만 유구한 역사 위에서 보자면 짧은 한순간에 불과합니다. 태풍을 예고하는 차가운 바람이 살랑거리기 시작한 정도라 할 수 있을 것입니다."

"바로 그렇기 때문에 참된 현인을 만나 백성의 재해를 미연에 방지하는 것, 혹은 최소화하기에 노력하는 것이 이 유비의 사명이라 굳게 믿고 있습니다."

"참으로 높은 이상이십니다. 하지만 하늘의 뜻에 따라 생겼다가 없어지는 것이니 언젠가는 끝나겠지요. 보십시오, 한족이 일어난 이후의 흐름을. 또한 진나라와 한나라의 통치와 여러 나라들의 제도가 세워진 이후의 변화를. 역사는 끊임없이 반복되는 것인 듯합니다. 만물이 나왔다가는 사라지고, 하나가 사라지면 다시 여럿이 일어나고, 이 모두가 하늘의 이치입니다. 자연의 천심天心에서 보자면, 파란 잎이 났다가 낙엽이 되어 떨어지는 것과 조금도 다를 바 없는, 평범한 일에 지나지 않을 것입니다."

"저희는 범속凡俗한 인간입니다. 똑같은 인간으로 태어난 만민이 도탄에 빠져 괴로워하며 몸부림치는 모습을 고사님처럼 냉정하게 바라볼 수가 없습니다. 또한 끝없는 유혈의 숙명을 외면할 수도 없습니다."

"영웅의 고뇌가 바로 거기에 있는 것이겠지요. 하지만 장군께서 공명을 맞이하여 그를 쓴다 한들 우주의 천리를 어찌할 수 있겠습니까? 설령 공명에게 천지를 돌릴 만한 재주가 있다 할지라도, 건곤을 날조할 만큼의 힘이 있다 할지라도 그 도리를 바꾸어 이 세상에서 전쟁을 없앨 수는 없을 것입니다. 그 역시도 그렇게 튼튼한 몸은 가지고 있지 않으며, 그저 한정된 생명을 가지고 있는 인간에 지나지 않으니까요. 하하하하."

공손하게 가만히 듣고 있던 유비는 최주평의 말이 끝나자 깊이 감사의 인사를 했다. 그리고 화제를 앞으로 되돌렸다.

"높으신 가르침, 참으로 감사합니다. 오늘 뜻밖의 가르침을 받아 더할 나위 없이 기쁘기는 합니다만, 공명 선생을 뵙지 못하고 가는 것만은 안타깝기 그지없습니다. 혹시 선생이 어디로 가셨는지 알고 계시지 않습니까?"

"실은 저도 공명의 집을 찾아가던 길이었습니다만, 집에 없다니 저도 돌아가야겠습니다."

최주평이 자리에서 일어났다. 유비도 함께 일어서며 최주평에게 권했다.

"이 유비와 함께 신야로 가시지 않겠습니까? 귀공께 여러 가지로 좋은 말씀을 더 듣고 싶습니다."

최주평은 머리를 흔들었다.

"산야의 일개 유생, 애초부터 세상의 명리를 탐할 마음은 없었습니다. 인연이 닿으면 또 뵙게 되겠지요."

그러고는 길게 읍揖한 뒤 그곳을 떠났다. 유비도 곧 말에 올라 와룡강을 뒤로하고 신야로 돌아갔다. 도중에 관우가 유비 곁으로 말을 몰고 와 가만히 물어보았다.

"형님은 조금 전 치란에 대해 이야기한 은사의 말을 진리라 생각하십니까?"

유비가 빙그레 웃으며 대답했다.

"그렇게 생각지 않는다. 그가 이야기한 것은 그들 속의 진리지 속세에서 살아가는 만민의 진리는 아니다. 이 땅 위를 덮고 있는 것은 억조 민중이 아니냐. 은사나 고사는 그 숫자를 헤아릴 수 있을 정도밖에 존재하지 않을 것이다. 그런 소수의 무리들 속에서만 믿어지는 진리라면, 어떤 이상이라도 주장할 수 있을 것이다."

"치란의 이치를 그처럼 잘 알고 계시면서 길고 긴 최주평의 말을 어찌 가만히 듣고만 계셨습니까?"

"혹시 그 안에 일언반구라도 세상을 구하고 만민의 고통을 어루만져줄 말이 있지 않을까 해서 끝까지 듣고 있었던 것이다."

"결국에는 없었습니다."

"없었네. 없었다네. 그것을 들려줄 사람에게 나는 목말라 있어. 아직 만나지 못한 공명 선생에게 내가 원하는 것도 바로 그런 목소리라네. 그런 진리라네."

그렇게 해서 그날은 덧없이 저물고 말았다.

신야에 돌아온 지 며칠 후 유비는 다시 사람을 보내 공명이 집에 있는지를 알아보게 했다. 잠시 뒤 그자가 돌아와 고했다.

"며칠 전 공명 선생이 집으로 돌아오신 듯합니다. 지금 서둘러 출발하시면 이번에는 틀림없이 오두막에 있을 것입니다."

유비가 급히 말을 준비하라고 명령했다. 장비가 말 옆에 와서 약간 불평 섞인 목소리로 안장 위의 유비에게 말했다.

"일개 촌부의 집에 몇 번이고 직접 찾아갈 필요 있습니까? 그냥 사람을 보내 공명더러 성으로 오라고 하면 되지 않겠습니까."

"예의가 아니다. 그래서야 어찌 공명 선생과 같은 희세의 현인을 맞아들일 수 있겠느냐."

"공명이라는 자가 얼마나 잘난 현인인지는 모르겠으나 기껏해야 좁다란 서재와 10평쯤 되는 밭밖에 모르는 놈, 실제 사회는 그런 게 아닙니다. 만일 높다랗게 앉아서 오네 마네 하면 장비가 달려가서 당장 끌고 오겠습니다."

"그것은 스스로 문을 닫아버리는 것과 다를 바 없는 일이다. 책을 펼쳐 맹자의 말이라도 잠시 곱씹어보도록 해라."

유비는 먼젓번과 다를 바 없을 정도의 사람들만 데리고 성문을 나섰다. 신야의 교외로 접어들 무렵, 회색 하늘에서 눈발이 날리기 시작했다. 때는 12월 중순이었다. 삭풍이 살갗을 찔렀으며 눈발이 더욱 심해

저 길을 새하얗게 뒤덮었다.

* * *

일행이 융중의 마을 가까이 이르렀을 때는 천지의 모든 것이 새하얗게 변해 있었다. 걸으면 걸을수록 따르는 사람들의 짚신이 무거워졌으며, 말발굽이 눈에 빠졌다. 하얀 바람이 옷깃을 헤집고 들어왔다. 말의 숨결도 얼었고, 사람들의 눈썹도 전부 얼음기둥이 되었다.

"나 원, 왜 이렇게 추운 거야. 정말 한심하군."

장비가 얼굴을 찡그리며 눈보라 속에서 들으라는 듯 중얼거리고는 유비 곁으로 다가가 다시 말했다.

"큰형님, 이젠 그만두기로 합시다. 싸움도 하지 않고 이런 죽을 고생을 하면서 무익한 인간을 찾아가 대체 어쩔 생각입니까? 저기에 있는 민가에 잠깐 들어가서 몸이라도 녹인 뒤 신야로 돌아가는 게 어떻겠습니까?"

그 말에 유비가 평소와는 달리 눈보라 속에서 성난 표정으로 장비를 야단쳤다.

"쓸데없는 소리 그만해라. 너는 싫은 게냐? 추운 게냐?"

장비도 지지 않고 뻘건 얼굴에 골난 표정을 지으며 말했다.

"싸움을 하는 거라면 죽는다 해도 싫다고는 하지 않을 테지만, 이런 고생은 의미가 없잖수. 뭣 때문에 이처럼 생고생을 하며 가는 건지, 아무도 이해할 수 없을 거요."

"내가 찾아가는 공명 선생에게 나의 열정과 정성을 알리기 위해서다."

"그건 큰형님 혼자만의 생각일 거요. 모르시겠수? 이처럼 큰 눈이 오는 날 손님이 우르르 몰려들면 저쪽에서도 좋다고는 하지 않을 거요."

"누가 알겠느냐, 천 장丈의 눈. 입 다물고 따라오기나 해라. 더 걷기 싫으면 혼자 신야로 돌아가도 상관없다."

벌써 마을의 중간쯤 들어온 모양이었다. 길 양옆으로 곳곳에 집이 보였다. 눈에 묻힌 집의 창을 통해 농가의 아낙이 놀란 표정으로 일행을 바라보았다. 또 가느다란 연기가 기어 올라가는 벽의 안쪽에서 어린아이의 목소리가 들려오기도 했다.

그처럼 한촌의 가난한 백성들을 보면 유비는 자신의 고향 탁현과 그무렵의 가난했던 생활이 떠올랐다. 동시에 이 땅에 넘쳐나는 가난한 백성들의 숙명을 생각하지 않을 수 없었다. 그는 거기서 자기 뜻의 커다란 의의와 신념을 발견한 것이다. 오늘뿐만이 아니었다. 지난 20년 동안의 일이었다.

> 장사壯士의 높은 이름, 아직 이루지 못했네
> 아아 오래도록 봄 햇살을 만나지 못했네
> 그대는 보지 못했는가
> 동해의 노인이 가시나무 숲 떠나는 것을
> 돌다리의 장사 누군지 잘도 자라
> 360조釣 널리 펼쳤네
> 풍아風雅 마침내 문왕文王과 어우러져

8백 제후, 뜻밖에도 모여

황룡주黃龍舟를 타고 맹진孟津을 건넜네

어디선가 심장을 쥐어짜내듯 씩씩하고 높다랗게 노래를 부르는 사람이 있었다.

"이 목소리는?"

유비는 자신도 모르게 말을 멈추었다. 길 위의 눈, 내리는 눈, 지붕 위의 눈이 허연 선풍이 되어 시야를 가렸다. 문득 옆을 돌아보니 기울어가는 집의 문에 시 한 수를 적어놓은 주련판과 주막임을 알리는 작은 깃발이 세워져 있었다. 그 안에서 노랫소리가 흘러나왔다. 깊이 있는 목소리, 혈기왕성한 기개가 느껴졌다.

목야에서의 일전一戰, 피가 절굿공이를 띄우고

조가朝歌에서 주왕을 주살했네

또 보지 못했는가

고양高陽의 술주정뱅이가 풀 속에서 일어선 것을

길게 읍하니 산속의 융준공隆準公

대패大霸를 크게 이야기해 사람들의 귀를 놀라게 했네

두 여자 발을 씻어 누구의 현賢을 만날까

유비는 그대로 선 채 눈에 묻혀가는 줄도 모르고 가만히 노래를 듣고 있었다. 그러자 이번에는 다른 사람이 술상을 두드리며 높다랗게 노래하기 시작했다. 한 사람은 거기에 맞춰 젓가락으로 대접을 두드렸다.

　　한 황제 칼을 휘둘러 천하를 깨끗이 하고
　　한 번 강태強泰를 정한 지 4백 년
　　환제와 영제 아직 오래지 않으나 화덕火德이 쇠해
　　난신亂臣과 도적이 재상이 되고
　　도적의 무리 사방에서 개미처럼 모이네
　　만 리의 간웅 모두 매처럼 솟아오르네
　　우리는 크게 울부짖으며 덧없이 손바닥만 두드릴 뿐
　　몸부림치며 마을의 술집에 와서 촌주村酒를 마시네

"하하하하."
"와하하하."
노래가 끝나자 들보의 먼지까지 떨어뜨릴 듯한 웃음소리가 들려왔다. 유비는 노래에 담긴 의미를 생각하며 서둘러 말에서 내렸다.
'둘 중 한 사람은 틀림없이 공명일 것이다.'
그러고는 술집 안으로 불쑥 들어갔다. 두 처사가 어디서나 흔히 볼 수 있는, 판자로 만든 기다란 탁자에 기대어 술을 마시고 있었다. 문밖에서 불쑥 모습을 드러낸 유비의 모습에 두 사람 모두 놀란 표정을 지었다. 맞은편에 앉은 노인은 명자나무 꽃처럼 얼굴이 빨갰는데 깔끔한 용모에 기고奇古함이 담겨 있어 어딘가 풍격이 있어 보였다. 널따란 등판을 보인 채 노인과 마주 앉아 있는 사람은 하얀 얼굴, 검은 머리의 장사였는데 부자인지 친구인지 아주 친한 사이인 듯했다.

유비가 주흥을 깬 무례함을 공손히 사과하고 노인에게 물었다.

"거기에 계신 분이 와룡 선생 아니십니까?"

"아니오……."

노인이 고개를 흔들며 쓴웃음을 지었다. 이번에는 젊은 사람을 향해 유비가 물었다.

"혹시 공명 선생 아니십니까?"

"아닙니다."

젊은이도 분명하게 부정했다. 노인이 이상하다는 듯 유비에게 질문을 했다.

"이처럼 눈이 내리는데 무슨 일로 와룡을 찾으십니까? 또 장군은 누구십니까?"

"인사가 늦었습니다. 저는 한나라의 좌장군, 예주의 목, 유현덕이라하는 자입니다. 공명 선생을 찾아온 것은 지금의 난세를 다스려 도탄에 빠진 백성을 구할 길을 묻기 위해서입니다."

"그렇다면 신야의 성주가 아니십니까?"

"그렇습니다. 조금 전 문밖을 지나려는데 씩씩한 목소리로 강개에찬 노래를 부르는 소리가 들려왔습니다. 틀림없이 공명 선생일 것이라는 생각이 들어 저도 모르게 그만 불쑥 들어와버리고 말았습니다."

두 사람이 얼굴을 마주 보았다.

"참 죄송하게 됐습니다. 저희 두 사람 모두 공명이 아닙니다. 그저와룡의 친구일 뿐입니다. 저는 영천의 석광원이라 하며, 제 앞에 있는 장사는 여남의 맹공위라 하는 자입니다."

유비는 실망하지 않았다. 석광원, 맹공위 모두 양양의 학계에서 저명한 인사들이었다.

"이런 곳에서 뵙게 되다니 참으로 뜻밖입니다. 함께 와룡 선생의 오두막으로 가지 않으시겠습니까?"

유비가 권하자 석광원이 머리를 흔들며 가볍게 거절했다.

"저희는 산속에 높다랗게 누워 게으름에 익숙해져 있는 은자들인데, 어찌 치국안민을 논할 수 있겠습니까? 자격이 없는 인간들입니다. 어서 와룡을 찾아가시는 것이 좋을 듯합니다."

하는 수 없이 유비는 두 사람에게 인사를 하고 술집 밖으로 나왔다. 눈은 여전히 펑펑 쏟아지고 있었다. 따라나선 관우와 장비도 오늘은 말없이 눈을 헤치고 나갈 뿐이었다.

잠시 뒤 언덕 위의 집, 공명의 오두막에 드디어 도착했다. 사립문을 두드려 지난번 봤던 동자에게 공명이 있는지를 물었다.

"네, 오늘은 서당 안에 계신 듯합니다. 저쪽에 있는 당입니다. 가보십시오."

그렇게 말하며 안쪽을 가리켰다.

유비는 따라온 사람들과 말들을 사립문 옆에 남겨둔 채 관우, 장비만을 데리고 눈을 헤치며 정원 안쪽으로 들어갔다. 서재인 듯한 당 하나가 보였다. 툇마루와 차양 모두가 눈에 묻혔으며 당 안은 조용했다. 커다란 파초의 잎으로 창문을 가려 눈을 막고 있었다. 유비가 혼자 방 앞으로 다가가 가만히 안을 들여다보았다.

그곳에 조용히 무릎을 끌어안고 화로 곁에 앉아 있는 젊은이가 있었다. 젊은이는 미목수려했다. 그는 당 밖에 사람이 와 있다는 것을 깨닫지 못했는지 혼자 노래를 읊조렸다.

봉황은 천 리를 나나
구슬 없는 나무에는 깃들지 않는다 하네
나는 곤궁하게 한 모퉁이 땅을 지키고 있으나
영주英主가 아니면 섬기지 않으리
스스로 밭을 갈고
거문고와 책으로 마음을 달래고
시를 읊어 울분을 털며
하늘의 때를 기다리네
한번 밝은 주인을 만나면
늦었다 할 것 무엇 있으리

유비는 가만히 계단을 올라 툇마루 앞에 서 있었다. 흥을 깨는 것도 좋지 않겠다 싶어 한동안 더 귀를 기울였으나 노래를 읊조리는 소리는 더 이상 들리지 않았다. 유비는 머뭇머뭇 당 안을 들여다보았다. 그 사람은 무릎을 끌어안은 채로 화로 옆에 앉아 졸고 있었다. 마치 아무런 사심도 없는 어린아이 같았다.

"선생님, 주무십니까?"

유비가 그렇게 불러보니 젊은이가 번쩍 눈을 떠 놀란 표정을 지으면서도 조용한 목소리로 물었다.

"아…… 누구십니까?"

유비가 그 자리에서 몸을 웅크려 예를 취하며 말했다.

"오래도록 선생님의 높으신 이름을 흠모해온 자입니다. 사실은 얼마 전에 서서가 권하여, 선장仙莊으로 찾아왔으나 뵐 기회를 얻지 못하고 헛되이 돌아가야 했습니다. 오늘은 풍설을 뚫고 온 보람이 있어 이렇게 만나 뵙게 되었으니 이보다 더한 기쁨도 없을 듯합니다."

그러자 그 젊은이가 다급히 몸을 바로 하고 답례를 하며 말했다.

"장군은 신야의 유 황숙이 아니십니까? 오늘도 저희 형님을 만나러 오신 모양입니다."

유비가 실색하며 물었다.

"그렇다면 당신도 역시 와룡 선생이 아니라는 말씀이십니까?"

"네, 저는 와룡의 동생입니다. 저희 집에는 형제가 셋 있습니다. 큰형님은 제갈근이라 하는데 오로 가서 손권의 막빈幕賓으로 있습니다. 둘째 형님이 제갈량, 곧 공명이고, 저는 와룡의 동생 제갈균이라 합니다."

"아, 그렇습니까."

"늘 이렇게 먼 길을 오시는데, 참으로 죄송합니다."

"그런데 와룡 선생은?"

"오늘도 집에 없습니다."

"어디에 가셨습니까?"

"오늘 아침 박릉의 최주평이 왔는데 둘이서 어딘가로 가버렸습니다."

"어디로 가셨는지 모릅니까?"

"어떤 날은 강호에 작은 배를 띄워놓고 놀며, 어떤 날은 산사에 올라 승문僧門을 두드리고, 또 어떤 날은 벽촌에 있는 벗을 찾아가 거문고와 바둑을 즐기기도 하고 시화를 즐기기도 하니, 오늘은 어디로 갔는지 알 길이 없습니다."

균이 참으로 딱하게 됐다는 듯 바깥의 눈을 바라보며 대답했다.

"선생과 나는 어찌 이리도 인연이 없단 말인가."

유비가 길게 탄식하며 자신도 모르게 중얼거렸다.

균은 말없이 옆방으로 들어갔다. 조그만 화덕에 불을 붙여 손님을 위해 차를 우리기 위해서였다.

"큰형님, 공명이 집에 없다니 어쩔 수 없지 않습니까. 자, 어서 돌아갑시다."

장비가 계하에서 그렇게 울부짖으며 재촉했다. 당 밖에는 거센 눈보라가 몰아치고 있었다.

차가 끓자 제갈균이 유비에게 차 한 잔을 공손하게 내주며 말했다.

"거기는 눈이 들이칩니다. 여기에 잠시 앉아 쉬십시오."

유비는 자꾸만 돌아가자고 조르는 장비의 목소리를 뒤로한 채 차분하게 차를 마시며 이런저런 얘기를 나누기 시작했다.

"공명 선생께서는 육도를 자주 외우시며 삼략에 통달했다고 들었습니다만, 매일 병서兵書를 읽으십니까?"

"저는 잘 모르겠습니다."

제갈균이 공손히 대답했다.

"병마의 연습은 하시는지요?"

"모르겠습니다."

"아우님 외에 제자는 없습니까?"

"없습니다."

눈보라 속에서 몸이 달아 죽겠다는 듯 장비가 말했다.

"큰형님! 쓸데없는 문답 이제 그만하슈. 눈과 바람이 더욱 심해졌수다. 우물쭈물하면 날이 저물 거요."

유비가 돌아보며 야단을 쳤다.

"이 무례한 놈아, 조용해라!"

그리고 균을 향해 다시 말했다.

"이렇게 눈보라가 치니 더 이상 폐를 끼쳐봐야 오늘은 돌아오지 않으시겠지요? 훗날 다시 찾아뵙도록 하겠습니다."

"아닙니다. 번번이 먼 걸음을 하시게 하여 참으로 죄송합니다. 머지 않아 마음이 움직이면 형님께서 직접 찾아뵙겠지요."

"어찌 선생님이 오시기를 기다리겠습니까. 며칠 있다 제가 다시 찾아뵙도록 하겠습니다. 지필紙筆을 좀 빌려주셨으면 합니다. 하다못해 선생께 글 한 통이라도 남기고 가겠습니다."

"잠시 기다리십시오."

제갈균이 자리에서 일어나 책상 위에 있던 문방사우를 유비의 앞에 놓아주었다. 붓끝도 얼어 있었다. 유비는 흰 종이에 다음과 같이 썼다.

한나라 좌장군 의성정후 사예교위 영예주의 목 유비, 두 번을
찾아왔으나 뵙지 못하고 헛되이 돌아가 안타깝고 우울한 마음

금할 길이 없습니다. 비備는 한실의 후예로 태어나 과분하게도 황숙이라 불리며, 감히 전군典郡의 지위에 올랐고, 장군의 직에 있습니다. 돌아보면 조정은 쇠락했고, 기강은 무너졌으며, 군 웅이 각지에서 나라를 어지럽히고, 악한 무리가 임금을 속이니 이 비는 심장과 폐가 찢어지고 간과 쓸개가 터지는 듯합니다.

유비는 여기서 잠시 붓을 쉬고 밖으로 눈을 돌려 쏟아지는 눈을 바라보았다. 장비가 들으라는 듯 말했다.

"더는 못 참겠네. 큰형님은 시라도 짓고 계신 건가? 풍류를 아는 분이시군."

하지만 유비는 들은 척도 하지 않고 다시 붓을 움직였다.

세상을 구하겠다는 충절은 있으나 경륜의 묘책이 없으니 이를 어쩌겠습니까. 선생님의 인자함과 측은지심, 충의, 분개로 여망呂望의 재주를 펼치고 자방의 커다란 책략을 펼쳐주기 바랍니다. 비는 그것을 신처럼 우러르며, 또 그것을 산두山斗처럼 바라고 있습니다. 한번 뵙고 싶었으나 뜻을 이루지 못했으니, 10일간 목욕재계하고 존안을 뵙도록 하겠습니다. 관대히 보아주시기 바랍니다. 부디 저의 뜻을 살펴주시기 바랍니다.

건안 12년 12월 길일 재배

"지필을 거두어주시기 바랍니다."

"다 쓰셨습니까?"

"외람된 말씀입니다만, 선생께서 돌아오시면 이 글을 좀 전해주시기 바랍니다."

그렇게 말하고 유비는 당에서 내려와 관우, 장비를 데리고 문밖을 나섰다. 그 순간, 배웅을 나왔던 동자가 손님도 잊은 채 멀리 앞쪽을 바라보며 큰 소리로 외쳤다.

"노老선생님이시다. 노선생님! 노선생님!"

동자는 기다리지 못하고 앞쪽으로 달려나갔다. 유비 일행도 앞으로 따라 나갔다. 집의 기다란 울타리가 끊어진 곳의 좁은 계곡에 작은 다리가 하나 걸려 있었다. 바라보니 그곳을 건너오고 있는 나귀 위에 따뜻해 보이는 두건을 쓴 노옹老翁의 모습이 있었다. 그는 여우 모피를 입고 있었으며, 술이 든 호리병을 동자에게 들려 이쪽으로 오고 있었다. 울타리의 모퉁이에서 계곡을 향해 뻗은 한매寒梅의 가지 하나에 꽃이 피려 하고 있었다. 그것을 본 노옹은 흥이 돋았는지 소리 내어 양부의 시를 읊기 시작했다.

하룻밤 북풍 차고
만 리 붉은 구름 두텁네
긴 하늘의 눈발 어지러이 날리더니
산천의 옛 모습을 전부 바꾸었구나

백발의 쇠약한 노옹

황천皇天의 복을 한없이 느끼네
나귀 타고 작은 다리 건너며
여윈 매화꽃을 홀로 탄식하네

시를 읊는 목소리를 듣고 유비는 그 고아高雅함과 지조에 끌렸다. 그러고는 이 사람이야말로 공명이라 생각한 듯 다리 위에 말을 버려두고 그에게 달려갔다.

"선생님을 기다린 지 오래되었습니다. 이제야 돌아오십니까?"

노옹이 놀란 표정으로 서둘러 나귀에서 내리더니 마주 인사를 하고 물었다.

"저는 와룡의 장인인 황승언이라는 자입니다만…… 귀공께서는 뉘신지?"

이번에도 다른 사람이었다. 공명의 아내, 황씨의 아버지였다. 유비가 경솔함을 사과한 뒤 말했다.

"저는 신야의 유비입니다만, 와룡 선생의 오두막을 두 번 찾았으나 오늘도 만나지 못하고 덧없이 돌아가려던 길이었습니다. 어르신의 사위님은 대체 어디로 가신 걸까요?"

"글쎄요, 저도 지금 사위를 보기 위해 왔습니다만……. 그럼 오늘도 집에 없습니까?"

노옹도 당황스럽다는 듯 눈썹을 들어 내리는 눈 속에서 잠시 생각하는 표정을 짓더니 곧 이렇게 말했다.

"여기까지 왔으니 저는 딸이라도 만나보고 가야겠습니다. 눈이 많이 내리니 내리막길 조심하시기 바랍니다."

그러고는 다시 나귀에 올라 유비와 헤어졌다.

심술궂게도 눈과 바람은 그치지 않았다. 길을 가는 것조차 어려웠
다. 오는 길에 들렀던 주막이 있는 마을까지 왔을 때는 이미 날이 저물
어가고 있었다. 아무리 엉덩이가 무겁다 해도, 술을 좋아한다 해도 낮
에 보았던 석광원과 맹공위는 이미 거기에 없을 것이다. 그들 대신 다
른 손님들로 북적거리는 듯했다. 그들은 술을 마시기도 하고 떠들기도
하며 와자지껄 흥에 겨워 있었다. 그리고 술주발을 두드리며 노래를
불렀다.

막학공명택부   莫學孔明擇婦
지득아승추녀   止得阿承醜女

그것을 좀 더 속가적俗歌的으로 바꾸어 부르고 있었다.

아내 고르기도 적당히 해야지
공명 선생이 좋은 본보기
고르고 또 고른 끝에
추녀 아승(황승언)의 딸을 뽑았네

그러고는 큰 소리로 웃었다. 공명의 신부가 못났다는 것은, 이 노래
에서도 말하고 있듯 마을에서는 꽤 유명한 얘기인 모양이었다. 조금

310

전 조그만 다리에서 만났던 사람이 그녀의 아버지였다.

"내게 딸이 하나 있는데 얼굴이 검고 머리는 빨갛고 용색容色은 없으나 재주만은 자네의 배우자가 될 만하다네."

그 황승언조차 딸을 줄 때 그렇게 말한 뒤 시집을 보냈다 하니 부모의 눈에도 박색으로 보일 정도였던 듯하다. 주막 앞을 지나며 그 노래를 들은 장비가 유비에게 농을 치듯 말했다.

"지금 노래 들으셨수? 그의 집안이 어떻게 돌아가는 건지 저걸로 대충 짐작이 가잖소. 공명 양반, 신부가 성에 차지 않아서 예쁜 것들을 보러 수시로 집을 비우는 게 아닐까요?"

유비는 대답도 하지 않았다. 하늘 가득한 잿빛 구름처럼 그의 얼굴에도 어두운 그늘이 드리워져 있었다.

***

건안 13년(208년). 어느새 해가 바뀌었다. 연말과 연시를 맞아 신야 성도 분주하게 돌아갔으나 유비는 단 하루도 공명을 생각하지 않은 날이 없었다. 그는 입춘의 제사가 끝나자 점을 치는 사람에게 명하여 길일을 고르게 한 뒤, 3일 동안 목욕재계하여 몸을 깨끗이 했다. 그리고 관우와 장비를 불러 말했다.

"세 번째, 공명 선생을 찾아가겠다."

두 사람 모두 반기지 않는 듯한 표정을 지으며 한목소리로 유비에게 간언했다.

"이미 두 번이나 친히 찾아가셨는데 이번에 또 친히 방문하신다는 건 너무 지나친 예의입니다. 저희가 생각하기에 공명은 헛되이 거짓 이름을 팔고 있을 뿐 알맹이는 없는 거짓 학자인 듯합니다. 그 때문에 형님을 만나기가 두려워 피하고만 있는 것이 아닐까 여겨집니다. 그런 자에게 현혹되어 쓸데없이 마음을 쓰시면 항간의 비웃음거리가 되고 말 것입니다."

유비는 조금도 물러서려 하지 않았다.

"아니다! 관우는 춘추를 읽었으니 잘 알고 있을 게다. 제나라의 경공景公은 제후의 몸으로 있으면서도 동곽東郭의 야인을 만나기 위해 다섯 번이나 찾아가지 않았느냐?"

관우가 길게 탄식하며 말했다.

"형님이 현인을 흠모하는 것은 마치 문왕이 강태공을 찾아간 것과 같습니다. 그 열의에 감탄하지 않을 수 없습니다."

그러자 옆에 있던 장비가 큰소리를 쳤다.

"아니, 문왕은 뭐고 강태공은 또 뭐요? 우리 세 사람이 무를 논하면 천하에 누가 우리와 어깨를 나란히 할 수 있겠소? 그런데 촌부 한 놈에게 삼고三顧의 예를 취하다니 참으로 어리석기 그지없소. 공명을 맞이하는 데는 동아줄 하나만 있으면 족할 거요. 내게 명을 내리면 당장 포박하여 큰형님 앞에 데려다놓도록 하겠소!"

그런 장비를 유비가 꾸짖었다.

"장비는 요즘에 다시 광조병狂躁病이 도진 듯하구나. 옛날 주나라의 문왕이 위수로 강태공을 찾아갔을 때, 강태공은 낚싯줄을 드리운 채

쳐다보지도 않았다. 문왕은 그 뒤에 선 채 낚시를 방해하지 않고 해가 질 때까지 기다렸다고 한다. 강태공도 그의 마음에 감동하여 문왕을 돕기로 했고, 주나라는 강태공의 공으로 8백 년의 기초를 닦을 수 있었다. 옛사람들은 모두 이처럼 현인을 공경했다. 너 자신의 천성과 학문을 한번 생각해봐라. 만일 선생을 찾아가서도 지금과 같은 무례를 범한다면 이 유비의 예의는 전부 물거품이 되고 말 것이다. 관우만을 데리고 갈 테니 너는 성에 남아 있도록 해라."

유비는 벌써 말을 움직이고 있었다. 크게 꾸중을 들은 장비는 잠시 부아가 끓어올랐으나 관우도 함께 따라나서는 것을 보고는 중얼거리며 따라나섰다.

"단 하루라도 큰형님 곁에서 떨어져 있는 건 그날의 불행이야. 나도 가야지."

아직 이른 봄이어서 쌓인 눈이 녹지 않았고 바람이 매서웠으나 하늘은 맑아 길을 가는 데 큰 어려움은 없었다.

마침내 와룡강에 도착했다. 말에서 내린 유비가 백 보쯤 걸어가 공손하게 문을 두드리며 안에 대고 말했다.

"와룡 선생 계십니까?"

서생 하나가 부지런히 달려나와 문을 열었다.

"아아……."

그는 전에 만났던 젊은이 제갈균이었다.

"어서 오십시오."

"형님께서는 집에 계십니까?"

"네, 어제 저물녘에 돌아와서 지금은 집에 있습니다."

"아아, 계시는군요!"

"어서 안으로 드시어 뜻대로 만나보도록 하십시오."

균은 그렇게 말한 뒤 길게 읍하고 안으로 들어가버렸다. 그 모습을 본 장비가 화를 내며 말했다.

"안내도 하지 않고, 그냥 들어가서 만나라고? 그건 어디서 배워먹은 예의야? 꼴도 보기 싫은 풋내기!"

사립문을 지나 정원 안쪽으로 조금 들어가니 한쪽으로 아취가 있는 내문內門이 보였다. 평소에는 열려 있던 그 나무문이 오늘은 닫혀 있었다. 다가가 가볍게 두드리자 울타리의 매화가 후두둑 떨어졌다.

"누구십니까?"

안에서 문을 열어 얼굴을 내민 것은 전에 봤던 그 동자였다. 유비가 웃는 얼굴로 물었다.

"아아, 선동仙童. 자꾸만 귀찮게 해서 미안하다만 선생님께 말씀 좀 전해주어라. 신야의 유비가 왔다고."

그러자 동자가 평소와는 달리 아주 정중하게 대답했다.

"네, 선생님께서 집에 계시기는 합니다만 지금 초당에서 낮잠을 주무시고 계십니다. 아직 눈을 뜨지 않으셨습니다."

"아, 낮잠을 주무시느냐? 그럼 잠시 기다리도록 하겠다."

그리고 관우와 장비를 돌아보며 말했다.

"너희는 내각 밖에서 기다리고 있어라. 눈을 뜨실 때까지 잠시 기다리기로 하겠다."

그러고는 혼자 조용히 안으로 들어갔다. 초당 주변은 이른 봄의 햇살을 받아 그윽한 풍취에 잠겨 있었다. 문득 당 위를 바라보니 궤석几席 위에 기다랗게 누워 있는 사람이 있었다.

'저 사람이 바로 공명이구나.'

유비는 계하에 공손히 손을 모으고 서서 그가 낮잠에서 깨기를 기다렸다.

하얀 나비가 평상 위에 앉아 있다가 곧 서재의 창문 아래쪽으로 날아갔다. 하늘 한가운데 있던 태양이 서당의 벽에 조금씩 그림자를 드리우기 시작했다. 유비는 여전히 꼼짝도 하지 않고 잠든 사람이 눈을 뜨기만을 기다렸다.

"아아, 졸려라. 큰형님은 대체 뭘 하고 계시는 거야?"

울타리 밖에서 기다랗게 하품을 하며 조심성 없이 말하는 목소리가 들려왔다. 너무 오래 기다려서 지루해지기 시작한 장비인 듯했다.

"어? 큰형님은 그냥 계하에 서 계시는데."

장비가 울타리의 터진 틈으로 안을 들여다보고는 곧 시뻘게진 얼굴로 관우에게 대들 듯 말했다.

"사람을 무시하는 데도 정도가 있지. 저 안을 좀 들여다보슈. 우리 주공을 일각이나 계하에 세워둔 채 공명은 평상에 누워 한가롭게 낮잠을 자고 있소. 어찌 저처럼 무례하고 오만할 수가 있소. 나도 더는 못 참아!"

장비의 호랑이 수염이 꼿꼿하게 일어서려는 것을 보고 관우가 눈짓으로 그를 말렸다.

"조용히 하지 못하겠느냐. 울타리 안으로 소리가 들리지 않느냐. 잠시만 더 상황을 지켜보기로 하자."

"아니, 들려도 상관없소. 저 하찮은 군자가 일어나는지 안 일어나는지 이 집에 불을 싸질러볼 테니."

"쓸데없는 짓 하지 말아라."

"됐소, 이거 놓으슈."

"그 버릇이 또 나온 거냐? 자꾸 억지를 부리면 네 수염에 불을 지르겠다."

관우가 장비를 뜯어말리는 동안에도 초당 창가의 해는 점점 기울어가고 있었다. 하지만 당 위의 사람은 잠에서 깨어날 기미조차 보이지 않았다.

"……."

갑자기 공명이 몸을 뒤척였다. 일어나는가 싶었으나 벽을 보고 누운 채 다시 깊은 잠에 빠진 듯했다. 동자가 곁으로 다가가 깨우려 하자 계하에 서 있던 유비가 말없이 고개를 흔들어 동자를 말렸다. 그로부터 다시 반각쯤 지났을 때였다. 누워 있던 사람이 잠에서 깨어나 낮은 목소리로 노래를 흥얼거리며 몸을 일으켰다.

커다란 꿈 누가 먼저 깨달을까

평생 나 스스로만 알 뿐

초당에 봄의 낮잠은 이미 족한데

창밖의 해는 너무 느리구나

노래가 끝나자 공명은 몸을 돌려 궤석에서 멀어졌다.

"동자야, 동자야."

"네."

"손님이 오신 것 아니냐? 밖에서 인기척이 느껴지는구나."

"오셨습니다. 신야의 장군인 유 황숙께서 아까부터 계하에 서서 기다리고 계셨습니다."

"유 황숙께서……."

공명이 길게 찢어진 눈을 조용히 유비 쪽으로 돌렸다.

"어째서 빨리 고하지 않았느냐?"

공명은 동자에게 말한 뒤 후당으로 불쑥 들어가버렸다. 그러고는 입을 헹구고, 머리를 매만지고, 의복과 관을 단정히 한 뒤 다시 나와 손님을 맞아들이며 사과했다.

"실례했습니다. 잠시 눈을 붙인 동안 이와 같은 신운神雲이 오두막의 행랑 아래 내려앉은 줄은 꿈에도 모르고 참으로 무례한 모습을 보이고 말았습니다. 모쪼록 너그러이 봐주시기 바랍니다."

유비가 가만히 미소 짓는 얼굴로 천천히 자리에 앉으며 말했다.

"신운은 이 댁에 언제나 머물고 있지 않습니까. 저는 한실의 변변찮은 후예, 탁군의 어리석은 촌부에 지나지 않습니다. 선생님의 크신 이름은 오래전부터 들어왔으나, 선생님의 신운표묘神韻縹渺한 모습은 오늘 처음 뵙습니다. 앞으로는 부디 좋은 말씀을 많이 들려주시기 바랍니다."

"지나치게 겸손하시어 몸 둘 바를 모르겠습니다. 저야말로 남양의 일개 촌부, 더구나 이처럼 게으르기 짝이 없는 인간입니다. 후에 저를 너무 나무라지 마시기 바랍니다."

주인과 손님은 서로를 마주 보고 앉자마자 마음이 꽤 가까워진 듯 보였다. 그때 동자가 차를 내왔다. 공명이 차를 권하며 말했다.

"지난겨울, 눈 오는 날에 두고 가신 편지를 보고 참으로 송구하게 생각했습니다. 그리고 장군께서 백성을 걱정하고 나라를 생각하시는 정이 얼마나 깊은지 잘 알았습니다. 하지만 어찌하겠습니까. 저는 아직 젊고 재주도 없어 장군의 기대에 답할 힘이 없음을 그저 유감으로 생각할 뿐입니다."

"……."

유비는 무엇보다 먼저 그의 목소리가 맑다는 사실을 깨달았다. 낮지도 않고 높지도 않고, 강하지도 않고 약하지도 않고, 한 마디 한 마디에 향기가 서려 있는 듯한 느낌이었다. 여운이 있었다. 모습은 앉아 있어도 키가 매우 커 보였으며 몸에는 푸른빛이 도는 학창鶴氅을 두르고 머리에는 윤건綸巾을 쓰고 있었는데 얼굴은 옥영玉瑛과도 같았다. 비유적으로 말하자면 강산의 빼어남을 이마에 모으고, 천지의 기운을 가슴에 담아놓은 듯했으며, 말을 하면 바람이 부는 듯하고, 소매를 흔들면 향기로운 꽃이 움직이거나 대나무가 바람에 흔들리는 것 같았다.

"선생님을 잘 알고 계신 사마휘나 서서의 말에 어찌 지나침이 있겠습니까? 모쪼록 어리석은 유비를 위해 가르침을 주시기 바랍니다."

"사마휘나 서서는 세상의 고사高士입니다만, 보시는 것처럼 저는 일개 농부에 지나지 않습니다. 어찌 천하의 정사를 논할 수 있겠습니까. 장군께서는 옥을 버리고 돌을 취하는 과오를 범하고 계신 듯합니다."

"돌을 옥처럼 보이려 해도 그럴 수 없는 것처럼 옥을 돌이라 말씀하셔도 믿을 자는 아무도 없습니다. 선생님께서는 경세의 기재, 백성을 구제할 천질天質을 가지고 계시면서도, 아직 젊은 나이임에도 몸을 깊이 숨기신 채 산림에 숨어 한가로움을 즐기고 계십니다. 참으로 외람된 말씀입니다만, 충효의 길에 어긋나는 일이 아니겠습니까. 이 유비는 그것을 안타까워하지 않을 수 없습니다."

"어찌 그런 말씀을 하십니까?"

"나라가 어지럽고 백성이 편안하지 않을 때는 공자조차도 민중들 사이로 들어가 각지를 돌아다니며 교화에 힘쓰지 않았습니까? 지금은 공자의 시대보다 더 큰 근심이 나라에 있습니다. 어찌 홀로 오두막에 앉아 일신의 편안함만을 꾀할 수 있겠습니까? 물론 이와 같은 시대에 세상으로 나가면 곧 속된 무리와 동일시되고 훼예포폄毁譽襃貶이 일어 몸과 이름 모두 더러워진다는 것은 잘 알고 있으나, 그것마저도 참아야 진정으로 국사國事에 힘을 쏟고 있는 것이라 할 수 있지 않겠습니까? 충의도, 효도도 산림유곡山林幽谷의 것은 아닐 터입니다. 선생님, 부디 마음을 열어 진심을 들려주시기 바랍니다."

유비의 태도는 예를 다하고 있었으나 눈에는 상대방을 다그치는 듯한 정열과 조금도 물러설 줄 모르는 신념이 담겨 있었다.

"……."

공명은 가늘게 감고 있던 눈을 가만히 뜨더니, 조용한 눈빛으로 유비의 모습을 바라보았다.

| 등장인물 |

제갈량諸葛亮(181~234)
양도현陽都縣 사람. 촉한의 군사로 자는 공명孔明이며 별호는 와룡臥龍, 혹은 복룡伏龍이다. 유비의 삼고초려에 감동하여 천하삼분지계를 밝히고 세상에 나왔는데 당시 27세였다. 적벽에서 손권과 연합하여 당대 최고 세력이었던 조조의 남하를 저지했으며 형주와 양양을 취한 뒤 익주를 도모하여 유비를 제위에 오르게 하고 자신은 승상이 되었다. 유비 사후 후주에게 출사표를 올리고 출진하여 중원을 도모했으나 숙적 사마의와 대결을 펼치다 오장원에서 54세의 나이로 세상을 떠났다.

곽가郭嘉(170~207)
양책현陽翟縣 사람. 후한 말기 조조를 섬기던 정치가, 책략가로 자는 봉효奉孝이다. 조조가 가장 아끼던 참모였다. 여포를 토벌할 때 커다란 공을 세웠으며 원소 멸망 이후 그의 아들인 원희와 원상을 추격하다 사막에서 병을 얻어 목숨을 잃었다. 유서에서 원희와 원상의 죽음을 예언했다. 적벽에서의 패전 이후 조조는 곽가가 살아 있었다면 자신이 이 지경에 이르지 않았을 것이라며 한탄했다.

관평關平(178~219)
촉의 무장으로 출생지와 자는 알려져 있지 않다. 『삼국지연의』에는 관우의 양자로 등장하나 정사에는 그 기록이 없다. 관우가 하북 관정의 집에서 묵었을 때 그의 차남을 양자로 삼았다고 하는데 이후 관우를 따라다니며 많은 공을 세웠다. 그러나 제갈량이 유비를 돕기 위해 떠난 이후 형주를 지키다 관우와 함께 목숨을 잃었다.

우길于吉(?~200)
낭야琅琊 사람. 오에서 숭상받던 도인으로 태평도의 창시자다. 약초를 캐러 갔다가 얻은 『태평청령도』라는 의서에 따라 백성들을 치료하여 존경을 받았으나 민심을 현혹한다는 이유로 손책에 의해 목숨을 잃었다. 이후 손책은 우길의 망령에 시달리다 세상을 떠났다.

허유許攸(?~204)
남양군南陽郡 사람. 후한 말기 군벌 원소의 모사로 자는 자원子遠이다. 원래는 원소 밑에 있었으나 이렇다 할 공을 세우지 못했으며, 어릴 적 친구인 조조에게 항복하여 오소를 습격하라는 말로 조조의 승리에 결정적 공헌을 했다. 원래 성품이 좋지 못했는데 기주 입성 이후 자신의 공을 자랑하다 허저의 칼에 맞아 목숨을 잃었다.

원담袁譚(?~205)
여양현汝陽縣 사람. 원소의 장남(원래는 조카)으로 자는 현사顯思이다. 원소가 세상을 떠난 이후 원상이 뒤를 잇자 이에 불복하여 군사를 일으켰으나 패하고 조조에게 항복했다. 그러나 조조에게도 반기를 들고 맞서다 평원, 남피로까지 쫓겼으며 결국은 조홍에게 목숨을 잃었다.

원상袁尙(?~207)
여양현汝陽縣 사람. 원소의 셋째 아들로 자는 현보顯甫이다. 원소의 총애를 받아 후계자로 지목받았으나 원소 사망 후 형 원담과의 분쟁으로 내전에 휘말렸다. 조조에게 패한 이후 둘째 형 원희와 함께 요동까지 달아나지만, 곽가가 예언한 대로 공손강에 의해 목숨을 잃었다.

유표劉表(142~208)
고평현高平縣 사람. 후한 말기의 정치가로 자는 경승景升이며 형주의 자사로 있었다. 한실의 종친으로 학식은 풍부했으나 결단력이 부족했다. 옥새 문제로 손견과 대립했으며 조조에게 패한 유비를 받아들여 그에게 형주를 넘기려 했으나 거절당하자 큰아들의 뒤를 부탁한 뒤 조조가 침공해오기 직전에 병으로 세상을 떠났다.

채모蔡瑁(?~?)
양양군襄陽郡 사람. 후한 말기의 정치가로 자는 덕규德珪이며 유표의 후처인 채 부인의 오빠다. 채 부인의 아들 종을 유표의 후계자로 삼기 위해 줄곧 유비를 해치려 했으나 모두 실패했다. 종이 조조에게 항복한 후에도 수군을 부릴 줄 알았기에 조조에게 중용되었으나 주유의 꾀에 빠져 목숨을 잃었다.

사마휘司馬徽(173~208)
영천군潁川郡 사람. 후한 말기의 선비로 자는 덕조德操, 도호는 수경水鏡 선생이다. 채모의 모함에서 빠져나온 유비에게 제갈량과 방통을 추천했으며, 서서에게 유비를 찾아가라고 일러주었다. 조조가 형주를 점령했을 때 병으로 세상을 떠났다.

서서徐庶(?~234)
영천군潁川郡 사람. 위의 정치가로 자는 원직元直이고 원래 이름은 서복徐福이었다. 수경 선생의 추천으로 유비를 섬겨 공을 세웠으나 노모가 조조에게 잡히자 신야를 뒤로하고 허도로 갔다. 떠나기에 앞서 유비에게 제갈량을 추천했으며 조조를 위해서는 하나의 계략도 내지 않겠다고 약속했다.